A UN FRANC LE VOLUME.

T. POUR LES PAYS ÉTRANGERS,

XAVIER DE MONTÉPIN.

LES VIVEURS

DE PARIS

—

CINQUIÈME ÉDITION.

—

PREMIÈRE SÉRIE.

UN ROI DE LA MODE

PARIS

ALEXANDRE CADOT, ÉDITEUR,

37, RUE SERPENTE, 37.

LES VIVEURS DE PARIS.

OUVRAGES DU MÊME AUTEUR :

Les Chevaliers du Lansquenet............ 4 vol.

Le Compère Leroux.................... 3 vol.

La Fille du maître d'école............. 2 vol.

La Comtesse Marie.................... 4 vol.

L'Officier de fortune.................. 4 vol.

Le Masque rouge.................... 3 vol.

Les deux Bretons.................... 3 vol.

Le château de Piriac................. 2 vol.

Les Valets de cœur.................. 2 vol.

Souvenirs intimes d'un garde du
corps. 2 séries...................... 10 vol.

La Perle du Palais-Royal............. 2 vol.

Les Gentilshommes de grand chemin... 3 vol.

XAVIER DE MONTÉPIN.

—

LES VIVEURS

DE PARIS

—

CINQUIÈME ÉDITION.

—

PREMIÈRE SÉRIE.

UN ROI DE LA MODE.

PARIS
ALEXANDRE CADOT, ÉDITEUR,
37, RUE SERPENTE, 37.

1863

LES

VIVEURS DE PARIS

PREMIÈRE PARTIE.

LE FILS DE MARGUERITE.

I

Le boulevard des Italiens après minuit. —
Maxime de Bracy.

Le 10 juillet 1849, un peu avant une heure du matin, le ciel était si brillant d'étoiles, la blanche *Phébé*, — comme disaient les vieux poëtes, — répandait autour d'elle une si lumineuse auréole qu'on aurait pu se croire transporté sous la bleuâtre coupole du firmament italien, au milieu des nuits radieuses de Florence ou de Naples.

Ce n'est cependant ni à Naples ni à Florence que nous

allons prier nos lecteurs de vouloir bien nous accompagner. C'est à Paris, et dans cet étroit espace qui s'étend de la rue Grange-Batelière à la rue de la Chaussée-d'Antin, et qui, après s'être appelé si longtemps *Boulevard de Gand*, porte aujourd'hui le nom de *Boulevard des Italiens.*

Beaucoup de nos lecteurs sont parfaitement convaincus qu'à une heure du matin la grande ville tout entière dort d'un calme et profond sommeil, et que les rondes silencieuses de la fameuse *patrouille grise* sillonnent seules ses rues désertes.

Ceci est une erreur. Paris ressemble à ces géants de la mythologie qui ne fermaient jamais qu'un œil. Quand la moitié de Paris s'endort, l'autre moitié de Paris s'éveille. Qu'on ne prenne point cette assertion pour un paradoxe. Nous prouverons surabondamment notre dire dans les volumes qui vont suivre.

Or, la nuit en question et à l'heure que nous avons indiquée, le boulevard des Italiens semblait plus vivant et plus animé qu'il ne l'est souvent en plein jour.

Un certain nombre de voitures, calèches découvertes pour la plupart, sillonnaient rapidement la chaussée, ramenant des Champs-Élysées les promeneuses qui, après la sortie du spectacle, avaient été bien aise de respirer pendant une heure l'air pur et rafraîchi de la nuit.

Des groupes de jeunes gens en gants paille et en bottes vernies se promenaient, fumant des panatellas, des régálias et des londress, en face du café de Paris ou du perron de Tortoni.

De jeunes et jolies femmes, les unes aussi fraîches que les gros bouquets de roses qu'elles tenaient à la main, — les autres empruntant leur éclat factice à la poudre de riz et au rouge végétal, — passaient au bras de leurs cavaliers et répondaient par des sourires chargés de promesses aux paroles tendres ou lestes murmurées tout bas à leur oreille.

Il y avait foule, nous le répétons, mais cette foule n'était pas bruyante. On pouvait percevoir les moindres bruits. On entendait le petit frémissement des robes de soie froissées en marchant. On distinguait au loin le cri monotone des vendeurs de journaux officiels, qui proposaient à chaque passant la *Patrie* ou le *Moniteur du soir*.

Des ombres joyeuses se profilaient derrière les rideaux abaissés des cabinets de la Maison-Dorée, du café Anglais ou du café Foy. Quelques fringants attelages, — en petit nombre, hélas!... — et beaucoup d'abominables véhicules de remise s'arrêtaient devant ces cabarets en renom, et dégorgeaient sous leur vestibule les pécheresses et les viveurs pour lesquels le vin d'Aï pétille jour et nuit sous son casque de plomb.

Or, tout ce qui se promenait, fumait ou soupait cette nuit-là dans l'étroite circonscription du boulevard des

Italiens, appartenait à la bohême élégante des *viveurs de Paris*.

S'il y avait des exceptions, elles étaient en bien petit nombre : deux ou trois bourgeois attardés, — une demi-douzaine de jeunes commis fourvoyés, — voilà tout.

Au moment où une heure sonnait, un très-joli coupé de maître, armorié d'un écusson que timbrait une couronne comtale et traîné par deux chevaux anglais d'une grande finesse et d'une allure remarquable, déboucha de la rue Taitbout et s'arrêta net en face du café de Paris, dont les portes étaient fermées.

Un grand valet de pied ouvrit la portière. Le propriétaire du coupé sauta sur l'asphalte. Le valet de pied attendait, le chapeau à la main, les ordres de son maître.

— Jean... — dit ce dernier.

— Monsieur le comte ?...

— Je n'ai plus besoin de vous. — Je reviendrai à pied.

Le domestique s'inclina, reprit sur le siége sa place à côté du cocher, et le coupé repartit tandis que celui qu'on venait de nommer *monsieur le comte*, debout sur le trottoir et incrustant un lorgnon d'écaille dans l'arcade sourcilière de son œil droit, regardait autour de lui et semblait chercher quelqu'un ou quelque chose.

Au bout d'une ou deux minutes d'examen infructueux, le personnage qui nous occupe se mit à marcher lentement et en ligne droite dans la direction de la rue de la Chaussée-d'Antin.

Ce nouveau venu, dont il importe de révéler dès à présent à nos lecteurs le nom et la position sociale, se nommait le comte Maxime de Bracy.

Il avait quarante-cinq ans et quarante-cinq mille livres de rentes. Il était garçon, et avec la fortune presque modeste dont nous venons d'écrire le chiffre, il trouvait moyen de mener fort grand train et de ne pas faire un sou de dettes. Il est vrai que s'il n'empruntait point, en revanche il ne prêtait à personne. Il avait coutume de dire que s'il y avait au monde quelque chose de pire que d'être le débiteur d'un juif ou usurier, c'était d'être le créancier d'un de ses propres amis.

Voyons ce qu'était Maxime de Bracy au physique. Un peu plus tard, nous nous occuperons de son moral.

Le comte avait à peu près cinq pieds six pouces. Un commencement d'embonpoint menaçait de compromettre bientôt sa taille élégante et bien prise, et jusque-là d'une finesse extrême et de proportions toutes juvéniles. Pendant bien des années les envieux de Maxime avaient prétendu qu'il portait un corset, ce qui, par parenthèse, était un mensonge absurde et ridicule. Les traits du comte de Bracy, traits nobles et réguliers, offraient une expression de fierté un peu impérieuse qui sentait son gentilhomme d'une lieue. Ses grands yeux noirs, couronnés par d'épais

sourcils, ne manquaient ni de feu ni de vivacité. Son visage était de cette pâleur mate qui décèle les nombreuses
fatigues d'une vie de veilles et d'orgies. Des cheveux
abondants et naturellement bouclés, d'un brun sombre,
mais déjà mélangés de nombreux fils d'argent, ombra-
geaient un front large où se lisait l'intelligence. — De
brunes moustaches, relevées en crocs, encadraient une
bouche fine et moqueuse.

Nous ne parlerons que pour mémoire du pied et de la
main de Maxime. Il avait coutume de prétendre (et nous
avouons que nous partageons son opinion à cet égard) que
la pureté traditionnelle du sang peut seule donner la pureté et la distinction des extrémités, — et qu'un plébéien,
bien légitimement plébéien, quelque beau qu'il soit d'ailleurs, ne peut jamais avoir cette finesse d'attaches parti-
culière aux hommes et aux chevaux de race; — pieds
longs et étroits, flexibles et cambrés; mains effilées et
nerveuses, avec des ongles ovales, roses et transparents.

M. de Bracy ajoutait que, dans tous les cas excep-
tionnels, on trouverait, en cherchant bien, quelque alliance plus ou moins clandestine entre une jolie aïeule et
quelque grand seigneur.

Or, le pied et la main de Maxime étaient irréprochables,
et nous ne refuserons point d'avouer qu'il en tirait quelque
vanité.

Somme toute, notre héros (car Maxime doit être sinon

le premier du moins un de nos principaux personnages) avait été un jeune homme d'une beauté remarquable, et, encore à l'époque où nous le mettons en scène, il pouvait, malgré ses cheveux un peu gris, plaire davantage que bien des jeunes gens.

La toilette du comte de Bracy était simple et élégante.

Cette toilette consistait en un pantalon blanc de forme anglaise, tombant sur de jolies bottines, — en un gilet de piqué blanc, — une redingote noire, — un col de chemise rabattu sur une étroite cravate d'un vert sombre, — un chapeau gris, — des gants frais et d'une nuance pâle, — une chaîne de gilet peu voyante, et une petite canne de Verdier, en jonc souple et à tête d'écaille.

Mais cela était porté d'une façon qui n'avait rien de vulgaire; — Maxime donnait à tout l'agencement de son costume un cachet de bon goût et de haute élégance qui frappait à la première vue. Aussi le comte de Bracy était-il compté, et non sans raison, au nombre des *Rois de la mode*.

En matière de toilette, — d'équipage, — d'ameublement, — Maxime passait pour oracle. Et c'était justice.

Avec ses quarante-cinq mille livres de rente, Maxime, nous le répétons, faisait des choses dignes d'un homme qui en aurait eu cent mille.

Il n'avait que trois chevaux, — deux pour son coupé et un pour la selle, — mais ces trois chevaux étaient des ani-

maux de pure race, d'une beauté hors ligne et d'une
grande valeur.

Il n'avait que deux voitures, — un coupé et un phaéton,
— mais ces voitures offraient je ne sais quoi de spécial
et de recherché qui les recommandait à l'attention et à
l'admiration des connaisseurs.

Les gens du comte de Bracy étaient peu nombreux,
mais leurs livrées étaient dignes des laquais de Richelieu.

Enfin l'appartement que Maxime occupait au deuxième
étage de l'une des plus belles maisons de la rue Taitbout
était célèbre par son luxe princier et surtout par le cachet
de somptuosité artistique qu'il avait su lui donner.

Un bourgeois enrichi, — un banquier millionnaire, — un
agent de change retiré des affaires, — auraient dépensé
cinq cent mille francs sans avoir réussi à réunir la moitié
des choses gracieuses ou merveilleuses qui n'en coûtaient
pas cent mille à Maxime.

Il est vrai que beaucoup de ces choses, complètement
introuvables aujourd'hui dans le commerce de la haute
curiosité et de *la bricabracologie* d'élite — (voir Balzac : *les
Parents pauvres,* — *le Cousin Pons*), — étaient depuis
des siècles dans la famille de Maxime et lui venaient par
voie d'héritage.

Nous ne décrirons point ici cet admirable logis. Nous
avons deux raisons pour nous abstenir. La première, c'est
que ce serait fort long. La seconde, c'est qu'une descrip-

tion semblable paraîtrait à nos lecteurs tout aussi aride et tout aussi ennuyeuse que le procès-verbal d'un commissaire-priseur.

Nous aurons d'ailleurs plus d'une fois l'occasion de donner quelques détails sur les parties principales de l'appartement de Maxime, quand nous serons conduits chez lui par les nécessités de notre action et par les méandres de notre récit.

Et maintenant que nous avons eu l'honneur de présenter à notre public le comte Maxime de Bracy, et que nous croyons l'avoir fait suffisamment connaître, — du moins sous le rapport physique, — nous n'avons plus qu'à le laisser parler et agir ; il se chargera de se présenter lui-même sous le rapport moral.

Et d'abord rejoignons-le, s'il vous plaît, sur le boulevard des Italiens, où il poursuit depuis cinq minutes sa promenade solitaire et préoccupée.

II

Réné. — Marguerite.

Plus d'une fois, pendant ces cinq minutes, Maxime se croisa avec des promeneurs de sa connaissance. Il échangeait avec eux une poignée de main ou un signe de tête amical, mais sans entamer une conversation suivie. D'instant en instant il tirait sa montre pour la consulter, et quelques symptômes d'impatience commençaient à se manifester sur sa physionomie. Enfin son visage s'éclaircit, il écarta deux ou trois passants qui lui barraient le chemin, et appuyant la main sur l'épaule d'un jeune homme qui ne l'avait pas encore aperçu, il lui dit :

— Bonsoir, Réné...

— Bonsoir, mon cher comte... — répondit le jeune homme.

— Enfin, vous voici, — c'est heureux, savez-vous !...

— Suis-je en retard ?

— De dix minutes.

— Ainsi, je vous ai fait attendre ?...

— Un peu.

— Je vous en demande mille fois pardon.

— Je vous pardonne de grand cœur, mais, une autre fois, n'oubliez pas ce dicton vieux et sage : *L'exactitude est la politesse...*

— *Des rois...* — acheva Réné en riant.

— Et des gentilshommes... — poursuivit M. de Bracy d'un ton sérieux.

— Merci de la leçon, — répondit l'interlocuteur de Maxime, — j'en profiterai. — Et maintenant, mon cher comte, dites-moi je vous prie si le souper auquel vous devez me conduire est toujours pour cette nuit ?...

— Oui, sans doute. — Dans un instant je vous présenterai aux plus illustres chenapans de notre moderne jeunesse dorée, à ces *charmants vauriens*, à ces *aimables mauvais sujets*, comme disaient nos aïeux de la Régence, à ces roués modernes enfin, pour qui la vie est un théâtre sur lequel ils jouent tant qu'ils le peuvent, devant un public ébahi, le rôle de gens qui s'amusent, et que ce même public a baptisés du nom de *viveurs* et de *rois de la mode.*

— Il me semble, mon cher comte, que vous parlez de ces héros avec une certaine ironie ?... — dit Réné.

— Si j'en parlais autrement, mon ami, je n'aurais pas le quart de l'esprit qu'on me fait l'honneur de m'accorder... — répliqua Maxime.

— Cependant, vous êtes des leurs!...

— Parbleu !

— Et, vous vous moquez d'eux ?

— Trouverais-je une meilleure occasion de me moquer en même temps de moi-même ?

— Qu'y a-t-il donc de ridicule à s'amuser, s'il vous plaît ?

— Rien, — si l'on s'amusait.

— Donc, vous ne vous amusez pas ?

— Je m'ennuie à la mort !

— Ce n'est pas croyable !...

— Je ne sais pas si c'est croyable, mais c'est exact...

— Cependant votre vie est une succession de plaisirs.

— Hélas!... oui !...

— Comment, hélas ?...

— Du plaisir à heure fixe ! — du plaisir pendant trois cent-soixante-cinq jours, année commune ! — peudant trois cent soixante-six, année bissextile ! — sans préjudice des nuits dont je ne parle pas !... Vous verrez, mon cher Réné, vous verrez comme c'est amusant !...

M. de Bracy prononça ces dernières paroles avec une si évidente amertume, que Réné ne répondit point. Les deux hommes marchèrent silencieusement à côté l'un de l'autre pendant deux ou trois minutes. Le comte fut le premier à rompre ce silence. Il regarda de nouveau sa montre et il dit :

— Il est l'heure. — Venez.

§

L'interlocuteur de Maxime était un tout jeune homme de vingt et un ans environ, mais qui ne semblait pas en avoir plus de dix-sept ou dix-huit. Il était de taille moyenne, plutôt petit que grand, blond et mince avec un visage rose et blanc, — une véritable tête de jeune fille. Ses grands yeux bleus, d'un bleu sombre et profond comme celui du ciel, semblaient refléter une âme d'une candeur angélique. Ses lèvres avaient un sourire doux et en quelque sorte virginal.

Ce ravissant enfant, car à son aspect le mot *enfant* venait à la pensée plutôt que celui de *jeune homme*, reproduisait avec une merveilleuse exactitude le type gracieux de ces pages du moyen âge que les tapisseries et les peintures de l'école allemande nous montrent agenouillés, sous quelque nef sombre, à côté des fières châtelaines.

Une moustache blonde et soyeuse, si légère qu'elle paraissait à peine indiquée, estompait les contours de la lèvre supérieure et corrigeait ce qu'il y avait peut-être de trop efféminé dans les traits de cette délicieuse figure.

Nous saurons bientôt quelle âme et quel caractère la
nature capricieuse avait enfermés sous une enveloppe
aussi délicate, et nous serons à même d'apprécier si l'apparence extérieure du personnage qui nous occupe, mise
en regard de son individualité morale, aurait confirmé ou
démenti d'une façon éclatante le système physionomique
de Lavater.

C'est ici le lieu, ce nous semble, de tracer rapidement
une esquisse biographique du passé de Réné de Savenay,
— car tel était le nom du jeune homme que Maxime de
Bracy venait de retrouver sur le boulevard des Italiens.

Le baron de Savenay, père de Réné, était cité, en 1826,
comme l'un des plus riches propriétaires de la Franche-
Comté. Il possédait environ soixante mille livres de rente
en fonds de terre, et la magnifique habitation de Savenay,
située à deux lieues environ de la petite ville de Dôle.

Là, M. de Savenay, dernier représentant d'une vieille
famille parlementaire, menait une grande existence de
gentilhomme campagnard. Ceci veut dire que le baron
passait deux mois d'hiver à Dôle, où il avait un hôtel et
où il donnait trois ou quatre bals à l'aristocratie de la ville.
Le reste du temps il habitait son château de Savenay, te-
nant constamment table ouverte, et, chaque automne, con-
viant toute la noblesse de la province à de magnifiques
chasses à courre, dont le journal du département ne manquait jamais d'enregistrer les résultats. Ces chasses jouis-

saient d'une véritable célébrité, et les premiers veneurs de
France parlaient avec estime des équipages de chasse, —
— piqueurs, chiens et chevaux, — de M. de Savenay.

En outre de ces plaisirs princiers, il y en avait au château beaucoup d'autres et de tous les genres. Concerts et
bals improvisés, — parties de cheval, — promenades sur
l'eau, — feux d'artifice et galas se succédaient sans inter-
ruption.

Le maître de la maison était jeune encore, riche et heureux. — Ses hôtes se voyaient cordialement accueillis et
largement fêtés, — tout cela poussait aux joyeuses expan-
sions et l'on rencontrait à Savenay, plus peut-être que
partout ailleurs, un véritable échantillon de la vieille gaieté
française et de la proverbiale gaieté franc-comtoise. Seulement chacun s'étonnait qu'à l'âge du baron (il atteignait sa
trente-cinquième année), et dans la magnifique position
où il se trouvait, il n'eût pas encore manifesté le désir de
faire partager son bonheur à un autre lui-même, c'est-à-
dire à une compagne.

Maintes fois des ouvertures à ce sujet avaient été faites
à M. de Savenay, par d'anciens amis de sa famille, qui re-
doutaient de voir s'éteindre un nom qu'entouraient dans la
province l'estime et la considération générales. Les plus
riches et les plus belles héritières de Franche-Comté
avaient été mises à la disposition du baron. Il n'avait qu'à

faire un choix, et on lui donnait la presque certitude que sa demande serait favorablement accueillie.

M. de Savenay répondait en souriant qu'il n'était point l'ennemi du mariage, mais que, se trouvant parfaitement bien de son existence de garçon, il ne se marierait que lorsque son cœur aurait parlé. Or, jusqu'à ce moment, son cœur avait jugé convenable de conserver le mutisme le plus absolu.

Rien n'arrive jamais ni comme on le désire, ni comme on le craint, ni comme on le prévoit, dit un proverbe. Ce proverbe est d'une application quotidienne. Une grande surprise était réservée à tous les gens de la connaissance de M. de Savenay.

Ce dernier partit un beau matin pour un voyage qui devait durer deux ans. Son projet était de parcourir la Suisse, l'Italie, l'Allemagne et tout le nord de l'Europe. Il n'emmenait personne avec lui.

Pendant les trois premiers mois qui suivirent son départ, le baron écrivit de temps à autre aux quelques parents éloignés qu'il avait en Franche-Comté. Puis ses lettres cessèrent tout à coup et si complètement que l'on eut la crainte qu'il ne lui fût arrivé quelque accident. Il n'en était rien.

Au bout d'un peu plus d'un an, le baron revint dans ses terres à l'improviste et sans avoir annoncé son retour à qui que ce fût. Seulement il n'était plus seul. Une jeune femme l'accompagnait. La sienne, — car M. de Savenay s'était marié pendant son voyage, et madame de Savenay était grosse de plusieurs mois.

Nous le répétons, la surprise fut grande, mais elle céda bientôt le pas à la curiosité. Chacun voulut connaître la nouvelle mariée contre laquelle, dès l'abord, se manifesta un sentiment de défaveur et d'hostilité. On croyait généralement à une mésalliance de la part du baron, et cette supposition était vraisemblable en effet, car enfin, quand on épouse une femme son égale par la fortune et par la position sociale, on n'entoure point son union d'un impénétrable mystère, et l'on ne se marie pas comme si l'on commettait une mauvaise action, au loin et sans que personne en sache rien.

Ajoutez à cela que beaucoup de mères avaient rêvé de faire du baron le mari de leur fille, et que rien ne courrouce plus volontiers qu'un désir non réalisé et qu'une ambition déçue.

Ces dispositions hostiles furent cependant de courte durée. Elles ne tinrent point contre la beauté touchante et contre le charme tout puissant de Marguerite de Savenay.

La jeune femme atteignait à peine sa dix-huitième année. Il y avait dans son extrême jeunesse et dans son angélique visage quelque chose d'irrésistible. Elle était pâle et blonde, avec de grands yeux bleus un peu tristes, comme une fille mélancolique de la brumeuse Allemagne.

Elle souriait rarement, mais son sourire avait une douceur infinie. Des larmes muettes voilaient parfois le sombre azur de ses prunelles. Son regard timide remuait profondément le cœur.

Rien ne pouvait se critiquer, d'ailleurs, ni dans la personne, ni dans les manières de Marguerite. Elle avait la distinction simple et innée d'une jeune reine, et son moindre mouvement recélait une grâce. Elle accueillait les hôtes de son mari avec une bienveillance affectueuse, avec une déférence empressée, qui lui conciliaient dès le premier moment toutes les sympathies.

Un mois après son arrivée, on ne l'appelait plus dans le pays que : *la Perle de Savenay*. Et chacun convenait que jamais surnom n'avait paru mieux mérité.

III

Un fils.

L'attitude de Marguerite vis-à-vis de son mari était parfois bizarre. Elle semblait l'aimer avec une profonde
tendresse, et pourtant il y avait des moments où elle s'éloignait de lui comme s'il lui eût inspiré de l'effroi. Presque
toujours son regard, en s'attachant sur le baron, exprimait le respect et la reconnaissance, — des éclairs de
passion passaient souvent dans ce regard. Quand Marguerite adressait la parole à son mari, on eût dit que sa voix
tremblait, — elle ne lui parlait jamais qu'avec une sorte
de soumission humble et craintive que rien ne semblait
justifier, car le baron aurait volontiers passé sa vie aux
genoux de sa femme qu'il idolâtrait, et le moindre désir
exprimé par elle était un ordre pour lui.

Au moment de son arrivée en Franche-Comté, madame de Savenay, nous l'avons déjà dit, était grosse de plusieurs mois. Cette grossesse, dont chacun faisait compliment au baron et à sa femme, ne semblait point apporter dans le ménage cette joie ou plutôt ce délire que la venue d'un enfant cause ordinairement à deux époux qui s'aiment.

A mesure que le moment de la délivrance approchait, Marguerite devenait plus triste. Quelquefois, et pendant de longues heures, on la cherchait vainement à travers le parc. Elle était enfermée dans un petit oratoire attenant à sa chambre, et là, agenouillée devant un crucifix et la tête cachée entre ses deux mains crispées, elle pleurait des larmes amères.

M. de Savenay, lui aussi, semblait soucieux, et, quoiqu'il s'efforçât de dissimuler le chagrin inconnu qui le rongeait, il ne pouvait effacer le pli permanent et profond qui se creusait entre ses sourcils, — il ne pouvait cacher le cercle de bistre que des nuits d'insomnie traçaient autour de ses yeux.

— Vous êtes bien heureux !... — lui répétaient les visiteurs qui se succédaient chaque jour au château.

Et il répondait :

— Oui !... bien heureux !... — d'une voix qui voulait être joyeuse et au fond de laquelle un observateur attentif aurait deviné un sanglot contenu, qui montait avec chaque mot de son cœur à ses lèvres.

L'heure arriva. Quinze jours à l'avance le plus habile accoucheur de Paris avait été mandé au château.

Quand les douleurs de l'enfantement commencèrent, le baron quitta la chambre de sa femme. Le courage lui manquait, — disait-il, — pour voir souffrir Marguerite et pour entendre ses cris.

L'accouchement fut pénible. Tant qu'il dura, M. de Savenay se promena ou plutôt courut comme un fou à travers le parc. C'était par une sombre et froide journée du milieu de décembre. Il pleuvait, — et cependant le baron marchait tête nue sous la pluie.

Enfin son supplice eut un terme. Le chirurgien vint à lui. En le voyant s'avancer, M. de Savenay s'arrêta.

— Eh bien?... — demanda-t-il avec anxiété.

— C'est fini.

— Ma femme?...

— Est aussi bien que possible...

— Dieu soit béni!... — s'écria le baron.

— Vous avez un fils... — poursuivit l'accoucheur, — un petit garçon charmant, peut-être un peu frêle, mais cependant vivace et bien constitué... — Il vivra, j'en réponds...

— Tant mieux... — murmura M. de Savenay d'une voix brisée et comme éteinte.

— Venez voir madame la baronne, — votre présence lui fera du bien, — reprit l'accoucheur.

— Oui... allons.

Et le baron se laissa entraîner par le chirurgien plutôt qu'il ne le suivit.

Quand il entra dans la chambre de sa femme, Marguerite était très-pâle et elle avait les yeux fermés. Elle les rouvrit en entendant les pas de son mari et elle poussa un faible cri. Le baron se pencha vers elle et l'embrassa sur le front en lui disant tout bas :

— Chère enfant, du courage!...

Il la sentit frissonner sous son baiser. Il la regarda, elle pleurait.

A côté du lit, une sage-femme subalterne, qu'on avait fait venir pour aider le chirurgien, enveloppait un petit enfant dans des langes richement brodés. Cet enfant était chétif et semblait n'avoir qu'un souffle de vie.

— Tenez, monsieur le baron, — s'écria la sage-femme, regardez ce cher amour et embrassez-le. — Voyez donc comme il est mignon!... Il vous ressemble déjà comme deux gouttes d'eau!... aussi vrai que je m'appelle Reine Nivet!...

Et, tout en parlant, elle tendit l'enfant à M. de Savenay. Ce dernier devint plus pâle encore qu'il ne l'était auparavant et recula d'un pas.

Marguerite avait tout vu et tout entendu. Malgré sa fai-

blesse, elle s'appuya sur ses deux coudes, la tête penchée
en avant et le regard rempli d'épouvante, comme s'il allait
se passer quelque chose de terrible. M. de Savenay s'aperçut
de ce mouvement. Son visage se rasséréna, — ses lèvres
sourirent, — il étendit ses bras pour prendre l'enfant et il
l'embrassa en disant :

— Pauvre cher ange !... il ressemble à sa mère... il
sera beau comme elle...

Ensuite il le rendit à la sage-femme et il s'approcha de
nouveau du lit.

— Oh ! — murmura madame de Savenay en saisissant
la tête de son mari avec ses deux mains et en l'appelant
sur son cœur avec une sorte de délire ; — oh ! tu es bon !...
tu es bon comme Dieu lui-même... qu'avais-je fait pour
mériter cela !...

Et, épuisée par cet effort passionné, madame de Savenay retomba en arrière et referma les yeux.

— Monsieur, — dit alors l'accoucheur , — madame la
baronne a besoin de calme et de repos , je vous engage
à quitter momentanément cette chambre...

M. de Savenay suivit ce conseil. Il se retira dans sa bibliothèque où il s'enferma. Au bout de deux heures, un
domestique vint frapper à la porte.

— Que voulez-vous ? — demanda le baron.

— Madame prie monsieur le baron de vouloir bien
passer auprès d'elle, — répondit le domestique.

— J'y vais, — fit M. de Savenay.

Et, en effet, il se rendit aussitôt à la chambre de Marguerite. Cette dernière était seule. Le baron prit un siége, s'assit auprès du lit de sa femme et lui dit :

— Vous avez désiré me voir, ma chère Marguerite ?

— Oui, mon ami.

— Que voulez-vous de moi ?

Il y eut un instant de silence. La jeune femme semblait hésiter à répondre. On entendait dans la pièce voisine les plaintifs vagissements du nouveau-né.

— Mon ami, — murmura Marguerite, — vous êtes noble et grand, vous avez toutes les délicatesses et toutes les générosités... — vous êtes si bon et si miséricordieux envers moi, que je ne devrais plus vous parler qu'à genoux, que je devrais baiser la trace de vos pas... mais il y a des générosités et des dévouements dont il ne faut point abuser...

Le baron interrompit Marguerite.

— Que voulez-vous dire, mon amie ? — lui demanda-t-il, — je ne vous comprends pas...

— Je veux vous demander vos ordres...

— Mes ordres !... à quel sujet ?...

— Au sujet de... de ce pauvre enfant qui vient de naître.

— Eh bien ?...

— Eh bien !... que va-t-il devenir ?... où dois-je l'envoyer ?...

Les sanglots étouffaient la voix de Marguerite.

— Mon amie, — répondit le baron d'un ton où la fermeté s'alliait à la douceur, et en prenant la main de sa femme, — la place d'un fils est dans le château de son père ; — notre enfant doit vivre ici et n'en doit pas sortir...

— Mon Dieu ! — s'écria Marguerite avec éclat, au milieu des larmes qui la suffoquaient, — mon Dieu, vous l'entendez !... oh ! je ne mourrai point heureuse si je ne puis mourir en donnant ma vie pour cet homme !...

§

L'accoucheur ne s'était pas trompé. — L'enfant vécut et reçut au baptême le nom de Réné. Marguerite le nourrit elle-même. Le berceau de son fils fut placé auprès de son chevet. Une nuit, elle eut un rêve horrible. Il lui sembla qu'un cri de Réné la réveillait soudain, qu'elle s'élançait de son lit et qu'elle se penchait sur le berceau.

O terreur !... ô désespoir !... le pauvre petit corps de Réné se tordait dans les convulsions de l'agonie, tandis qu'un long serpent aux écailles livides et à la tête plate

2.

enroulait ses anneaux visqueux autour des membres déli-
cats de l'enfant, et lui enfonçait dans la gorge ses crocs
empoisonnés.

Pendant un instant madame de Savenay se débattit vainement sous le poids de cet épouvantable cauchemar.

Dire ce qu'elle souffrit, nous ne le pourrions pas!... —
Toutes les mères le comprendront.

Enfin elle s'éveilla.

Il y eut alors pour elle un moment de joie ineffable et
suprême. — Elle avait rêvé!... Réné vivait!... — Rien
n'était vrai!...

Mon Dieu! que cette joie fut courte!...

Un appel d'agonie, un cri pareil à celui du rêve, partit
soudain du berceau et retentit aux oreilles et dans le cœur
de la pauvre mère.

Comme dans son rêve, elle bondit hors du lit et courut
à son fils. Comme dans son rêve, Réné se tordait, mourant, sous l'étreinte fatale de cet horrible serpent qu'on
appelle *le croup*. Madame de Savenay tomba foudroyée
sur le tapis en murmurant :

— Dieu me punit! Dieu est juste!...

Mais elle se releva aussitôt. Elle n'avait pas le droit de
mourir avant qu'on eût sauvé son fils !

—Au secours!... au secours!... — cria-t-elle d'une voix
désespérée.

On accourut. Elle montra l'enfant et dit :

— Des médecins !... courez !...

En moins d'une heure le meilleur médecin de Dôle arrivait au château.

— Eh bien ?..... — lui demanda madame de Savenay éperdue.

Le médecin examina l'enfant et répondit :

— Il est encore temps...

— Merci, mon Dieu !... murmura la pauvre mère.

Puis elle s'évanouit, brisée par les doubles tortures du rêve et de la réalité.

Quand vint le jour, Réné était hors de tout péril. Mais le délire venait de s'emparer de madame de Savenay qu'une ardente fièvre de lait clouait sur son lit et dont l'état paraissait des plus alarmants.

Le médecin ne cacha point ses inquiétudes au baron.

Les lèvres de M. de Savenay murmurèrent une fervente prière, et il offrit à Dieu sa vie en échange de celle de sa femme. — Ce vœu touchant ne fut point exaucé. Trois jours après, le baron était veuf et Réné était orphelin.

IV

Heureuse enfance!...

> Chers enfants, dansez, sautez!...
> Votre âge
> Echappe à l'orage!...
> — BÉRANGER. —

La mort de Marguerite porta à M. de Savenay un coup si terrible que l'on crut pendant longtemps qu'il ne s'en relèverait pas. Aux premières crises du désespoir succéda une maladie de langueur qui mit le baron à deux doigts de la mort. La bonté de sa nature et la force de sa constitution le sauvèrent, mais, bien que hors de danger, il demeura sombre et taciturne.

Le château de Savenay, autrefois si joyeux et si rempli de mouvement et de bruit, devint silencieux et triste

comme un cloître abandonné. Le baron y vécut presque
seul. Il avait renvoyé la plupart de ses domestiques, en
leur assurant des pensions qui les mettaient à l'abri du
besoin pour le reste de leur vie. Ceux qu'il avait conservés
devaient ne jamais lui adresser la parole sans être interro-
gés, ne laisser parvenir personne jusqu'à lui, et respecter
les noires rêveries dans lesquelles il aimait à se plonger.
Le baron trouvait une sorte de volupté lugubre à s'isoler
dans ses douloureux souvenirs.

Dès le lendemain de la mort de Marguerite, l'ordre avait
été donné par lui d'éloigner Réné du château. L'enfant
avait été mis en nourrice dans un des villages environ-
nants, et le baron semblait éviter avec le plus grand soin
de parler de lui et même d'en entendre parler.

Cette sorte de répulsion paraissait naturelle à tout le
monde. M. de Savenay adorait sa femme et il ne pouvait
pardonner à son fils, — disait-on, — d'avoir été la cause
innocente de la mort de sa bien-aimée Marguerite.

En revanche, et comme pour dédommager l'enfant de
la froideur paternelle, la mère nourricière du petit Réné
s'était éprise pour lui d'une vive et profonde tendresse, et
lui prodiguait plus de caresses qu'à ceux même qui étaient
véritablement ses fils.

Peut-être, s'il eût été élevé au château de Savenay, en-
touré d'un trop grand luxe de soins et de précautions,
Réné n'eût-il pas vécu, — comme ces plantes frêles qui

s'étiolent et meurent étouffées par l'atmosphère de la serre chaude où elles ont été transportées. Au contraire, la vie agreste et la rude éducation de ses premières années fortifièrent Réné et lui permirent de vivre.

Les fleurs des prairies et les jeunes pousses des taillis lui communiquèrent un peu de leur sève et de leur verdeur. A la vérité, il resta plus frêle et plus chétif, plus pâle et plus délicat que les autres enfants de son âge, mais il grandit cependant, et ses forces se développèrent d'une façon que l'on n'aurait osé ni attendre ni espérer.

Son intelligence surtout était vive et brillante, et bien supérieure à celle de ses rustiques compagnons. Quant à son instruction, nous n'en parlerons point, et pour cause, car il n'en recevait aucune.

Six années se passèrent.

Réné, dont les ardeurs du soleil et les intempéries de l'air n'avaient pu hâler le teint blanc et mat, était beau comme un chérubin, avec ses grands cheveux blonds soyeux qui retombaient sur ses épaules en boucles naturelles. A le voir au milieu des quatre enfants de sa nourrice, vêtu comme eux, et mordant à belles dents une gigantesque tartine de pain bis recouverte de fromage blanc, Réné semblait un ange tombé du ciel, par hasard, parmi ces fils de paysan.

Réné savait bien, pour l'avoir entendu dire, qu'il était le fils du riche baron de Savenay, lequel possédait un château et le viendrait chercher un jour. Mais ces mots : *baron*, *richesse* et *château* n'offraient qu'un sens très-vague à l'esprit de l'enfant.

Son père, le baron, il ne le connaissait point. Il connaissait au contraire le mari de sa nourrice qu'il appelait *papa*. — Il le connaissait et il l'aimait. — Il aimait aussi sa nourrice. Il aimait ses frères de lait. Il aimait la servante et les garçons de ferme. Il aimait les gros chiens, avec lesquels il se roulait et qui lui léchaient les mains et le visage sans lui faire jamais de mal. Il aimait les bœufs roux, — les vaches blanches et noires, qui faisaient, comme dans les vallons suisses, tinter à leur cou des clochettes sonores. Il aimait les moutons et les chèvres, les gros dindons qui l'effrayaient un peu, — les canards et les poules qui lui pondaient de si bons œufs frais. Il aimait tout, enfin, tout, jusqu'à la mare de la basse-cour, à l'eau verte et bourbeuse, dans laquelle il avait roulé deux ou trois fois, quand il était encore bien petit.

Certes, si Réné avait été d'âge à savoir ce que c'était que l'avenir, il n'eût point ambitionné de plus grand bonheur que de passer sa vie entière dans la ferme de sa nourrice. Peut-être est-ce là, en effet, que Réné eût trouvé le vrai bonheur. Mais la destinée en avait décidé autrement.

§

Le baron de Savenay avait toujours été pieux, nous

croyons l'avoir indiqué. Dans les premiers temps de son
veuvage, il s'était laissé entraîner par les transports de sa
douleur, jusqu'à blasphémer contre la bonté et la justice
de Dieu. Mais un jour arriva où le repentir descendit en
lui, et où, après avoir confessé sa faute, il se demanda s'il
n'avait pas des devoirs sacrés à remplir, devoirs qu'il né-
gligeait depuis trop longtemps. La réponse fut affirmative.
— M. de Savenay résolut de réparer ses torts et de les
réparer sur-le-champ.

Il donna l'ordre de seller un cheval et il prit le chemin
du village où grandissait le fils de Marguerite, cet enfant
qui n'avait jamais fait verser que des larmes et dont la
naissance cachait un mystère de douleurs que nous péné-
trerons un jour.

Saulcy, — tel est le nom du village qu'habitait Réné,
— est un charmant hameau situé dans la position la plus
pittoresque et se cachant sous des massifs de grands arbres, comme un nid d'alouettes sous une touffe d'herbe.
On y arrive, du côté de Savenay, par un chemin creux
presque pareil à ceux de la Vendée, et bordé de chaque
côté par une double haie d'aubépine.

Le baron suivait au pas de son cheval ce sentier parfumé, et, pour la première fois depuis six années, il éprouvait une sorte de bien-être en respirant les senteurs eni-
vrantes que la nature répand à profusion dans les jours
du printemps. Il s'abandonna d'abord à ce bien-être qu'il

ressentait. Puis sa pensée retourna en arrière. Il vécut par le souvenir. Il se dit qu'il eût été bien doux de parcourir ce même sentier, par cette radieuse matinée, avec sa Marguerite, à cheval tous les deux, elle souriant, et lui, jetant son bras amoureux autour de la taille ronde et souple de la jeune femme... Les rênes s'échappèrent alors des mains de M. de Savenay ; sa tête se pencha et de grosses larmes voilèrent ses regards.

En ce moment son cheval s'arrêta brusquement. Le baron leva les yeux d'une façon toute machinale, et il lui sembla, avec une ivresse mêlée d'une sorte d'effroi, qu'une vision se manifestait à lui. Margerite était debout, en face de lui, et le regardait avec ses grands yeux bleus, si limpides et si profonds.

— Viens-tu me chercher?... — murmura-t-il avec un religieux enthousiasme, — viens-tu me chercher pour m'emmener avec toi?...

M. de Savenay achevait à peine cette invocation passionnée, quand il s'aperçut qu'il n'était point le jouet d'une erreur décevante. Ce n'était pas une illusion mensongère, — ce n'était pas une vision de l'autre monde qui s'offrait à lui, — c'était la réalité.

En effet, un groupe de cinq enfants lui barrait le chemin, et l'un de ces enfants était l'image fidèle, le vivant portrait de sa Marguerite tant pleurée.

Le baron comprit tout. Il sauta à bas de son cheval et

courut au petit garçon dont il prit entre ses mains les deux mains délicates. Il lui demanda :

— Vous vous appelez Réné, n'est-ce pas?...

— Oui, — répondit l'enfant...

Et il ajouta avec orgueil :

— Réné de Savenay.

A cet instant précis, il se fit dans le cœur et dans les sentiments du baron un changement complet, — absolu, — incompréhensible.

Tout ce qu'il y avait d'amer dans les souvenirs du passé s'effaça comme par enchantement. Il ne vit plus dans Réné que l'image de Marguerite. Il se dit que deux âmes semblables devaient habiter deux corps si pareils. Et tout l'amour brûlant qu'il avait éprouvé pour la mère se reporta en sainte affection sur l'enfant. Il prit Réné entre ses bras, il le serra contre sa poitrine, et il couvrit son beau visage de baisers dévorants et de larmes qui avaient leur douceur.

Réné ne s'effraya point de ces caresses, mais il s'en étonna.

— Qui donc que vous êtes, vous, monsieur? — demanda-t-il, — je ne vous ai jamais vu...

— Je suis ton père, mon enfant... — répondit le baron à travers ses larmes.

— Tiens!... — fit Réné, — alors vous êtes le monsieur du château de Savenay ?

— Oui, mon enfant...

— Oh! bien, alors, — continua Réné; — puisque vous êtes papa, je vous aimerai bien quand je vous connaîtrai; mais à présent que je ne vous connais pas encore, j'aime bien mieux papa Guillaume.

Le père nourricier de Réné s'appelait Guillaume. — Le baron allait répondre. L'enfant ne lui en laissa pas le temps.

— Est-ce que c'est à vous, ce beau *dada*-là?... — demanda-t-il en désignant le cheval qui essayait, mais vainement, de mâcher quelques brins d'herbe.

— Oui, mon enfant... — dit M. de Savenay.

— Puisque vous êtes mon papa, mettez-moi sur votre *dada*... je voudrais aller à *dada*...

Le baron eut un sourire et il obéit à l'enfant. Réné se mit à battre de ses petites jambes les flancs du cheval que M. de Savenay tenait par la bride, et il commença à crier de sa voix douce, qu'il s'efforçait d'enfler :

— Hue!... dada!... au galop !... dada!...

— Si tu veux, mon enfant, — fit le baron, — tu auras à toi un cheval, beaucoup plus petit que celui-ci, et sur lequel tu pourras monter sans l'aide de personne ?

— Oui, — répondit Réné, — je veux bien..... je veux tout de suite...

— Dès demain, — fit M. de Savenay.

— Oh! — s'écria Réné, — demain, — c'est loin !...—

aujourd'hui je veux aller à dada à la ferme. — Je veux que papa Guillaume et maman Jeanne me voient arriver à dada !

M. de Savenay se mit aussitôt en devoir de satisfaire cette fantaisie de l'enfant. Il fit marcher le cheval, qui s'avança gravement portant son gentil cavalier et suivi des quatre fils de la nourrice.

Quand cette dernière vit entrer tout ce monde dans la cour de la ferme et qu'elle reconnut le baron, elle poussa une exclamation d'étonnement.

V

Cet âge est sans pitié.

— Oh! Jésus, mon doux Seigneur!... — s'écria la fermière qui n'en pouvait croire ses yeux, — Ah! sainte Marie mère de Dieu! c'est-il en vérité possible!...

— Vois-tu, maman Jeanne, — dit en ce moment le petit Réné, — vois-tu comme je me tiens bien sur le grand *dada*!...

— Oui, mon fieux!... — répondit Jeanne, — te voilà beau et hardi, ni plus ni moins qu'un garçonnet de quinze ans!...

M. de Savenay prit l'enfant dans ses bras, l'enleva de la selle et le posa à terre. Réné courut à sa nourrice.

— Maman Jeanne, — murmura-t-il à l'oreille de cette dernière, — ce monsieur que voilà dit qu'il est mon papa...
— Est-ce que c'est vrai?

— Mais je le crois bien, que c'est vrai!... — répliqua Jeanne, — c'est monsieur le baron de Savenay dont nous te parlons si souvent, que nous te recommandons de bien aimer et pour qui tu fais ta prière, matin et soir...

— Cher enfant !... — dit le baron en embrassant de nouveau Réné, — il prie pour moi !...

— Et aussi pour maman Marguerite qui est au ciel, — répondit Réné.

Les yeux de M. de Savenay se mouillèrent.

— Madame, — dit-il à la nourrice avec émotion, — vous êtes une bonne et digne femme...

— Oh ! ça, monsieur le baron, je m'en pique... J'ai le cœur sur la main, et d'ailleurs j'aime le petit comme s'il était véritablement à moi... n'est-ce pas, mon Réné, que je t'aime ?...

— Oui, maman Jeanne... tu me donnes de belles tartines, mais ce monsieur qui est mon papa a dit qu'il me donnerait un petit dada...

Tout ceci se passait dans la cour de la ferme.

En ce moment un grand et robuste paysan, vêtu d'une blouse bleue et coiffé d'un bonnet de coton bariolé, parut sur le seuil de la maison.

— Hé ! Guillaume, — lui cria Jeanne, — viens donc vite !...

— Qu'est-ce qu'il y a ? — demanda le paysan.

— Il y a que voici monsieur le baron...

— Quel baron ?

— Imbécile !... monsieur le baron de Savenay, le père du petit...

— Tiens ! tiens ! tiens ! — fit Guillaume avec une stupeur manifeste et en s'avançant lentement, tandis qu'il tortillait son bonnet de coton entre ses gros doigts.

— Il paraît, mon ami, — fit M. de Savenay, — que ma présence ici vous étonne beaucoup...

— Oh ! pour ça, c'est vrai tout de même, — répondit Guillaume avec ce rire naïf particulier aux paysans francs-comtois.

— Et, pourquoi donc ?...

— Dame, monsieur le baron, nous croyions que vous ne viendriez jamais nous faire visite.

— Vous croyiez cela !...

— Pardine ! depuis six ans que le petit est à la ferme et que nous ne vous avons point vu !...

— Mon ami, — dit le baron avec douceur, — est-ce donc une raison, parce que j'ai été pendant six ans mauvais père, pour que je le sois toujours ?... Est-ce donc une raison parce que j'ai eu des torts graves, pour que je ne les répare jamais ?...

Guillaume ne sut que répondre.

Jeanne prit la parole.

— Oh ! monsieur le baron, — s'écria-t-elle, — nous ne vous avons point accusé !...

— Je m'accuse moi-même... — murmura M. de Savenay.

— D'ailleurs, le petit se trouve heureux avec nous, —

continua Jeanne, — et, tant que vous voudrez nous le laisser, nous le garderons, et de bien grand cœur, je vous jure.

— Je le répète, mes amis, vous êtes de braves et dignes gens, je vous récompenserai comme vous le méritez de tout ce que vous avez fait pour mon fils...

— Nous ne méritons aucune récompense, monsieur le baron, ce n'est point par intérêt que nous aimions le petit, et cependant nous étions bien payés... beaucoup plus que ça ne valait... — Est-ce que vous allez l'emmener ?...

— Oui, mes amis.

— Bientôt ?...

— Aujourd'hui même.

Jeanne se mit à pleurer.

— Je me suis privé si longtemps par ma faute de la présence de mon fils, — ajouta le baron, — que je dois avoir hâte, vous le comprenez, de jouir de lui tout à mon aise.

— Oh ! je comprends cela, — répondit la fermière, — mais, voyez-vous, de savoir que ce cher enfant va partir, ça me fait autant de mal que si on m'enlevait un des miens...

Jeanne se tourna vers ses quatre marmots qui assistaient à cette scène, la bouche béante et les yeux largement ouverts. Rendons-leur la justice de convenir qu'ils ne comprenaient pas un mot à tout ce qui se passait devant eux.

Et l'excellente femme reprit :

— Dites donc, les mioches, votre frère Réné va s'en aller d'ici et vous ne le verrez plus...

L'effet de ces paroles fut ausi prompt que celui de la machine électrique. A l'instant même, huit coudes se levèrent, — huit poings fermés s'appuyèrent sur autant d'yeux et quatre sanglots retentirent.

Au bout d'une seconde, Réné, distrait un instant par l'attention qu'il prêtait au cheval de son père, joignit ses cris et ses pleurs à ceux de ses frères de lait. Il frappait du pied, il se tirait les cheveux et il répétait avec désespoir :

— Non !... non !... non !... je ne veux pas partir !...

— Vous voyez, monsieur le baron ! — dit alors Jeanne avec l'accent d'un légitime orgueil. — Oh ! il nous aime bien, allez !...

En face de l'amère désolation de Réné, M. de Savenay comprit que le seul parti à prendre était de temporiser, et qu'il serait vraiment cruel d'enlever un pauvre enfant du milieu de ceux qu'il s'était accoutumé à considérer comme sa famille, pour le transporter malgré sa résistance dans un endroit inconnu pour lui, où des visages également inconnus pour lui l'entoureraient. Le baron déclara donc à Réné qu'il le laisserait à la ferme tant qu'il le voudrait. Aussitôt le sourire remplaça dans tous les yeux et sur toutes les lèvres les larmes et les cris, et la joie la plus franche et surtout la plus bruyante se manifesta.

M. de Savenay passa le reste de la journée auprès de

3.

Réné, et il repartit le soir pour le château, en annonçant qu'il reviendrait le surlendemain.

L'enfant, qui déjà s'était habitué à lui et à ses caresses, le vit s'éloigner avec une sorte de regret.

Deux jours après, le baron revint en effet, ainsi qu'il l'avait annoncé. Il était accompagné d'un domestique qui tenait en main un ravissant petit poney des Hyglands, bai brun, avec une longue queue et une crinière noire et flottante. La selle, la bride, et tout le reste de l'équipement étaient en maroquin rouge, avec le mors et les étriers en argent.

M. de Savenay avait acheté la veille cette charmante petite bête à un Anglais qui ne songeait pas le moins du monde à s'en défaire, et qui avait été décidé par le prix fabuleux qu'en avait offert le baron.

A la vue du poney, Réné poussa des cris de joie. Il se mit en selle, séance tenante, et, au bout d'une heure, il faisait au petit trot et sans être soutenu par personne tout le tour de la ferme. Les fils du fermier montèrent ensuite à cheval. Mais, à la première secousse, ils perdaient l'équilibre et tombaient désarçonnés sur le gazon, au milieu de grands éclats de rire.

Ce jeu se prolongea jusqu'au soir, et l'on comprend bien que les enfants ne s'en lassèrent point.

M. de Savenay promit de revenir le lendemain pour donner une nouvelle leçon d'équitation. Réné commençait à adorer le baron, qu'il n'appelait plus autrement que *papa*. Les visites à la ferme durèrent huit jours. Au bout de ce temps, M. de Savenay invita Guillaume, Jeanne et leurs enfants à venir passer avec Réné la journée du dimanche au château.

Cette invitation fut joyeusement accueillie. Réné n'était jamais sorti de la ferme. Par conséquent, pour lui, le mot de *château* ne signifiait rien de précis. Il demeura d'abord muet et stupéfait en face des merveilles de la demeure de son père. Mais, à la vue de ce luxe, de cette élégance, de cette richesse, — des instincts jusqu'alors inconnus s'éveillèrent soudainement dans son âme.

Il comprit qu'il était chez lui, — que tout ce qu'il voyait lui appartenait, — et qu'il n'avait qu'à vouloir pour obtenir aussitôt. Il devina la supériorité fictive de sa position de fils de gentilhomme riche sur celle de ces petits paysans que, jusqu'à cette heure, il avait considérés comme ses frères. Et, tout aussitôt, il abusa de cette supériorité, et il s'efforça de la leur faire sentir.

Jusque-là il avait été leur égal et leur camarade; il devint leur maître et leur tyran.

Les fils de Guillaume, dans l'esprit desquels la distinction des positions sociales se faisait plus lentement ou même ne se faisait pas du tout, ne s'accommodèrent point des grands airs de Réné. Ils invoquèrent le droit du plus fort et Réné fut battu.

Ce dernier poussa les hauts cris et courut se plaindre à son père. Le baron était trop juste pour donner tort aux enfants du fermier, qui, après tout, n'avaient fait qu'user du droit de légitime défense et de celui de représailles. Seulement il exploita cette circonstance au profit de ses désirs. Il démontra à Réné que ses frères de lait étaient d'une nature grossière avec laquelle sa nature fine et délicate ne pouvait point sympathiser entièrement. Il lui fit comprendre que sa place était au château, où il se trouverait bien plus heureux qu'à la ferme, car il y serait seul, car il y serait maître. Ces raisonnements, appuyés d'ailleurs par la rancune des coups de poing reçus, parurent à Réné assez convaincants.

Cependant l'idée de la solitude l'effrayait quelque peu. Mais le baron lui fit présent d'un joli petit fusil, à canon damasquiné, garni en velours et monté en argent. Il lui promit, en outre, de lui apprendre à s'en servir et de le mener chaque jour tirer des oiseaux dans le parc. Réné n'hésita plus. Il déclara, séance tenante, qu'il ne retournerait pas à la ferme.

Cette décision causa une grande douleur à Guillaume, à Jeanne, et surtout à leurs enfants, qui, eux, n'avaient conservé nulle rancune des coups de poing qu'ils avaient donnés. Beaucoup de larmes coulèrent. Le reste de la journée se passa tristement. Réné lui-même, au fond, n'était pas gai, tant s'en faut, — mais un bizarre amour-propre, une sorte de faux point d'honneur, incompréhensible chez un enfant de cet âge, l'empêchaient de laisser voir son chagrin. Les fermiers quittèrent le château avec la conviction douloureuse que Réné était un méchant cœur qui ne les avait jamais aimés. M. de Savenay ne put s'empêcher de partager en partie cette conviction, et de s'en affliger profondément. Il invita Jeanne et Guillaume à ramener leurs enfants le dimanche suivant. Mais les paysans refusèrent.

VI

Les mauvais livres.

Réné n'était point installé depuis huit jours au château
de Savenay que déjà son véritable caractère se dévoilait
tout entier. L'enfant se montrait volontaire et tapageur,—
exigeant et impérieux. Il fallait que tout cédât devant lui.
— Il fallait que chacun se pliât à ses moindres caprices. Il
ne craignait personne, et pas plus le baron qu'un autre.—
C'est tout au plus si M. de Savenay parvenait à se faire
obéir, en élevant la voix et en menaçant de se montrer
sévère.

Enfin, pour les hommes et pour les choses, Réné était
un véritable tyran, — mais le plus joli tyran du monde,—
un petit despote rose et blanc, aux yeux bleus et aux cheveux blonds!... — un diablotin pétri de malice et incarné
sous la trompeuse forme d'un ange!...

Réné, du reste, avait l'esprit vif et l'imagination active. — Il comprenait facilement, et ce qu'il avait une fois compris se gravait pour toujours dans sa mémoire. Quant à tout ce qui est des exercices de force et d'adresse, il annonçait devoir y exceller, et, quoiqu'il fût petit et frêle, une grande vigueur musculaire se cachait sous cette apparence délicate.

Somme toute, il y avait chez l'enfant beaucoup de bon et de mauvais. C'etait à l'éducation de détruire le mauvais et de développer le bon.

Cette tâche difficile, M. de Savenay l'entreprit. Il se fit le précepteur de Réné. Il s'efforça d'ouvrir le cœur de son fils aux divins préceptes de la vertu, et son intelligence aux graves enseignements de la science. En même temps, et comme distractions entremêlées à des travaux plus sérieux, il mettait à la main de l'enfant une cravache ou un fleuret; — il en faisait un excellent écuyer et un tireur très-passable. Puis enfin, et à titre de récompense et d'encouragement, venait la chasse, que Réné adorait et où il faisait preuve d'une singulière adresse.

Au milieu de ces devoirs et de ces plaisirs, le fils de Marguerite grandissait. Il atteignait sa douzième année et tout en lui, le corps et l'esprit, s'était développé au gré des espérances du baron. Mais alors M. de Savenay comprit, ou du moins crut comprendre que, pour achever l'éducation de l'enfant qui se faisait jeune homme, il fallait quelqu'un de plus capable que lui. Il appela à son aide un ecclésiastique d'un grand mérite, qui entra dans la maison avec les fonctions de gouverneur de Réné.

Sous l'habile direction de ce maître, une nouvelle transformation parut se faire dans le caractère et dans les habitudes de l'élève. Le travail, qui jusque-là n'avait été pour lui qu'un devoir, sembla devenir un plaisir. En même temps une piété ardente et peut-être même un peu exaltée, jetait dans le cœur de l'enfant des racines qu'on devait croire vivaces et profondes. Il devenait vraisemblable que Réné serait un jour un homme remarquable sous tous les rapports, qu'il porterait dignement le nom de Savenay, et qu'il ferait un noble emploi de la magnifique fortune qui devait lui revenir un jour.

Pour renverser toutes ces espérances, il ne fallait que bien peu de chose. — Quelques livres suffirent. — Voici comment.

Réné avait quinze ans ; — il atteignait cet âge où les ardeurs de la jeunesse commencent à porter leurs bouillonnements dans des sens qui s'ignorent, mais qui sont prêts à parler. Son imagination était pure : Astarté, le démon des nuits, ne s'était point encore assis, avec son cortége de visions, au chevet virginal de l'enfant endormi. Bref, la mère la plus craintive aurait envié pour sa fille la profonde innocence de Réné.

Le jeune homme et son précepteur avaient fait de la bi-

bliothèque du château leur cabinet de travail. Cette bibliothèque était une vaste pièce encombrée, malgré sa
grandeur, de cartes géographiques, de sphères et de glo-
bes terrestres qui couvraient deux immenses tables d'ébène
sculpté du plus rare et du plus beau travail. Tout à l'en-
tour, des casiers du même bois contenaient une masse
poudreuse d'in-folios, d'in-quartos, d'in-douze et d'in-dix-
huit étagés par ordre de taille, depuis le parquet jusqu'au
plafond.

Ces livres avaient leur prix, sans doute ; mais seulement
pour un bibliophile et pour un amateur de recherches historiques et théologiques. Tous, en effet, étaient très-an-
ciens, et fort sérieux pour la plupart. Là, se voyaient au
grand complet la Collection des Pères de l'Église, et les
œuvres pesantes et indigestes d'une foule de théologiens,
de commentateurs et de jurisconsultes. Quant à la littéra-
ture, ancienne ou moderne, il n'en était point question.
Les poètes mêmes, grecs ou latins, avaient été bannis de
cette bibliothèque par les scrupules excessifs d'un des
aïeux du baron de Savenay.

Ces livres n'offraient donc aucun intérêt pour René, qui
ne fouillait jamais les rayons que dans le but d'en tirer
quelques massifs in-folios d'histoire romaine, ornés d'assez
belles *estampes* représentant des portraits d'empereurs,
des siéges, des combats et des dessins de béliers, catapul-
tes, et autres machines de guerre.

Un jour, Réné venait de déplacer cinq ou six de ces volumes, ce qui avait laissé un vide considérable dans le casier d'où il les avait tirés. Il sembla à l'enfant qu'il voyait un point brillant, semblable à la tête d'un gros clou doré, reluire dans le panneau du fond. Une instinctive curiosité le poussa. Il appuya son doigt sur le clou doré. Alors il entendit un petit craquement, le panneau tourna sur lui-même et découvrit une sorte de cachette.

Cette cachette était remplie de livres. C'étaient de jolis volumes in-dix-huit, élégamment reliés en maroquin rouge et dorés sur tranche.

Réné en prit quelques-uns et en regarda les titres.

Ces titres l'étonnèrent. — Il n'en connaissait aucun, et il leur trouvait un attrait singulier.

Sur les uns, il lut : *Les Bijoux indiscrets, La Religieuse,* par Diderot. Sur les autres : *Le Sopha,* par Crébillon fils ; *Les Liaisons dangereuses,* par M. le chevalier de Laclos. Sur d'autres enfin : *La Pucelle d'Orléans,* par Arouet de Voltaire ; — *Les Contes de la Fontaine.* — *Les Contes de Grécourt* ; — *Les Contes de la reine de Navarre,* etc., etc. Bref, il y avait plus de cent volumes.

Réné allait en ouvrir et en feuilleter quelques-uns, quand il entendit un bruit de pas dans le corridor qui conduisait à la bibliothèque. C'était l'abbé qui venait le rejoindre.

La première pensée du jeune homme fut qu'il était bon

de garder pour lui seul le secret de la découverte qu'il venait de faire. Il repoussa précipitamment le panneau qui se referma, et il entassa les in-folio historiques sur les rayons d'où il les avait tirés un instant auparavant. L'abbé ne se douta de rien.

Pendant toute la durée de la leçon qui suivit, Réné se sentit distrait et préoccupé. Pourquoi? Il ne le savait pas lui-même.

Aussitôt que l'heure du travail fut passée, le précepteur s'en alla dans le parc afin d'y réciter son bréviaire. Réné resta seul dans la bibliothèque. Il courut d'abord à la porte dont il poussa les verrous pour éviter toute surprise. Il revint ensuite au rayon mystérieux. — Il bouleversa les in-folios, et, d'une main tremblante, il fit jouer le ressort. Les jolis volumes, vêtus de rouge comme des cardinaux, apparurent de nouveau à ses regards, il en prit un au hasard et il l'ouvrit.

C'était une ancienne et très-luxueuse édition des *Contes de la Fontaine*. Chacun des lestes récits de l'immortel mais peu chaste fabuliste était *illustré* d'une vignette gravée sur cuivre, délicieuse de fini et d'exécution, mais singulièrement profane, voluptueuse à l'excès et plus dangereuse dans sa nudité à peine gazée qu'un dessin tout à fait obscène.

Réné regarda.

Il regarda avec étonnement d'abord, puis avec une curiosité avide, enfin avec un trouble croissant et avec une ivresse fatale.

Il regardait et il lisait. Son cœur battait violemment, — il avait la fièvre, — des nuages passaient devant ses yeux. Il lui semblait que le sang de ses veines devenait un feu liquide qui le dévorait en circulant.

Il continua de regarder, — il continua de lire, et, quand il eut achevé le volume et qu'il se leva de la chaise sur laquelle il était assis, pour aller repousser les verrous, car l'heure de la récréation était passée, il chancelait comme un homme ivre et il était en proie à une véritable et délirante hallucination.

La leçon s'en ressentit. Son précepteur lui demanda s'il était souffrant. Réné lui répondit qu'il avait la migraine et qu'il se sentait un peu de fièvre. — Il ne mentait pas tout à fait. La leçon fut interrompue, et le précepteur mena son élève faire dans la campagne une promenade qui le soulagea un peu.

L'heure du dîner arriva, Réné ne mangea point. — Il prétexta un nouveau retour de son malaise de l'après-midi et il témoigna le désir d'aller se mettre au lit. Ceci lui fut accordé sans conteste.

Réné quitta la salle à manger, courut à la bibliothèque, — prit un nouveau volume, — le cacha sous son matelas et se jeta sur son lit.

Au bout d'une heure à peu près, le baron et l'abbé visi-

tèrent le prétendu malade. Réné leur dit qu'il allait beaucoup mieux, — qu'il avait seulement besoin de dormir et
qu'il priait qu'on ne vînt point l'éveiller. Dès qu'il se re-
trouva seul, il s'enferma dans sa chambre et se mit à dévorer le livre qu'il avait apporté. C'était : *Les Liaisons
dangereuses.*

A une heure du matin il avait achevé sa lecture, et il
s'endormait épuisé de fatigue et brisé par des émotions inconnues. Des rêves étranges vinrent visiter son sommeil
troublé. Quand il se réveilla, il était pâle et son regard
brillait d'un éclat fiévreux et inaccoutumé. Un grand
changement s'était fait en lui. — La science du mal avait
empoisonné son cœur !

VII

Un Don Juan champêtre.

Il ne nous reste plus que bien peu de chose à dire de Réné pour le conduire jusqu'au moment où nous allons le rejoindre sur le boulevard des Italiens, à Paris, et en faire un des principaux acteurs du drame que nous commençons.

Les déplorables lectures que nous avons signalées, produisirent leur effet inévitable et fatal. La cynique philosophie du dix-huitième siècle faussa complètement la belle intelligence de Réné. Le matérialisme le plus absolu et aussi le plus irréfléchi remplaça les croyances religieuses dans son esprit et dans son cœur.

Réné n'admit plus que la *loi de nature*. Et cette loi (dans le sens qu'il lui donnait du moins), était la négation de toute loi, c'est-à-dire la liberté d'obéir sans résistance à tous les instincts de la matière, à tous les caprices de la sensualité. Bref, Réné n'avait pas seize ans, et déjà sa dépravation était profonde, effrayante, — sans remède.

Seulement, jusqu'alors le jeune homme n'avait péché que par l'esprit et par la pensée. Il possédait à fond la théorie du vice. Il n'en avait pas encore la pratique. L'audace lui manquait pour franchir le seuil de ses rêves et faire un premier pas dans la réalité. Et cependant, nous pouvons le dire, jamais désirs plus impérieux ne poussèrent un adolescent à revêtir la robe virile.

A la timidité près, Réné ressemblait d'une façon frappante au joli page *Chérubin* de Beaumarchais. Son cœur, comme celui du page, battait à la vue d'une cornette, que cette cornette fût portée par une belle fille de dix-huit ans, ou par une matrone de cinquante. Mais, hélas! les battements de ce cœur montaient à la gorge de Réné, le paralysaient et ne lui laissaient ni la faculté de faire un geste, ni celle de prononcer une parole. Cependant, l'occasion aidant, un beau soir Réné débuta.

Oserons-nous en convenir?... Une petite gardeuse de dindons fut la très-humble héroïne du premier amour du jeune homme. Et encore Réné avait un rival!... Et ce rival, heureux avant lui, était un palefrenier en sous-ordre des écuries du château!...

Il faut bien l'avouer, mon Dieu! quoique ce soit triste et

honteux, — presque toujours ce sont d'abjectes créatures qui reçoivent le premier baiser d'une lèvre virginale.

Nous n'avons nullement la prétention de récrire en ces pages une sorte de rustique *Faublas*. Nous nous garderons bien, par conséquent, de suivre Réné parmi les vulgaires aventures qui succédèrent à son caprice pour la dindonnière aux jupons crottés.

L'abbé s'aperçut, mais un peu tard, des escapades de son élève. — Il prévint M. de Savenay et il refusa de régenter plus longtemps cette nature qui devenait indisciplinable et cette intelligence qui faisait fausse route.

Le baron s'affligea fort de ce qui se passait et il entreprit de moraliser son fils. Réné répondit au baron *qu'il fallait bien que jeunesse se passât ; — qu'il n'était point un moine, après tout,* et qu'il ne se sentait aucune vocation pour les vœux de continence et de chasteté de l'ordre de Malte.

Ces réponses redoublèrent le chagrin du baron, qui s'efforça de surveiller Réné. Réné se moqua de cette surveillance, — il sortait par les fenêtres quand on fermait les portes, et il devint une manière de don Juan champêtre fort redouté des paysans du voisinage, qui craignaient sans cesse quelque accroc à la vertu de leurs femmes et à l'innocence de leurs filles.

Les aventures galantes du jeune homme suscitèrent contre lui de nombreuses inimitiés. Plus d'une fois Réné fail-

lit être victime de ces haines sourdes et jalouses. A deux
ou trois reprises, tandis qu'il courait la campagne pendant
la nuit, pour aller à un rendez-vous ou pour en revenir,
des coups de fusil furent tirés sur lui par un mari ou par
un frère embusqués derrière une haie ou blottis au fond
de quelque fossé. Il eut le bonheur d'entendre siffler des
balles qui ne l'atteignaient jamais. Et la nuit suivante, il
recommençait ses excursions, — car, au milieu des vices
qui le dominaient, Réné conservait une brillante et incontestable qualité, — il était brave, — brave et téméraire
comme un véritable gentilhomme des siècles passés.

M. de Savenay entendit parler des périls sans cesse renaissants qui menaçaient son fils et que celui-ci bravait
avec une folle insouciance. Il frémit et il résolut de sauver
Réné malgré lui-même. Il se dit qu'il était grandement
temps de faire voir le monde au jeune homme, et que,
peut-être, dans les salons où il conduirait Réné, ce dernier rencontrerait quelque belle jeune fille pour laquelle il
s'éprendrait d'un amour chaste et profond, et que cet
amour serait sa sauve-garde.

En conséquence, il retourna s'installer à son hôtel de
Dôle, où il n'avait pas mis les pieds depuis la mort de
Marguerite. Cet hôtel fut remeublé à neuf, — le baron
augmenta sa livrée, renouvela ses équipages et ouvrit son
salon à l'aristocratie de la ville. — Réné fit sensation.

Nous savons déjà combien était trompeuse l'apparence

du jeune homme. Au milieu de ses fougueux déportements, il avait conservé sa beauté de jeune fille, — sa douce et ravissante physionomie. Il avait dix-huit ans et il n'en paraissait guère avoir plus de quinze. Les femmes raffolèrent de lui.

Réné comprit à merveille tous les bénéfices qui, s'il était habile, devaient résulter pour lui de cet extérieur décevant. Il ne s'agissait que d'inspirer aux mères et aux maris une confiance absolue ; — il ne s'agissait que de se poser dans les familles en ange de lumière.

Une fois cette réputation bien établie, les occasions ne lui manqueraient point de désabuser les jeunes femmes et les jolies filles, et de leur prouver surabondamment qu'il était au contraire un ange de ténèbres. Ce plan, fort bien combiné, témoignait, on en conviendra, d'une rouerie précoce poussée jusqu'à ses dernières limites.

Dans la mise à exécution de ce plan, Réné fut aidé par les conseils d'un vieux gentilhomme avec lequel, dès son arrivée à Dôle, il s'était lié d'une amitié aussi étroite que le comportait l'extrême différence des âges. L'un de ces amis mal assortis avait soixante-quinze ans passés, l'autre venait d'en avoir dix-huit.

Le gentilhomme en question se nommait le chevalier Philippe-Emmanuel de Villiers. C'était au milieu de notre époque, un vivant débris des mœurs, des habitudes et des façons de penser et d'agir d'un autre âge. Il semblait bien conservé, grâce à sa taille encore droite et à sa maigreur phénoménale. Il portait, dans le monde, la poudre, l'habit à la française et les culottes courtes.

Sa fortune avait été belle autrefois ; — il l'avait mangée tout entière pendant l'émigration, au milieu des derniers représentants de la société galante qui a précédé la nôtre. Aussi parlait-il volontiers et familièrement de Louis XV, du duc de Richelieu, de la marquise de Pompadour et de la comtesse du Barry, exactement comme s'il eût vécu dans leur intimité.

S'il habitait Dôle, sa ville natale, ce n'était point par goût, c'était par nécessité. Dôle lui semblait un théâtre mesquin et peu digne d'un homme comme lui. Mais les restes insuffisants de son patrimoine dévoré ne lui auraient point permis d'exister ailleurs qu'en province.

Il était bien reçu et choyé partout à cause de son originalité, de ses grandes façons, et surtout des innombrables et piquantes anecdotes qu'il savait narrer avec cet esprit merveilleux des conteurs d'autrefois. C'était du reste un ex-séducteur, — un épicurien émérite, — un profond matérialiste, — parfaitement blasé et moralement gangréné jusqu'à la moelle des os. La première fois que le chevalier de Villiers rencontra Réné, il devina, grâce à ce tact qui ne le trompait jamais, il devina, disons-nous, la nature du jeune homme, et il se rapprocha de lui avec empressement. Cette idée lui souriait de rencontrer enfin un adepte

digne de lui, un disciple auquel rien ne manquait, ni la
jeunesse, ni la naissance, ni la beauté, ni la fortune, et de
se voir revivre dans ce disciple qui mettrait ses théories
en pratique avec un succès non douteux.

Réné, de son côté, crut entrevoir de grands avantages
dans cette alliance de *la vieillesse qui savait* et de *la jeunesse qui pouvait*, et il lui sembla qu'il allait, malgré ses
dix-huit ans, conquérir d'un seul coup l'expérience, cette
Égérie suprême des ministres comme des généraux, des
diplomates aussi bien que des verts-galants. Les avances
du chevalier de Villiers furent donc accueillies par lui avec
empressement.

De l'étrange liaison de ce vieillard vicieux et de cet enfant dépravé, il résulta que la rouerie précoce dont nous
avons déjà parlé ne fit que croître et embellir, et que Réné
acquit cet aplomb et cette confiance en soi-même qui sont
la moitié de tous les succès.

Les conseils du chevalier, nous le répétons, aidèrent
Réné dans l'accomplissement de ce plan qu'il avait combiné. Le jeune homme joua avec talent et avec succès son
rôle de Chérubin candide et timide. Les plus habiles
furent pris au piége et Réné passa pour un charmant enfant tout à fait sans conséquence. C'est ce qu'il voulait.

Un beau jour, il démasqua ses batteries. Il fut alors
prouvé que le jeune diablotin et le vieux diable avaient visé

juste. Réné, du même coup, porta dans dix ménages le trouble et le déshonneur.

Monsieur le procureur-général et monsieur le sous-préfet lui-même n'avaient point échappé à la destinée commune.

Le scandale fut d'autant plus grand qu'il était imprévu.

Un *tolle* général s'éleva contre Réné. Dans une seule semaine trois maris vinrent demander raison au jeune homme de ce qu'il leur avait fait jouer à huis-clos le rôle de *Georges Dandin*, sans leur consentement et sans leur avoir envoyé à l'avance de bulletins de répétition. Réné eut l'impertinence de rire au nez de ces époux furieux.

Le lendemain, il allait sur le terrain et blessait son adversaire. Le surlendemain, nouvelle rencontre avec un semblable dénouement. Mais le troisième jour, le troisième mari fut plus heureux que ses confrères. Il eut au moins la consolation de venger à demi l'énorme coup de canif donné au beau milieu de son contrat de mariage. Il transperça d'un grand coup d'épée le bras droit de Réné, qui tomba sans connaissance et qu'on emporta tout sanglant à l'hôtel de son père.

§

Après d'aussi fâcheux résultats, il devenait impossible

4.

que Réné continuât à habiter Dôle, ou même le château de
Savenay.

Le baron comprit cette impossibilité. Aussitôt que le
jeune homme fut remis de sa blessure, M. de Savenay le
mit en chaise de poste avec un domestique de confiance, en
lui donnant beaucoup d'argent et des lettres de crédit sur
une demi-douzaine de banquiers. Réné embrassa son père
et partit joyeux pour un voyage à travers l'Europe.

VIII

Préparatifs de départ.

Trois ans se passèrent. Réné écrivait assez régulièrement à son père, et ses lettres étaient le seul plaisir et la seule distraction qui vinssent chercher M. de Savenay dans les solitudes de son château, où il s'était renfermé de nouveau avec le souvenir toujours vivant de Marguerite.

Un jour, une lettre datée de Milan annonça que Réné comptait passer l'hiver à Florence, où il arriverait le mois suivant. Il priait le baron de lui adresser, poste restante, des mandats sur un banquier de cette dernière ville.

Au lieu d'une réponse de son père, Réné trouva à la Poste de Milan une lettre de l'intendant du baron. Cette lettre prévenait Réné que M. de Savenay était tombé très-dangereusement malade, — que les médecins trouvaient sa situation tellement grave qu'ils désespéraient presque de le sauver, — et qu'enfin il était urgent que le jeune homme revînt en France sans perdre un instant, s'il voulait recevoir le dernier soupir et le dernier baiser de son père.

Des passions fougueuses et mal réprimées avaient desséché, nous le savons, et corrompu le cœur du jeune homme, mais pas à ce point qu'il fût sans amour pour un père aussi excellent que l'était le baron. Une heure après avoir reçu la lettre de l'intendant, Réné envoyait commander des chevaux, — remontait dans sa voiture encore poudreuse, — stimulait le zèle des postillons par l'appât d'un triple pourboire et courait sur la route de France avec une vitesse prodigieuse.

Mais vainement il attacha les ailes de son impatience aux attelages qui l'emportaient ; vainement il dévora la distance. Il arriva trop tard. Dieu n'avait point permis que le fils de Marguerite fermât les yeux de M. de Savenay. Le baron était allé rejoindre au ciel celle qu'il avait aimée jusqu'au dernier soupir. La terre recouvrait déjà sa dépouille mortelle.

Dans le premier moment, Réné fut en quelque sorte foudroyé par cette catastrophe à peine prévue. Une profonde douleur s'empara de lui et l'anéantit. Non-seulement il ne s'était pas trouvé là pour voir mourir son père, mais encore il ne reverrait jamais, ne fût-ce que pour une minute, ces traits nobles et doux, — ces yeux dont le regard se fixait sur lui avec tant de bienveillance et d'affection, — cette bouche qui toujours lui souriait malgré ses fautes!...

Réné se rendit au cimetière.

La fosse à peine refermée du baron avait été creusée à côté de celle des Savenay ses ancêtres.

Sur chacune des pierres tumulaires se voyaient, gravées en creux, les armoiries de la famille, des devises et des inscriptions. Mais, comme le temps avait manqué pour préparer une nouvelle pierre, la tombe du baron ne se reconnaissait qu'à l'éminence de terre fraîchement remuée qui la recouvrait.

Réné s'approcha de cette sépulture. Il venait dire un suprême adieu à celui qui, pendant tant d'années, avait été son père et son ami. Le jeune homme s'agenouilla. Il n'était pas religieux, nous le savons, — il n'était même pas croyant. Mais qui donc oserait douter de l'immatérialité de l'âme, de son immortalité et de la toute-puissance divine?... Un doute semblable, en face d'un tombeau, ne serait-il point un outrage à l'humanité tout entière? — Et comment supposer que celui qu'on pleure, créature noble et intelligente, a péri tout entier dans la mort et qu'il n'en reste qu'une dépouille vile que les vers se disputent déjà?

Non ! cent fois non ! En présence d'un cercueil que
quelques pelletées de terre viennent à tout jamais de sépa-
rer du monde, les matérialistes les plus endurcis, — les
plus fervents disciples du vieux démon Voltaire, — abju-
rent pour un instant leur funeste système, et ce qui leur
paraissait le plus haut terme de la raison humaine, leur en
semble le suprême abaissement.

Cette sensation dont nous venons de parler, Réné la ressentit dans toute sa puissance et s'y abandonna facilement.
Des prières ferventes, comme il en savait murmurer dans
son enfance, s'échappèrent de ses lèvres impies. De grosses larmes coulèrent de ses yeux. Puis il lui sembla que sa
prière et sa douleur évoquaient en quelque sorte l'âme de
son père, et que cette âme se mettait en communication
avec la sienne. Et il entendit la bouche désormais muette
du baron lui donner de derniers conseils, qu'hélas ! il ne
devait pas suivre.

L'impression de ces heures douloureuses fut aussi courte
qu'elle avait été vive. Des distractions nombreuses ne
tardèrent point à en effacer les traces dans l'esprit fatale-
ment léger du jeune homme.

D'abord, il eut à s'occuper de ses intérêts de fortune.

Réné étant fils unique et le baron n'ayant point fait de
testament, ces intérêts devaient se régler facilement. Mais
il s'en fallait de deux ou trois mois que Réné eût atteint

le terme légal de sa minorité. Un conseil de famille se ras-
sembla et le jeune homme fut émancipé et mis en possession d'une fortune de soixante mille livres de rente, qui,
si l'on avait voulu vendre les terres et réaliser, aurait
monté sans peine à près du double.

Avec les goûts et les dispositions que nous connaissons
à Réné, son plus mortel ennemi n'aurait pu lui souhaiter
un pire malheur que de se trouver, aussi jeune et aussi
inexpérimenté qu'il l'était, à la tête d'une pareille fortune.

Mais Réné, et cela se comprend sans peine, n'était nullement de cet avis. Tous ses désirs, toutes ses aspirations
l'entraînaient vers Paris, qu'il ne connaissait pas encore.

Cependant il montra du courage, — rendons-lui la justice de le déclarer, — il montra même une fermeté dont
bien d'autres peut-être n'eussent point été capables à sa
place. Il lui sembla que ce serait agir en fils dénaturé que
d'aller à Paris chercher tous les plaisirs, mordre à la
grappe de toutes les voluptés, quand le corps de son père
était encore chaud dans sa tombe. Il s'imposa la loi de
passer à Savenay la moitié du temps de son deuil, c'est-à-
dire six mois environ. Et il eut la force de volonté de se
tenir parole.

Ajoutons qu'il consacra ces six mois à fumer, à chasser,
et, tranchons le mot, à s'ennuyer de tout son cœur.

Enfin, le délai fixé par lui-même expira. Il fit faire ses

malles et demanda des chevaux de poste. Mais, avant de
se mettre en route, il pensa qu'il devait une visite d'adieu
au vieux mentor qui l'avait dirigé le premier dans les
sentiers tortueux de la diplomatie amoureuse, et il se fit
conduire à Dôle, chez le chevalier de Villiers.

XI

La lettre du chevalier.

Le chevalier Philippe-Emmanuel de Villiers semblait
ne point avoir vieilli d'un seul jour pendant les trois années que Réné avait passées sans le voir. Il habitait un petit
logement situé à l'entresol d'un très-vaste hôtel dont un
de ses anciens amis était propriétaire. Cet entresol lui était
loué pour presque rien; — de plus, comme on n'envoyait
point toucher le loyer, le chevalier ne songeait nullement
à payer son terme, — et cela depuis vingt ans. Jamais lo-
cation ne fut plus économique, comme on voit.

M. de Villiers reçut Réné dans un salon dont tous les
meubles étaient des débris échappés au naufrage de sa
fortune d'autrefois. Ces meubles et le maître du logis allaient merveilleusement ensemble. Le chevalier faisait le

meilleur effet, — avec son costume du temps passé, — au milieu de ses secrétaires ventrus en marqueterie, de ses tables de jeu et de ses guéridons en bois de rose. On eût dit un portrait de Largillière, dans un cadre contemporain de ce grand artiste.

Quand la porte du salon s'ouvrit pour laisser entrer Réné, M. de Villiers, vêtu d'une courte robe de chambre (le mot technique est *pet-en-l'air*) de lampas un peu fané, était installé près de la fenêtre dans une *bergère* en bois doré, recouverte en point de Hongrie. Ses jambes bien faites, mais trop fines, chaussées de bas de coton blanc bien tendus, — se croisaient l'une sur l'autre avec un laisser-aller tout à fait régence. Sur un guéridon à portée de sa main droite se trouvaient un mouchoir de fine batiste inondé de parfums, — une bonbonnière en cristal de roche irisé, — et enfin une tabatière en porcelaine de Sèvres, enrichie d'un sujet anacréontique beaucoup plus que badin.

Le chevalier relisait, pour la vingtième fois peut-être, les *Mémoires de Jacques Casanova de Seingalt*, cette interminable série de libertines aventures où, durant dix gros volumes, l'aventurier italien met ses maîtresses toutes nues et les fait poser devant le public avec un cynisme d'expressions qui dépasse l'obscénité. M. de Villiers souriait à sa lecture et revenait avec complaisance sur les passages les plus chatouilleux.

En voyant entrer Réné il posa son livre.

— Ah ! te voilà, mon enfant ? — fit-il. — Je suis enchanté de ta visite... — Le bruit public m'avait appris ton départ, et je craignais que tu ne vinsses pas me dire : *Au revoir...*

— Vous voyez, monsieur le chevalier, que vous m'aviez mal jugé, — répondit Réné.

— Tant mieux, mon enfant !... tant mieux !... ça te portera bonheur de n'avoir point oublié ton vieil ami...

— Je n'en doute pas, puisque c'est déjà un bonheur pour moi de me trouver auprès de vous...

— Oh ! oh !... — dit le chevalier en riant, — des compliments !... tout comme à une jolie femme !... à quoi bon ?... je n'y crois plus...

Il y eut un instant de silence ; puis le chevalier reprit :

— Ainsi, tu t'en vas ?...

— Mon Dieu, oui.

— A Paris, sans doute ?...

— Justement.

— Et tu as bien raison !... je voudrais, pardieu ! pouvoir en faire autant.

— Qui vous en empêche ?...

— Oh ! ma foi, la moindre des choses !... trop d'années et trop peu d'argent !... ce n'est pas la peine d'en parler !... — Voyons, que vas-tu faire à Paris ?...

— Vivre.

— Fort bien, — ce mot est juste, car il est de fait qu'on ne vit qu'à Paris. — Connais-tu beaucoup de monde dans la grande ville ?...

— Quelques familles qui venaient de temps en temps à Savenay, chez mon père...

— Des gens graves !...

— Oui.

— Des gens ennuyeux !

— J'en ai peur.

— Et personne autre ?...

— Mon Dieu, non.

— Et c'est avec ces gens-là que tu comptes *vivre*, comme tu dis ?...

— Avec ceux-là, non.

— Avec lesquels alors ?

— Je ne le sais pas encore.

— Tu chercheras ?

— Oui.

— Et tu trouveras ?

— Je l'espère.

— Au hasard ?

— Il le faudra bien.

Le chevalier se mit à rire d'un rire silencieux et railleur.

Réné redoutait le spirituel et mordant persifflage de M. de Villiers, aussi le regardait-il avec une certaine inquiétude.

— Mon cher enfant, — lui dit le vieillard en redevenant sérieux, — quand, à Paris, on cherche des gens avec qui s'amuser et quand on les cherche au hasard, on a quatre-vingt-dix-neuf chances contre une de tomber sur des filous qui vous dupent, — sur des escrocs qui vous exploitent, — sur des aventuriers qui vous salissent de leur contact et qui compromettent votre nom et votre personne !...

— Vous m'effrayez, monsieur le chevalier !... — murmura le jeune homme.

— Mon cher enfant, — poursuivit Philippe-Emmanuel, — tu as bien fait de venir et je puis te rendre un service...

— Lequel ? — demanda Réné.

M. de Villiers ne répondit pas d'abord. Réné répéta sa question.

— Je vais, — dit alors le chevalier, — je vais te donner une lettre de recommandation...

— Pour qui ? — demanda Réné.

— Pour un gentilhomme de mes amis qui habite Paris et que je n'ai pas vu depuis vingt ans...

— Un de vos contemporains ?... — fit le jeune homme.

— Oh ! non, — répondit M. de Villiers en souriant. — Le comte Maxime de Bracy est mon cadet et de beaucoup ;

il doit avoir aujourd'hui, si je ne me trompe, quarante-quatre ou quarante-cinq ans, tout au plus...

— Maxime de Bracy... — répéta le jeune homme, — il me semble que ce nom ne m'est pas inconnu.

— Tu dois le connaître en effet ; les Bracy sont de fort grands seigneurs, et c'est d'ailleurs une famille franc-comtoise qui a son château sur la frontière suisse, un peu au delà de Pontarlier... — J'aime beaucoup Maxime, — il professe pour moi quelque estime, — il m'écrit une fois l'an et j'entends très-souvent parler de lui par des Parisiens qui passent... — Oh! c'est l'homme qu'il te faut, et s'il se charge de te lancer, ce dont je ne doute guère puisque je le lui demanderai, sois tranquille, mon enfant, il te lancera bien!...

— M. de Bracy est donc un homme très-répandu?..

— S'il est répandu?... ah! je le crois bien!... il connaît tout Paris et tout Paris le connaît! Il est de l'école des raffinés du temps de Louis XIII, — des roués de la Régence, — des talons rouges du règne de Louis XV, — et des merveilleux du Directoire ; — c'est la fine fleur de la fleur des pois!... un des rois de la vie, de la mode et de l'élégance!...

— Il faut qu'il soit immensément riche!... — s'écria Réné.

— C'est à peine s'il possède cinquante mille livres de

rente, mais il a mieux que de l'argent, mon enfant, il a du génie !...

— Et vous me donnerez une lettre pour lui?...

— Une lettre qui te fera accueillir à bras ouverts, j'en réponds.

— Je vous en remercie d'avance, et de tout mon cœur.

— Quand pars-tu ?

— Dans vingt-quatre heures.

— Alors il n'y a pas de temps à perdre, — je vais écrire aujourd'hui.

— Si vous voulez bien me le permettre, je prendrai votre lettre demain, en passant ?...

— C'est cela même, et nous boirons ensemble le coup de l'étrier avec un antique vin de Syracuse qui me vient de feu le marquis de Belmonté, l'un des derniers commandeurs de l'ordre de Saint-Jean de Jérusalem de Malte...

Réné prit congé de M. de Villiers et il regagna le château de Savenay, où il surveilla ses derniers préparatifs de départ.

Le lendemain, dans la matinée, la chaise de poste du jeune homme s'arrêtait devant le logis du vieillard.

Philippe-Emmanuel remit à Réné une large enveloppe, scellée d'un cachet volant de cire rouge, à ses armes, et

portant l'adresse de *Monsieur le comte Maxime de Bracy,*
— *rue Taitbout,* — *à Paris.*

Ensuite il déboucha un flacon de cristal de Bohême, tout
constellé d'étoiles d'or, et il remplit deux verres de ce vénérable vin de Syracuse dont il avait parlé la veille.

Un véritable gourmet aurait payé trois ou quatre louis,
sans conteste, le contenu de ce flacon.

Réné remercia de nouveau le chevalier de toutes ses
gracieusetés, promit de lui écrire, reçut son accolade, la
lui rendit, et remonta en voiture. Les postillons déroulè-
rent en claquements sonores les longues courroies de leurs
fouets, — les chevaux partirent au galop, faisant jaillir des
milliers d'étincelles sous leurs sabots ferrés, et la chaise
de poste roula rapidement sur la route de Paris.

§

L'enveloppe remise par le chevalier au jeune homme
n'était fermée, nous le savons, que par un cachet volant.
Aussitôt que la voiture eut dépassé les dernières maisons
de la ville et courut d'une façon moins bruyante sur une
route non pavée, Réné ouvrit cette enveloppe et en tira la
lettre qu'elle contenait. Il déplia le papier vélin et il lut

les lignes suivantes, tracées par une main encore ferme
en caractères longs et raides :

« Mon cher comte,

« Si vous avez conservé quelque sympathie pour votre
vieil ami, vous accueillerez avec la bienveillance qui vous
est habituelle le baron Réné de Savenay qui vous remet
cette lettre et à l'endroit duquel je professe la plus sincère
et la plus vive affection.

» Je viens vous demander à son intention, mon cher
comte, votre amitié et les précieux conseils de votre expérience.

» Je voudrais pouvoir me trouver auprès de vous en
même temps que lui pour mettre sa main dans la vôtre, et
ce serait pour moi une grande joie que de voir ces deux
mains se serrer cordialement. Malheureusement je ne
puis bouger de ce trou provincial où mes derniers jours se
traînent d'une façon morose et languissante ! — Puisque je
suis cloué ici, de par la vieillesse et la pauvreté, — puisque
je ne puis vous présenter mon jeune ami de vive voix,
— permettez-moi de vous le présenter de loin, comme je
le ferais de près. Cela lui épargnera l'ennui de vous dire
qui il est et ce qu'il attend de vous.

» D'abord, regardez-le, je vous prie ! — Il est beau

5.

comme un ange, — beau comme ce dieu malin que nos
charmantes aïeules appelaient le petit *Cupidon*. N'était son
sexe qui me rassure complètement à votre endroit, je
craindrais pour votre repos, mon cher comte. Mais comme
il n'y a rien de commun entre le bon Henri III, le grand
Frédéric et vous, je suis parfaitement tranquille. Réné a
vingt et un ans; son père est mort il y a six mois, il possède soixante mille livres de rentes. — Voilà ce qu'est
Réné.

» Voyons maintenant ce qu'il désire.

» Réné veut *vivre* ; — *vivre* comme vous vivez, —
vivre comme j'ai vécu. Réné veut éblouir Paris par l'éclat
de sa jeunesse, de son élégance et de ses galanteries... —
N'a-t-il pas cent fois raison ?

» Réné n'est point naïf, — tant s'en faut. — Je l'ai
formé de mon mieux, et c'est, je vous jure, mon meilleur
élève, — après vous, — car je revendique la gloire, mon
cher comte, d'avoir été votre premier maître.

» A dix-huit ans, Réné ne comptait déjà plus ses maîtresses, et dans une seule semaine il avait eu trois duels.
C'est assez joli, n'est-ce pas ?...

» Malheureusement, ces hauts faits avaient pour théâtre
une pauvre petite ville inconnue. — Aussi Réné, qui est
modeste, regarde-t-il son éducation comme à peine ébau-
chée. C'est vous qui la terminerez, mon cher Maxime.

» Je vous adresse mon jeune ami avec une entière confiance ; — mieux que personne vous lui pouvez ouvrir à deux battants les portes de ce double monde où vous régnez, — le monde blasonné de la haute noblesse, — le monde enguirlandé de roses de la galanterie.

» Prenez donc Réné par la main et conduisez-le tour à tour dans les salons et dans les boudoirs. Faites de lui un gentilhomme accompli, et faites-en aussi un *viveur*, puisque tel est le nom que vous vous donnez à vous-mêmes, vous autres *les gens qui s'amusent*. Enfin, pardonnez-moi ce long bavardage, — laissez-moi vous remercier d'avance du succès complet de ma requête, et souffrez que je me dise, comme toujours et jusqu'à la fin,

» Votre vieil ami,

» *Le chevalier* PHILIPPE-EMMANUEL DE VILLIERS. »

Plus d'une fois, en parcourant l'épître que nous venons de mettre sous les yeux de nos lecteurs, Réné sourit avec complaisance aux éloges si pompeux que le vieillard plaisait à lui donner. Puis il replia le papier vélin, — il le glissa de nouveau dans son enveloppe armoriée, et il se dit qu'il était impossible que le porteur d'une semblable lettre ne fût point favorablement accueilli. — Enfin, il se mit à penser à ce comte Maxime de Bracy qui, du haut du piédestal sur lequel l'avait placé M. de Villiers, lui semblait un être grandiose et en quelque sorte fantastique.

Les types bien connus de Lovelace, de Richelieu, de don Juan, enfin de tous les héros de la rouerie galante, passèrent tour à tour devant l'imagination de Réné, et il revêtit successivement Maxime de leurs diverses individualités. Puis ses pensées devinrent de plus en vagues, et il finit par s'endormir au bruit monotone des roues et aux claquements cadencés du fouet des postillons.

Le voyage de Réné fut court et n'offrit aucune particularité digne de trouver place dans notre récit. Le lendemain de son départ, dans la soirée, il atteignit le dernier relai — celui de Charenton.

Le hasard railleur faisait-il passer à dessein auprès de la maison des fous cet aventureux jeune homme, tout prêt à se plonger à corps perdu dans le tourbillon des folies parisiennes? — Là est la question!..... — comme dit le vieux Shakspeare.

Bientôt Réné distingua cette brume permanente qui s'élève au-dessus de Paris et qui est comme la respiration de la grande ville. La chaise de poste s'arrêta à la barrière. Les préposés de l'octroi, douaniers en habit vert, firent au viveur futur les honneurs de la capitale du monde civilisé.

Réné avait beaucoup de bagages. Un des commis du fisc monta sur le siége de la voiture, afin d'examiner plus à loisir le contenu des malles quand le voyageur serait rendu à sa destination.

L'un des postillons descendit de cheval, vint à la portière et, portant la main à son chapeau bariolé de rubans, demanda :

— Où allons-nous, mon maître ?...

— Hôtel des Princes ! — répondit Réné.

Le postillon se remit en selle et la voiture s'engouffra dans Paris.

FIN DE LA PREMIÈRE PARTIE.

DEUXIÈME PARTIE

LES DÉBUTS D'UN VIVEUR.

I

Rue Taitbout.

Dès le lendemain de son arrivée et vers les onze heures du matin, Réné monta dans un de ces petits coupés qui encombrent la cour de l'hôtel des Princes, et il se fit conduire à la rue Taitbout.

L'heure choisie par le jeune homme pour faire sa première visite à Maxime nous prouve jusqu'à l'évidence qu'il était encore provincial jusqu'au bout des ongles, malgré les savants conseils de M. de Villiers, et que son éducation élégante était notablement incomplète...

Nous avons dit au commencement de ce volume que

Maxime de Bracy occupait un appartement au second
étage. Réné sonna.

— Monsieur le comte est-il chez lui ? — demanda-t-il au
valet de chambre qui vint lui ouvrir la porte.

Ce dernier regarda de la tête aux pieds ce visiteur ma-
tinal qu'il n'avait jamais vu venir chez son maître. Et
comme cet examen le convainquit que Réné était à coup
sûr un homme du monde, il répondit poliment :

— Oui, monsieur, M. le comte est chez lui, mais il
est rentré très-tard cette nuit et je ne crois pas qu'il soit
visible...

— Remettez-lui, je vous prie, ceci, — fit Réné en pré-
sentant au domestique une carte de visite et la lettre du
chevalier ; — vous lui direz en même temps que je reviendrai à une heure plus convenable...

— M. le comte sort rarement avant deux heures, —
répondit le valet de chambre.

— Alors veuillez le prévenir que je me présenterai chez
lui demain, à une heure.

— Oui, monsieur.

Tout ce qui précède s'était dit dans l'antichambre.

Réné sortit et le valet referma la porte. M. de Savenay
descendit lentement. Il atteignait la dernière marche de
l'escalier quand il entendit derrière lui le bruit d'un pas
rapide et d'une respiration haletante. Il se retourna. Le
valet de chambre était sur ses talons.

— Est-ce à moi que vous en avez, mon ami? — demanda Réné.

— Oui, monsieur... — répondit le domestique en s'efforçant de reprendre haleine; — M. le comte, à qui j'ai remis sur-le-champ votre carte et la lettre que vous apportiez, m'a enjoint de courir après vous et de vous dire que si vous vouliez bien vous donner la peine de remonter, il aurait l'honneur de vous recevoir immédiatement.

— Bon! — pensa Réné, — le chevalier ne s'était point trompé sur l'effet que sa lettre devait produire...

Et il ajouta tout haut :

— C'est bien, — je vous suis...

Un instant après, il entrait dans un petit salon où l'attendait Maxime, qui venait de se jeter en bas de son lit et qui n'avait pris que le temps de passer une légère robe de chambre et un pantalon du matin.

Ce petit salon, d'un goût exquis et d'une simplicité merveilleuse, était tendu en velours brun et n'avait pour tout ornement que deux ou trois tableaux de prix et quatre statuettes de marbre-blanc soutenues par des socles d'ébène. Quelques chauffeuses et un large divan recouverts en velours pareil à celui de la tenture formaient tout le mobilier de ce salon. Mais le tapis sortait de la manufacture royale d'Aubusson, et Barye avait fouillé de son burin magistral le bronze verdâtre de la pendule et des candélabres.

Du premier coup d'œil, Réné comprit ce luxe si grandiose et si peu voyant qui le remplit d'admiration.

Les draperies de velours, abaissées à demi devant l'unique fenêtre, ne laissaient pénétrer qu'une lumière affaiblie et voilée, et, dans le premier moment, Réné ne distingua pas bien le visage de son hôte.

A peine avait-il franchi le seuil du petit salon que M. de Bracy alla à lui, lui prit la main et lui dit du ton de la plus cordiale bienveillance :

— Soyez le bienvenu, monsieur, et permettez-moi de vous serrer la main comme à un ami que vous serez pour moi, j'espère...

— Un pareil titre me sera bien précieux, monsieur le comte, si vous me faites l'honneur de me l'accorder... — répondit Réné.

— Il vous est acquis, — dit Maxime, — et dès ce moment, je vous en supplie, regardez-vous ici comme chez vous.

— Monsieur le comte, — fit le jeune homme, mis complètement à son aise par ce charmant accueil, — voulez-vous me permettre de vous adresser une prière?...

— Dix plutôt qu'une.

— Eh bien! parlez-moi franchement...

— Je vous le promets... — répondit Maxime un peu étonné de ce début.

— Convenez avec moi — poursuivit Réné — que je

suis venu beaucoup trop matin, que vous vous êtes levé fort mal à propos pour me recevoir, et que je vous dérange énormément ?...

— Je ne conviendrai de rien de tout cela, — répondit Maxime en souriant.

— Pourquoi donc ?

— Parce que rien de ce que vous supposez n'est vrai. — Je me levais quand on m'a remis la lettre du chevalier, mon vieil ami,—je suis enchanté de vous avoir reçu, et mon seul regret est que vous vous soyez donné la peine de monter deux fois...

Réné s'inclina.

— Ainsi, cette lettre de M. de Villiers, vous l'avez lue? — demanda-t-il.

— Très-imparfaitement, — dit Maxime; — à peine si j'ai eu le temps de la parcourir ; — mais il me suffisait de savoir votre nom pour que ma porte vous fût ouverte et pour que ma main se tendît vers la vôtre.

— En vérité, monsieur le comte, je ne sais comment vous remercier... — balbutia Réné.

— Me remercier ! — dit Maxime, — y pensez-vous?... — est-ce qu'il n'y a pas une véritable parenté morale entre deux gentilshommes enfants de la même province, car vous savez sans doute que je suis Franc-Comtois comme vous ? — Est-ce qu'un Savenay et un Bracy ne doivent pas, quand ils se rencontrent, s'appuyer l'un sur l'autre?

— Nous sommes frères, monsieur, ou plutôt, comme j'ai par malheur plus du double de votre âge, nous sommes le père et le fils...

Réné écoutait ces chaleureuses paroles qui décelaient l'homme de cœur autant que l'homme du monde, et il s'étonnait de rencontrer chez un viveur aussi célèbre que l'était Maxime de Bracy de pareils sentiments exprimés d'une semblable façon.

Le comte changea de ton et ajouta presque aussitôt :

— Voulez-vous me permettre d'achever de lire la lettre de notre ami commun?...

Et il montrait l'enveloppe carrée qu'il tenait à la main.

— Vous gênez-vous donc avec moi? — demanda Réné, — il me semble que ce serait mal...

— Vous avez raison, — répondit Maxime, — à partir de cette minute agissons l'un avec l'autre sans façon... — Je vais vous en donner l'exemple.

Le comte s'approcha de la fenêtre. Il fit glisser sur leur bâton d'ébène les anneaux de la draperie de velours, et une vive clarté pénétra dans le salon.

Réné, jusqu'à ce moment, n'avait fait qu'entrevoir Maxime, sans qu'il lui fût possible de bien distinguer ses traits.

Il profita de ce que le comte lisait auprès de la fenêtre, pour examiner avec attention les traits vigoureusement éclairés de cette belle tête de gentilhomme. L'intelligence

et la distinction se lisaient sur ce visage énergique et régulier, et Réné comprit à merveille la supériorité morale
de cet homme et l'ascendant qu'il devait exercer sur tous
ceux qui l'approchaient.

Cependant Maxime acheva sa lecture. Il remit la lettre
dans sa poche et se tourna vers Réné dont, lui aussi, voyait
distinctement le visage pour la première fois.

L'effet du regard qu'il jeta sur le jeune homme fut subit
et en quelque sorte foudroyant. Il ouvrit la bouche pour
parler, mais ses lèvres tremblantes ne purent articuler aucun son. Une sorte d'égarement se peignit dans son regard.

Il devint très-pâle, — pâle comme un homme qui va
mourir, — et il serait tombé à la renverse si Réné ne s'était
élancé près de lui pour le soutenir et ne l'avait conduit au
divan sur lequel il l'assit.

Cette défaillance ne dura qu'un instant. Peu à peu la
pâleur de M. de Bracy diminua. Son regard devint plus
calme, mais ne cessa point de s'attacher avec une fixité
étrange sur le visage de Réné.

— Mon Dieu!... — s'écria ce dernier avec inquiétude.
— mon Dieu, monsieur le comte, qu'avez-vous ?

Les lèvres de Maxime s'entr'ouvrirent dans un pâle sourire.

— Ce n'est rien, — répondit-il — rien absolument...

— Cependant, — poursuivit le jeune homme, — vous souffrez?

— Un peu... — murmura Maxime, — mais voici que cela se passe...

En effet, toute pâleur avait presque disparu, et la figure du comte reprenait son expression habituelle. Il quitta le divan et fit à grands pas deux ou trois tours dans le salon.

— Est-ce que vous êtes sujet à ces défaillances, monsieur le comte?... — demanda Réné.

— Heureusement non, — répliqua Maxime.

— Pardonnez-moi, je vous en prie, une question peut-être indiscrète, — poursuivit le jeune homme, — mais il m'a semblé, tout à l'heure, que vous aviez changé de visage en me regardant...

— C'est vrai,— dit M. de Bracy avec une sorte d'effort.

— Aurais-je eu le malheur de vous déplaire à ce point? — s'écria Réné.

— Vous ne le pensez pas, — répondit le comte avec un sourire presque aussi triste que le premier.

— Mais alors, pourquoi ce trouble?...

— Vos traits m'ont douloureusement frappé... — Une étrange ressemblance entre vous et une personne... qui n'est plus... est venue remuer dans mon cœur des souvenirs... des regrets... des remords... — Je n'ai pas été le maître de mon émotion... — Il m'a semblé... j'ai cru... mais à quoi bon vous dire toutes les idées folles, toutes les visions insensées qui, pendant un instant, ont traversé mon cerveau troublé?... — C'est fini... bien fini... n'en parlons plus.

Maxime appuya la main sur son front et il ajouta en lui-même :

— Et surtout, tâchons de n'y plus penser!... — Mais sera-ce possible maintenant?... — Que n'ai-je pas fait pour chasser cette pensée amère?... — J'avais presque réussi... et voici que ce souvenir implacable, ce souvenir qui me tue, prend une forme vivante et vient se placer en face de moi!...

Maxime s'était laissé retomber sur le divan. Il avait oublié la présence de son visiteur, et sa tête se cachait dans ses deux mains.

Réné crut comprendre que sa visite en ce moment était complétement inopportune.

— Monsieur le comte, — dit-il presque à voix basse, — vous souffrez encore, je le vois... permettez-moi de me retirer... J'aurai l'honneur de vous revoir un peu plus tard...

Et Réné se dirigea vers la porte.

En entendant sa voix, Maxime tressaillit. Il se leva vivement, et, allant au jeune homme, il lui prit la main et il lui dit en le retenant, avec un ton d'une douceur toute paternelle :

— Restez, je vous en prie, mon enfant, — je vous assure que je suis tout à fait bien et que nous pouvons causer.

Ensuite il reconduisit Réné jusqu'auprès de la fenêtre, — il le posa en quelque sorte sous un large rayon lumineux, comme un peintre le fait quand il veut éclairer son modèle, et, après l'avoir regardé longtemps, il ajouta avec une sorte d'attendrissement :

— Le chevalier ne se trompe pas, Réné, vous êtes beau !...

Et tout bas il murmura :

— Aussi beau que le serait le fils de Marguerite !...

II

Petit traité pratique de la vie élégante, à l'usage des jeunes gens qui n'ont que soixante mille livres de rente.

— Ainsi donc, — dit Maxime en souriant, — vous voulez devenir un viveur?

— Oui, — répondit Réné, — je me suis demandé quel était le but de la vie, et la voix de mes vingt ans m'a répondu : — C'est le plaisir !...

— Peut-être cette opinion est-elle un peu paradoxale, — fit M. de Bracy avec un nouveau sourire, — mais ce n'est pas le moment de la discuter. — Vous avez compté sur moi, — je ne vous ferai pas défaut...

— Merci d'avance, — répliqua le jeune homme.

— M. de Villiers vous a dit, — poursuivit Maxime, — que personne ne pouvait mieux que moi vous ouvrir les

1ʳᵉ s. 6

portes des salons et des boudoirs de Paris. — Le chevalier ne s'est pas trompé. — Je suis bien accueilli, grâce à
mon nom, dans le monde aristocratique du faubourg
Saint-Germain et du faubourg Saint-Honoré. — Je ne dé-
daigne point les hôtels financiers de la Chaussée-d'Antin,
et je passe la moitié de ma vie dans ce monde interlope,
élégamment vicieux, qui n'est plus la bonne compagnie,
qui n'est pas tout à fait la mauvaise, et qu'on est certain
de rencontrer partout où se présente une occasion de
plaisir, — à la croix de Berny et à Chantilly, — aux avant-
scènes de nos théâtres et au foyer de l'Opéra, — chez les
pécheresses en renom, — chez ces actrices qui recher-
chent les succès de la ville beaucoup plus que ceux de la
scène, — autour des tapis verts des tables de lansquenet,
et dans les joyeuses orgies de ces cabarets dorés qui
remplacent pour nous, viveurs dégénérés et mesquins, les
petites maisons de nos pères...

Maxime s'interrompit un instant. Il regarda Réné bien
en face. Puis il lui demanda :

— Par lequel de ces deux mondes voulez-vous commencer ?...

— Par le dernier, — répondit Réné.

— Je m'en doutais, — fit le comte.

Et il murmura à demi-voix :

— Oh ! jeunesse !... jeunesse !...

Réné crut apercevoir un nuage fugitif sur le visage de son interlocuteur.

— Me blâmez-vous? — demanda-t-il.

— Moi?..... — s'écria Maxime, — non pas!.... Et de quel droit vous blâmerais-je, s'il vous plaît?... Vous voulez suivre l'exemple que je vous donne, est-ce un mal?... — J'ai fait jadis ce que vous allez faire, et, puisque je continue, c'est que sans doute je m'en suis bien trouvé !

Réné ne remarqua point la profonde amertume avec laquelle M. de Bracy prononça ces dernières paroles. Maxime reprit :

— Donc, c'est décidé, je vous lance, et cela sans retard. — Maintenant, s'il vous plaît, causons un peu de vos affaires..... il est bon que je les connaisse puisque je vais être en quelque sorte votre tuteur officieux.

— Interrogez, — dit Réné.

— Vous avez, n'est-ce pas, soixante mille livres de rente? — du moins c'est le chiffre que me pose M. de Villiers.

— Oui, — répondit le jeune homme, — et c'est bien peu, je le crains, pour vivre largement à Paris.

— Je n'en ai que quarante-cinq, moi qui vous parle, — dit Maxime, — et l'on cite mon luxe!..... — Si vous êtes assez sage pour suivre mes conseils, vous brillerez au premier rang...

— J'en accepte l'augure..... — s'écria joyeusement Réné.

— Combien de temps comptez-vous passer à Paris chaque année?

— Le plus longtemps possible, j'ai la campagne en horreur.

— Vous conserverez cependant votre terre de Savenay?

— Oui, — j'en porte le nom, et l'habitation est magnifique.

— Avez-vous des chasses là-bas?...

— Immenses et très-giboyeuses. — Mon père était grand-veneur de son département.

— Eh bien, tous les automnes, vous emmènerez à Savenay pour la saison des chasses une demi-douzaine de nos amis, quelques jolies femmes et un excellent cuisinier, et vous verrez que vous vous ennuierez beaucoup moins que vous ne le craignez.

— Oh! comme cela, je n'en doute pas, — répondit Réné, — vous avez une si charmante façon d'arranger les choses.

— Il faudra monter votre maison à Paris...

— Sans doute.

— Vous en rapporterez-vous à moi pour cela?...

— Est-ce sérieusement que vous m'adressez cette question, mon cher comte?

— Quel quartier désirez-vous habiter ?...

— Je n'en sais rien.

— Comment, vous n'en savez rien ?...

— Non, — je ne connais point Paris, où je viens pour la première fois.

— Eh bien ! nous visiterons ensemble un quartier nouvellement bâti où nous trouverons sans doute à louer, dans la rue d'Aumale où la rue de Berlin, un petit hôtel entre cour et jardin. — Vous occuperez cet hôtel en totalité, et ce sera pour vous beaucoup plus commode et beaucoup plus élégant qu'un appartement.

— Un hôtel tout entier !... — s'écria Réné.

— C'est du meilleur goût.

— Mais, ne sera-ce point affreusement cher ?...

— Beaucoup moins que vous ne le croyez. — Laissez-moi faire et ayez confiance en mon économie.

— Vous avez pleins pouvoirs.

— J'en userai.

— Et ensuite ?

— Ensuite nous songerons à votre ameublement.

— Votre tapissier s'en chargera.

— Mon tapissier ? — répéta Maxime d'un air étonné.

— Est-ce que vous n'en avez pas ? — demanda le jeune homme.

— Non certainement, je n'en ai pas !... Vous croyez donc encore aux tapissiers, vous, Réné ?...

C.

— Mais... il me semble...

— Erreur ! mon cher ami !... grande erreur !... impardonnable erreur !... — Les tapissiers de notre époque ont été inventés pour organiser des appartements de bourgeois, de banquiers et de filles entretenues, mal entretenues... — Je vous ferai visiter tout à l'heure mon humble gîte, et vous y verrez que nos tapissiers, à nous autres gentilshommes, sont ceux qui travaillaient pour nos aïeux du temps de Henri III et pour nos aïeules du temps de Louis XV. — Hors de là, point de salut !...

— A la bonne heure !... — fit Réné ; — mais vous rêvez des merveilles qui ne me semblent guère faciles à réaliser...

— Eh ! pardieu ! — s'écria Maxime. — si c'était facile, où serait le mérite !... Il y a un vieux vers de tragédie qui dit, si je ne me trompe :

« A vaincre sans péril, on triomphe sans gloire !... »

— Enfin, vous vous chargez de tout ?...

— Oui.

— Alors, je suis tranquille.

— Merci de cette confiance... — Parlons maintenant de vos équipages.

— M. de Villiers m'a cité les vôtres comme des modèles, — interrompit Réné.

— Le chevalier est trop bon, et ceux qui lui ont parlé

de moi sont trop indulgents.... vous aurez mieux que
cela...

— Est-ce possible ?..,

— C'est facile. — Vous aimez les chevaux ?

— Passionnément,

— C'est naturel. — Il vous en faut cinq.

— Aussi peu ?

— C'est bien assez. — Trois pour l'attelage, deux pour
la selle. — Si la fantaisie vous prenait de faire courir,
vous augmenteriez vos écuries ; mais je ne vous le con-
seillerai jamais, car il y a quatre-vingt-dix-neuf contre un
à parier que cela vous coûterait un argent fou.

— Je me rends.

— Passons aux voitures,

— Combien en avez-vous, vous, monsieur le comte ?...

— Oh! moi, j'en ai deux , — un coupé et un phaéton. — Il vous en faut une de plus, un tilbury, — je
vous le ferai venir de Londres. — J'en arrive aux domestiques... il doit y en avoir une quantité, là-bas, à Savenay ?...

— Quelque chose comme quinze ou vingt.

— Fort bien, — qu'ils y restent !... — Qui avez-vous
amené avec vous ?

— Un vieux valet de chambre de mon père.

— Brave homme, à coup sûr ?

— La probité en personne, — le dévouement incarné.

— Il sera votre homme de confiance et surveillera les deux ou trois drôles que vous allez être obligé de prendre à votre service et qui passeront la moitié de leur vie à vous voler, et l'autre à dire de vous mille horreurs !

— Quelle charmante perspective !...

— Résignez-vous, mon cher Réné, — c'est un mal sans remède !

— Combien de ces coquins-là devrai-je attacher à ma personne ?...

— Le moins possible : — un cocher anglais (j'en connais un, justement, qui quitte la maison de lord Normamby), — un valet de chambre, — un petit groom de quinze à seize ans pour vous accompagner au bois, — et, enfin, une cuisinière...

— J'aimerais mieux un cuisinier, — fit Réné.

— A quoi bon ? — vous ne dînerez presque jamais chez vous. — Si vous teniez un véritable état de maison, répandu comme vous allez l'être vous auriez tous les jours quinze personnes à dîner, et cela vous entraînerait à des dépenses telles, qu'avant trois ans d'ici vous seriez obligé d'hypothéquer vos terres de Franche-Comté. — Or, une cuisinière est plus que suffisante pour préparer un déjeuner de garçon... — Pour le reste, vous ferez comme moi, vous dînerez au cabaret.

— Maintenant, monsieur le comte, il me semble que tout est prévu...

— Tout !... — allons donc !... — Nous n'avons pas encore dit un mot du chapitre le plus important de votre existence, de la plus lourde charge de votre budget...

— De quoi voulez-vous parler ?...

— Eh ! pardieu !... je veux parler des femmes !... — Prenez garde aux femmes, mon enfant, c'est par elles que les plus belles fortunes s'amoindrissent et disparaissent !...

— Vous me conseillerez...

— Sans doute, mais quand on reçoit des conseils de cette nature-là, on a bien soin de ne les suivre jamais...

— Cependant, je puis vous exposer mes théories, et vous en ferez votre profit si vous voulez...

— J'écoute... et avec une singulière attention...

— Du caractère que je vous suppose, mon cher enfant, et avec cette rage de plaisir qui vous domine en ce moment, vous êtes tout à fait incapable, d'ici à quelques années du moins, de rechercher et d'éprouver une passion sérieuse...

— C'est aussi mon avis — répondit Réné.

— Donc, — poursuivit Maxime, — vous ne vous attacherez pas au char d'une femme du monde, d'une femme mariée, d'une de ces femmes enfin qu'on décore du beau nom de *femmes honnêtes*, parce qu'au lieu de tromper dix amants, elles trompent dix amants et un mari. — Il faudrait qu'une de ces dames vous eût jeté sur le cœur les grappins d'abordage d'un amour bien invraisemblablé pour que vous vous résignassiez à subir la série de corvées, de tribulations et de désappointements que des myriades d'albums et de vaudevilles ont représentés, pour votre gouverne, sous le titre assez spirituel des *Petits malheurs d'un amant heureux!...* — Restent donc les faciles beautés qui sont les prêtresses de Vénus de notre monde de *viveurs*... — Oh! parmi celles-là, vous n'aurez qu'à choisir. — Elles sont jeunes, elles sont charmantes, ou du moins elles le paraissent, ce qui, au fond, est l'essentiel; — et soyez tranquilles, mon enfant, elles ont l'âme compatissante, et la pensée ne leur viendra point de vous faire languir trop longtemps.

Un éclair de volupté jaillit des prunelles ardentes de Réné. Maxime continua:

— Au milieu de ce harem de séduisantes odalisques que les coulisses et les boudoirs offriront à votre juvénile appétit, à vos vingt et un ans et à vos soixante mille livres de rente, comme un marchand de Smyrne offre au sultan de Constantinople des Africaines brunes et dë blânches Géorgiennes, que ferez-vous, mon enfant?...

Réné ne répondit point, mais son regard signifia:

— Je les prendrai toutes.

Maxime comprit l'expression de ce regard. Un nouveau sourire se dessina sur ses lèvres et il poursuivit:

— Vous aurez raison. — Croyez-moi, ne choisissez

pas ! — Une maîtresse en titre, à votre âge, est une chose fatale. — Si vous aviez le malheur de vous attacher à l'une de ces femmes dont je vous parlais il n'y a qu'un instant, si enfin vous commenciez une liaison, vous auriez tout à craindre ! — La créature dont vous auriez fait votre propriété deviendrait pour vous une chose de luxe, un objet de parade, — vous mettriez un amour-propre insensé à ce que cette femme distinguée par vous, entretenue par vous, écrasât ses compagnes par un faste insolent ; — vous vous serviriez d'elle comme d'une exhibition vivante de votre fortune et de votre générosité, et vous vous ruineriez, sans profit comme sans plaisir, pour une drôlesse effrontée qui n'aurait jamais cessé de vous tromper de tout son cœur avec les histrions de son théâtre qui lui débitent des obscénités dans les coulisses et se moqueraient de vous avec elle...

— Oh ! monsieur le comte, — fit Réné, — n'assombrissez-vous pas un peu les couleurs ?

— Vous verrez ces dames, — répondit Maxime, — vous les verrez et vous les jugerez !... — Croyez-moi, mon cher ami, je les connais bien, — je les connais trop !...

— Alors dites-moi, je vous prie, de quelle façon je devrai me conduire avec elles ?...

— C'est bien simple. — Il faut que toutes vous appartiennent, et que vous n'apparteniez à aucune... — Comme le sultan dont je vous parlais tout à l'heure, jetez le mouchoir au hasard, — ayez celle-ci aujourd'hui, — ayez cette autre demain... — Soyez généreux... soyez grand seigneur... vous le pourrez impunément, car dans notre époque de ladrerie et de misère le commerce de la galanterie est tombé si bas que la moindre largesse étonnera ces pauvres filles !... — Vous aurez des plaisirs nombreux, un peu frelatés, c'est vrai, mais toujours nouveaux, et dix femmes, je vous en réponds, vous coûteront moins cher qu'une seule !...

La morale du comte de Bracy plaisait énormément à Réné. Non point que le jeune homme calculât, ainsi que le faisait Maxime, ce qui porterait à sa bourse une atteinte plus ou moins rude. Une idée pareille était, nous l'affirmons, bien loin de son esprit. Mais il souriait à la pensée de se faire un sérail dont toutes les jolies pécheresses de Paris seraient les odalisques.

La conversation continua quelque temps encore, puis Maxime invita M. de Savenay à dîner pour le même jour au café de Paris, et, à ce dîner, il lui donna rendez-vous pour la nuit suivante, à une heure du matin, sur le boulevard des Italiens. Il devait le conduire à un souper qui réunissait une partie des illustrations de la bohême élégante.

Nous avons assisté, dans le second chapitre de ce volume, à la rencontre de Maxime et de Réné. Maintenant nous allons les suivre.

III

Albine.

Maxime et Réné suivirent le boulevard jusqu'à la rue de la Chaussée-d'Antin. Là ils tournèrent à droite, puis à gauche, et s'engagèrent dans la rue Neuve-des-Mathurins.

— Mon cher comte, — dit alors Réné; — je ne vous ai pas encore demandé chez qui vous me conduisiez...

— Soyez tranquille, — répondit Maxime, — je vous conduis chez une jolie femme.

— Qui s'appelle?

— Albine de Pragues.

— C'est un nom de guerre, cela, n'est-ce pas?

— Parbleu !

— Et cette jolie femme, que fait-elle?

1ʳᵉ s. 7

— Peu de chose, — elle est princesse.

— Princesse!...

— Mon Dieu oui, — de la main gauche, bien entendu...
— Son protecteur est le fils d'un homme triplement célèbre, comme diplomate, — comme grand seigneur, — et
enfin comme causeur et comme écrivain spirituel...

— Le prince de... n'est-ce pas? — demanda Réné.

— Justement.

— Mais il me semble que ce protecteur ne doit plus être
de la première jeunesse, car enfin il y a déjà longtemps
que son père est mort...

— Je le crois bien, qu'il n'est plus jeune!... — Il pro-
tége Albine depuis plus de vingt ans !

Réné fit un brusque haut-le-corps.

— Ah çà!... — s'écria-t-il, — quel âge a-t-elle donc,
votre charmante Albine?...

— Eh!... eh!... — fit Maxime, — vous m'adressez là
une de ces questions auxquelles il est bien difficile de répondre... Cependant, en interrogeant mes souvenirs, il me
semble pouvoir affirmer qu'Albine a quelque chose comme
trente-sept ou trente-huit ans.

— Alors, c'est une vieille femme?...

— Pas le moins du monde. — C'est une charmante personne qui se donne trente ans et ne paraît pas les avoir...
quand elle est en grande toilette... — D'ailleurs, ce n'est

point pour elle que nous allons chez elle, ainsi, que vous importent son âge et sa beauté ?...

— Elle reçoit beaucoup ?...

— Oui. — On rencontre chez elle ce qu'il y a de mieux en viveurs, et de plus joli en coquines.

— Il faut qu'elle soit riche...

— Je ne sais pas si elle est riche, — ceci regarde son notaire et son agent de change. — Mais ce que je sais, c'est que le prince lui donne beaucoup d'argent...

— Le verrons-nous chez elle, ce soir ?...

— Non. — Il est à son ambassade, je ne sais où, en Allemagne.

— Et, malgré son absence, il trouve bon que sa maîtresse s'amuse ainsi ?...

— Probablement, puisque ce train de vie ne se modifie jamais...

— Il n'est pas jaloux ?...

— Pauvre prince !... il aurait trop à faire s'il fallait qu'il le fût !...

— Albine est légère ?...

— De taille, non, — de conduite, oui. — Elle donne au prince autant de rivaux que l'année compte de jours. — Cela aide la pauvre fille à soutenir son luxe, qui, comme vous le verrez, est étourdissant. — Elle a chez elle une petite personne de quinze ans, fort gentille, qu'elle appelle sa nièce, mais à laquelle je la soupçonne fort de te-

nir par des liens plus étroits. — Elle en cherche le place-
ment, prenez garde à vous, Réné. — Vous savez ce que je
vous disais à l'endroit des liaisons...

— Soyez tranquille, mon cher comte.

— Enfin, tenez-vous sur vos gardes. — Nous voici arrivés...

Au moment où Maxime prononçait ces paroles, les deux
interlocuteurs se trouvaient devant la porte cochère d'une
très-belle maison de la rue Neuve-des-Mathurins.

Une douzaine de voitures de maître stationnaient le long
du trottoir.

— Entrons, — dit Maxime.

Réné et son mentor s'engagèrent dans un large escalier
brillamment éclairé, et s'arrêtèrent au premier étage.

M. de Bracy sonna. Un valet de pied leur ouvrit la porte
et les introduisit dans une antichambre où se trouvaient
déjà deux autres domestiques. Tous les trois portaient une
livrée princière. — Habits bleus à la française, galonnés
sur toutes les tailles, aiguillettes bleu et or, culottes blanches, — souliers à boucles d'argent, — larges boutons ar-
moriés, et perruques poudrées amplement.

Un de ces valets s'approcha de Maxime avec un empressement respectueux et lui demanda :

— Faut-il annoncer monsieur le comte ?...

— Non, non, Saint-Jean, — répondit Maxime d'un air
sans-façon, — nous nous annoncerons nous-mêmes. — Y

a-t-il ce soir beaucoup de monde chez votre maîtresse, Saint-Jean?

— Mais oui, monsieur le comte, la société habituelle de madame.

— On n'est pas encore à table?

— Oh! non, monsieur le comte, — on danse...

— Fort bien! — Alors faites-nous passer par le boudoir, afin que nous puissions entrer sans déranger les polkeurs...

Saint-Jean ouvrit une porte devant Maxime et devant Réné, qui traversèrent d'abord un immense et somptueux salon, lequel ne servait que les jours de bal et de grandissime réception.

Une petite porte, masquée par les tentures de ce salon, donnait accès dans un charmant boudoir blanc et jaune, lequel communiquait lui-même avec le salon habituel. Dans ce boudoir il n'y avait personne. Seulement la porte du salon était ouverte et l'on entendait la mélodie entraînante d'une valse à trois temps, jouée sur le piano et entrecoupée par de joyeux éclats de rire.

Réné et M. de Bracy entrèrent sans bruit dans le salon.

Il s'y trouvait une quinzaine d'hommes et une dizaine de femmes.

Un jeune homme touchait du piano.

Deux ou trois couples valsaient.

Les autres riaient ou causaient.

Au moment où les deux nouveaux-venus franchissaient le seuil de cette pièce, une femme grande et belle les aperçut et vint à eux.

— C'est la maîtresse de la maison, — dit tout bas Maxime à Réné.

Et tout haut il ajouta :

— Bonsoir, Albine, — en tendant la main à celle à qui il venait de parler.

— Bonsoir, mon cher comte, — répondit Albine en serrant à la mode anglaise la main de Maxime ; — vous arrivez tard aujourd'hui...

Et, tout en parlant, elle regardait curieusement Réné qu'elle ne connaissait pas.

— Ma chère enfant, — dit M. de Bracy, — je vous présente mon ami, le baron Réné de Savenay, bon gentilhomme, je m'en porte garant, — beau comme le Bacchus indien, vos yeux vous l'affirment, — et riche comme un petit-fils de Plutus, ce qui ne gâte rien, n'est-ce pas?...

Réné s'inclina.

— Monsieur le baron, — lui dit Albine en riant, — je vous conseille de jeter votre anneau dans la Seine la première fois que vous passerez sur le pont des Saints-Pères, car, en vérité, vous avez trop de bonheur !...

Réné allait répondre, mais trois ou quatre jeunes femmes, qui s'étaient formées en groupe à l'autre extrémité du salon et qui ne perdaient pas de vue M. de Savenay, appelèrent madame de Pragues. Cette dernière fit quelques pas pour aller les rejoindre. Cependant, avant de quitter les deux hommes, elle approcha ses lèvres de l'oreille de Maxime et lui dit tout bas :

— Il est bien gentil, votre petit baron... — Est-ce que, vraiment, il est aussi riche que vous le prétendez ?

— Soixante mille livres de rentes.

— Parole d'honneur ?

— Oui.

— Merci.

Et Albine s'enfuit.

— Qu'est-ce qu'elle vous disait ? — fit Réné.

— Elle me demandait si vous étiez vraiment riche. — Je lui ai repondu que oui, — elle va le répéter à ces dames qui l'appelaient, et qui n'ont pas d'autre question à lui adresser que celle-là, et, ce soir, vous allez être assailli...

— Oh ! —dit Réné avec un sourire, — je ferai une défense héroïque !...

— Comment trouvez-vous Albine ?

— Très-belle, — je ne lui aurais guère donné plus de vingt-huit ans si vous ne m'aviez pas prévenu de son âge...

— Ainsi vous comprenez qu'elle plaise ?

—Je le comprends si bien que, dans le cas où elle éprouverait par hasard un caprice pour moi, je ne me montrerais pas cruel !...

§

Albine de Pragues était grande, nous l'avons dit. Son visage, d'une pâleur mate et uniforme, ne semblait fatigué que le matin. Le jeu des lumières et une imperceptible quantité de *rouge* très-habilement placé, lui donnaient, le soir, un éclat merveilleux.

Ses cheveux, bruns et brillants, semblaient magnifiques, — mais lui appartenaient-ils bien légitimement? Voilà ce qu'on se demandait. Quelques femmes feignaient d'en douter... des rivales sans doute... Toujours est-il que le coiffeur d'Albine aurait pu, seul, éclairer ces doutes mystérieux. Mais ce coiffeur était impénétrable comme un prophète et silencieux comme une tombe!...

Albine avait des yeux noirs et des lèvres rouges. Peut-être les lèvres étaient-elles légèrement *carminées*. Mais quant aux yeux, ils avaient l'éclat du diamant et la douceur du velours.

Albine était grasse. On ne pouvait critiquer, ni ses blanches épaules rondes et fermes, ni ses beaux bras de déesse grecque.

Ses pieds étaient trop gros, sa main blanche, mais commune. L'origine ultra-plébéienne d'Albine se trahissait dans ces extrémités fort peu aristocratiques. La mère de madame de Pragues s'appelait Cornudet et elle exerçait, rue Montmartre, l'honorable mais modeste profession de portière.

Ce soir-là, Albine était mise fort à son avantage. Une robe de taffetas, d'une nuance paille, très-décolletée, laissait voir entièrement ses épaules et la moitié de sa poitrine. Cette robe faisait ressortir la pâleur mate et presque orientale de son teint.

Sur le côté gauche de sa tête, au milieu des nattes épaisses de ses cheveux bruns, elle avait posé une rose d'un rouge vif qui donnait à sa physionomie une expression originale et provocante. Une rose pareille s'épanouissait au milieu du corsage.

Somme toute, nous le répétons, Albine semblait jeune, Albine paraissait charmante, et tous les *Renauds* de la terre se seraient laissé prendre aux charmes un peu mûrs de cette *Armide* plus que majeure.

— Si vous la voulez, — dit Maxime, — elle est bien à votre service...

— Connaissez-vous le prince? — demanda Réné.

— Beaucoup, — c'est un de mes amis...

— Et vous me conseilleriez, malgré cela, d'entreprendre...

— Oh! mon Dieu, — interrompit Maxime, — un de plus ou un de moins, qu'importe?...

7.

IV

Profils de pécheresses.

Cependant une contredanse avait succédé à la valse.

Excepté Maxime, Réné, un ministre de la guerre en disponibilité et un ex-pair de France atteint d'une douleur rhumatismale dans la jambe gauche, tout le monde dansait.

— Mon cher comte, — dit Réné en indiquant du regard les quadrilles improvisés, — commencez mon éducation, s'il vous plaît...

— Volontiers, — que faut-il faire ?

— Soulever tous ces masques et me nommer tous ces visages...

— Masculins ou féminins ?...

— Féminins d'abord, je vous prie, le sautres m'intéressent moins.

— Par où commencer ?...

— Procédons par ordre, — parlez-moi d'abord de celles de ces dames qui sont le plus près de nous...

— Interrogez...

— Quelle est cette femme jeune et fraîche, en robe rose, avec des yeux arabes, des cheveux épais et des sourcils merveilleusement bien arqués...

— Aurélie !... — murmura Maxime.

Et, au lieu de répondre à la question qui venait de lui être faite, il se mit à rire aux éclats.

— Qu'avez-vous ? — lui demanda Réné.

— Mon cher enfant, — dit Maxime en riant toujours, — ce sera un charmant plaisir, savez-vous, que de vous conduire à l'Opéra...

— Pourquoi donc ?

— Parce que vous prendrez les décors pour de vrais paysages, — les arbres de carton pour des arbres réels, — les baraques de toile peinte pour des chaumières au naturel, et les figurantes de la danse pour d'innocentes villageoises...

Réné rougit jusqu'au blanc des yeux...

— Ai-je commis une naïveté ? — demanda-t-il.

— Oui.

— Laquelle ?

— Vous m'avez dit : — *Quelle est cette fraîche jeune femme, aux beaux sourcils et aux cheveux épais?...*

— Eh bien ?

— Eh bien, cette femme n'est pas jeune, cette femme n'est pas fraîche, — ses sourcils sont peints et ses cheveux sont faux...

— Oh ! — s'écria Réné.

— Seulement, — poursuivit Maxime, — elle vous offre une compensation...

— Voyons un peu...

— Cette aimable personne est de famille noble, et c'est sans doute afin que nul ne l'ignore, qu'elle étale sur son visage toutes les couleurs de son blason...

— Noblesse de contrebande, j'imagine ?

— Pas le moins du monde : noblesse authentique, — irrécusable ! — Une des grand'tantes de cette pécheresse a fait ses preuves en 1753 pour entrer au chapitre noble des chanoinesses de Remiremont, et le propre frère d'Aurélie compte parmi nos diplomates...

— Elle a changé de nom, du moins ?...

— Allons donc!... — Pour qui la prenez-vous?... — La fine mouche entend fort bien ses intérêts et comprend à merveille que son nom est le chiffre unique qui donne une valeur quelconque à sa beauté qui est *zéro!*

— A-t-elle de l'esprit ?

— L'esprit de commerce, oui. — Oh ! elle sait tirer un excellent parti d'un capital à peu près nul, ou, tout au moins, bien avarié !... — Quant à l'autre esprit, beaucoup d'effronterie, d'impudeur et d'obscénité lui en tiennent lieu...

— A qui appartient-elle ?...

— Elle appartient en ce moment à la société de Vergennes et Cie...

— Que voulez-vous dire ?...

— Je veux dire qu'Aurélie dépense cent mille francs par an et que, comme nos viveurs sont trop pauvres pour qu'un seul d'entre eux puisse se permettre de soutenir un pareil train, plusieurs jeunes gens forment une société en commandite et entretiennent Aurélie à frais et à profits communs......

Réné regarda Maxime fixement.

— Vous moquez-vous de moi, mon cher comte ? — demanda-t-il ensuite.

— Je n'ai de ma vie parlé plus sérieusement, — répondit M. de Bracy. — Oh ! je comprends que de pareils détails vous étonnent, mais vous n'êtes pas au bout, mon très-cher, vous en verrez bien d'autres, et, quand vous aurez vécu quinze jours parmi nous, vous ne vous étonnerez plus de rien !...

Réné ne répondit pas. Maxime continua :

— Et, surtout, vous ne donnerez plus le nom de femme à des spectres plâtrés de céruse et vêtus de taffetas rose...

Il y eut un instant de silence. Réné se sentait honteux des bévues qu'il avait commises. Il se voyait descendu de ce piédestal sur lequel les éloges de M. de Villiers l'avaient posé à ses propres yeux. Il comprenait qu'il ne savait rien encore ni de la vie ni des femmes.

— Vous plaît-il, — fit M. de Bracy, — vous plaît-il que je reprenne mon rôle de cicerone des *figures de cire de Curtius ?*

—Oui, — répondit Réné qui ne put s'empêcher de sourire à cette plaisanterie.

— Eh bien ! — dit Maxime, — regardez cette personne qui danse en face d'Aurélie...

— En robe gris de fer, n'est-ce pas ?

— Oui.

— Je la vois.

— Comment la trouvez-vous ?

— Oh ! mon cher comte, je n'ose plus avoir une opinion, ni surtout l'exprimer devant vous...

— Vous avez tort, — regardez avec attention et jugez après mûr examen, je tiens à ce que vous me disiez votre avis...

La personne que Maxime désignait à Réné était une femme qui pouvait avoir vingt-cinq ans et qui pouvait en avoir trente-cinq. Au premier abord elle semblait jolie, mais sa prétendue beauté ne pouvait pas subir cinq minutes d'examen. Elle manquait absolument de fraîcheur et son visage offrait cette pâleur un peu maladive que produit la respiration habituelle de l'air vicié des coulisses, de la fumée de la rampe et de la poussière des planches. Le nez de cette femme était gros, — ses lèvres trop fortes et ses dents plus que médiocres. Mais, selon le dire de beaucoup de gens, il y avait dans son visage une beauté qui rachetait tous ces défauts. Cette beauté, c'étaient ses yeux. Ils étaient très-grands, de forme orientale et d'une expression singulière. Presque toujours à demi fermés, ils laissaient couler le regard à travers une double rangée de longs cils, — et ce regard, tour à tour voluptueux et libertin, se joignant à un sourire lascif, semblait promettre à tout venant et demander le plaisir. Sourire et regard, comme bien on pense, étaient de commande.

La jeune femme qui nous occupe avait de belles épaules, des bras et des mains bien modelés et de forme élégante. La poitrine paraissait étroite. La taille manquait de finesse et de désinvolture. Les hanches se développaient vigoureusement et la robe, malgré son ampleur, accusait d'une façon presque indécente certains contours exagérés. La jambe était jolie et le pied passable.

— Eh bien ! — répéta Maxime, au bout d'un instant, — comment la trouvez-vous ?

— Cette femme n'est pas régulièrement jolie, — répondit René après avoir examiné longuement la personne que nous venons de dépeindre, — mais elle produit beaucoup d'effet et a les plus beaux yeux de courtisane qu'il soit possible d'imaginer !... — Ce voluptueux sourire, ce regard langoureux, doivent attirer à ses genoux tout un monde d'adorateurs...

— Vous ne vous trompez pas, — dit Maxime.

— Quel est le nom de cette Circé ?

— Regardez l'affiche de l'un de nos théâtres de genre, et vous le verrez, presque chaque jour, en lettres d'un pouce de haut...

— Elle est donc actrice?...

— Oui.

— Et célèbre ?...

— A peu près. — Célébrité bien originale et un peu douteuse, mais qui n'en existe pas moins... — Bref, Camille jouit sur l'affiche des honneurs de la *vedette*...

Réné interrompit Maxime.

— Qu'est-ce que la *vedette?* — demanda-t-il.

— C'est la faveur toute spéciale de voir son nom imprimé en caractères trois fois plus gros que celui de ses camarades. — Les administrations théâtrales n'accordent cette faveur qu'aux acteurs et actrices qui font, ou du moins sont censés faire recette...

— Fort bien, — dit Réné, — je comprends.

— Pour en revenir à Camille, — poursuivit M. de Bracy, — elle habitait il y a quelques mois une des petites rues obscures qui avoisinent le boulevard du Temple ; elle portait des bottines notablement défectueuses, une vieille robe de couleur puce, un crispin de velours blanchi et miroité, une capote d'un âge respectable, et elle ne prenait l'omnibus que dans ses jours de grande fortune...

— Et aujourd'hui ?... — demanda Réné.

— Ah ! aujourd'hui, la chance a tourné — Camille possède un charmant appartement à Paris, et elle est dame et maîtresse d'une jolie petite maison au bois de Boulogne, — elle a des domestiques, des diamants et des voitures, et, quand on va la voir dans sa villa bocagère, on l'entend dire à sa cameriste des phrases dans le genre de celle-ci : — « Allez dire à mon valet de pied de dire à mon cocher d'atteler mon cheval bai à mon américaine à roues rouges !... »

— Ceci — dit Réné — me rappelle ce financier de comédie, lequel menaçait son laquais de lui donner cent coups de *sa canne à pomme d'or*.

— Il y a quelque rapport, en effet, — répondit Maxime.

— Mais, — demanda Réné, — vous ne m'avez pas dit comment s'est faite la rapide fortune de Camille...

— C'est une assez curieuse histoire...

— Contez-la moi.

— La voici. — Peu de temps après la révolution de février, le théâtre dont je vous parlais tout à l'heure engagea Camille et la fit jouer dans deux ou trois vaudevilles qui vécurent ce que vivent les vaudevilles, l'espace d'une trentaine de soirées. — On ne parla que fort peu des pièces, — on ne parla pas du tout de l'actrice. — Sur ces en-

trefaites, le théâtre en question, d'après sa vieille et loua-
ble habitude, fit de détestables affaires, et l'heure approchait
où cette salle, fermée si souvent, se fermerait une fois de
plus. — En ce moment, deux auteurs apportèrent à l'admi-
nistration une pièce, ou plutôt une satire étrange et sans
nom, quelque chose comme un lointain souvenir d'Aristo-
phane et de Juvénal. — Évidemment ce n'était pas joua-
ble, évidemment cela croulerait sous les sifflets avant la fin
du premier acte, mais un homme qui se noie s'accroche à
toute branche. — Le directeur mit la pièce en répétition,
et, comme sa troupe était pauvre en actrices, il distribua à
Camille le rôle principal, un rôle que n'importe quelle
femme pouvait jouer à merveille, à la condition d'être
grassouillette et pas du tout vêtue...

— Vous exagérez ! — fit Réné en riant.

— Évidemment j'exagère, — répondit Maxime. — L'actrice avait le droit de se vêtir de ses cheveux, comme feu
notre mère Ève, et d'un tout petit caleçon de bain en poil
de chèvre. — Camille usa de ce droit dans sa plus stricte
rigueur. — Elle allongea ses cheveux et elle raccourcit son
caleçon, en se disant qu'une aussi belle occasion de se
montrer nue aux Parisiens ne se représenterait peut-être
jamais et qu'il ne fallait point la laisser échapper.

— Et enfin, qu'arriva-t-il ?

— Il arriva que la pièce eut un succès immense, —
retentissant, — qu'elle remplit la salle pendant plus de

cent représentations, et qu'il ne fut question dans Paris, durant trois mois, que de la Vénus-Callipige dont on admirait chaque soir les formes développées sous le maillot transparent. — Bref, Camille fut à la mode, — elle prit au trébuchet le cœur d'un principicule italien dont le nom et le royaume sont parfaitement ridicules, mais dont les écus sont de bon aloi, à ce qu'il paraît. — A ce principicule, elle adjoignit toute la droite de l'Assemblée nationale...

Réné interrompit Maxime.

— Que voulez-vous dire par *toute la droite de l'Assemblée nationale?* — lui demanda-t-il.

— Je veux dire ce que je dis, — répondit M. de Bracy. — Les représentants adorent Camille, et elle adore les représentants, — je ne sais pas pourquoi, ni elle non plus. — Peut-être est-ce parce qu'ils ont vingt-cinq francs à dépenser par jour... peut-être encore parce qu'elle a obtenu son seul grand succès dans une pièce réactionnaire, et qu'elle se regarde comme unie au parti de la réaction par un lien politique... — Je m'abstiens de conclure, et je soumets purement et simplement ces hypothèses à vos observations...

— Camille a-t-elle du talent?

— Aucun.

— Et cependant son succès continue?...

— Oui, dans ce sens que, lorsqu'elle entre en scène, la claque lui *fait ses entrées,* — ce qui veut dire, dans

l'argot des coulisses, qu'une salve d'applaudissements sa-
lue son apparition...

— Et le vrai public laisse faire ?...

— Parbleu !... — D'ailleurs, je ne vous ai pas dit que
Camille fût mauvaise, — je vous ai dit qu'elle était
nulle... — S'il n'y a pas lieu de l'applaudir, il n'y a pas
lieu non plus de la siffler. — Et puis, quand elle joue, les
trois quarts et demi des stalles d'orchestre sont occupés
par ses bons amis les représentants, et le foyer du théâtre
devient, ces soirs-là, une succursale de la salle des Pas-
Perdus au Palais-Législatif... — Vous me demandiez tout
à l'heure si Camille avait du talent ?... — Dans le cas où
le hasard lui en aurait donné jadis, il serait, à l'heure qu'il
est, étouffé complètement,... — l'actrice n'existe plus
chez Camille, elle a fait place à la femme entretenue. —
Camille calcule à merveille que le théâtre lui fait gagner
cent écus par mois et que l'amour lui en rapporte dix fois
autant. — Si elle ne quitte pas son métier, c'est que la
scène lui sert de piédestal, mais elle traite l'art et le public par-dessous jambe, elle manque volontiers une répétition si quelque steeple-chase la réclame, et elle fait faire
relâche le mieux du monde pour assister à une première
représentation.—Du reste, peu d'esprit, pas de cœur, beaucoup de rouerie et des sens de neige mal fondue. — Voilà
Camille. —Maintenant, croyez si vous voulez toutes les
promesses de son regard...

— Savez-vous bien, mon cher comte, que vos portraits ne sont pas flattés, — dit Réné en souriant.

— Ils sont vrais comme la vérité, — répondit Maxime. — Ce n'est pas ma faute si la vérité est laide !...

— Que diraient ces dames en vous entendant?...

— Elles accuseraient ma galanterie, mais non ma franchise. — Elles savent que je dis tout ce que je pense, et, malgré cela, je vous assure qu'elles m'aiment beaucoup...

— C'est qu'alors elles valent mieux que vous ne dites...

— Non, c'est qu'elles se soucient peu de l'opinion qu'on peut avoir d'elles.

— C'est de la modestie cela et de l'abnégation.

— Vous vous trompez, c'est du cynisme.

Il y eut entre Réné et Maxime un instant de silence.

Puis le jeune homme poussa le coude de M. de Bracy et lui dit :

— Mon cher comte, — regardez là-bas...

— Où donc?

— A côté du piano.

— Cette jeune femme qui vient de quitter la danse et qui tourne du bout du doigt les feuillets d'un cahier de musique?

— Oui.

— Elle vous plaît?... — demanda Maxime en souriant.

— Beaucoup, je l'avoue, — allez-vous aussi me dire du mal de celle-là?...

— Peut-être...

— Vous auriez tort !

— Pourquoi ?

— Parce que vous me désenchanteriez ma vision...

— Votre vision ? — demanda Maxime.

— Oh ! — poursuivit Réné, — moquez-vous de moi si vous voulez, mon cher comte, mais il me semble qu'il se fait autour de cette femme une atmosphère plus lumineuse et plus pure, — il me semble qu'il y a quelque chose de chaste et de décent dans cette tête blonde, dans ces yeux bleus, doux et presque timides. — Assurément, avec ses trois bouquets de violette, l'un dans ses cheveux, l'autre au corsage de sa robe de gros de Naples blanc, le troisième à sa petite main finement gantée, cette femme a l'air d'une duchesse, et, si je devais ne jamais la revoir et sortir d'ici sans apprendre son nom, elle resterait dans mes souvenirs comme une fée ou comme un ange...

— Mon cher enfant, — répondit Maxime, — sans doute votre juvénile enthousiasme a son côté plaisant, et vous le comprendrez tout à l'heure, mais cependant je vous le pardonne, car cette femme est supérieure, et de beaucoup, à la plupart de ses compagnes. — Elle est, depuis quinze ans, l'une des reines du vaudeville triste ou gai, du couplet joyeux ou sentimental, — vous ne l'avez jamais vue, mais vous savez son nom aussi bien que moi, — elle s'appelle Eugénie D***.

— Oui, certes, je la connais, — dit Réné.

— Elle a commencé bien jeune le métier d'actrice, — poursuivit Maxime; — et je crois qu'elle a aimé ce métier véritablement, — elle a toujours respecté le public dont les femmes de théâtre d'aujourd'hui se moquent avec effronterie, — elle a étonné Paris par le scandale de ses amours, mais jamais par celui de ses débauches, — elle a fondu de nombreuses fortunes au creuset de ses fantaisies, — elle eût volontiers, comme Cléopâtre, déjeuné d'une perle fondue, mais elle ne s'est jamais départie du respect d'elle-même, — elle ne s'est point traînée dans la fange de ces orgies qu'affectionnent nos prétendues actrices, — elle a conservé toutes les traditions de bon goût et de haute élégance que quelques-uns de ses amants lui avaient données... — Elle a vécu grandement, splendidement, comme eussent fait jadis la Guimard ou mademoiselle Duthé, — elle a eu, quand elle l'a voulu, les façons d'une femme du monde, — elle a l'air d'une duchesse, vous le disiez vous-même tout à l'heure, — enfin elle a, comme la Madeleine de l'Évangile, souvent et beaucoup aimé, aussi je me sens rempli d'indulgence pour cette femme qui est ici, je vous le déclare, un véritable diamant au milieu des cailloux sans valeur...

En ce moment un domestique ouvrit la porte du salon et interrompit la conversation des deux hommes en prononçant d'une voix sonore les mots sacramentels :

— Madame est servie !

V

Le souper.

L'annonce que le souper était servi eut pour effet immédiat d'amener sur toutes les lèvres un joyeux sourire qui devait faire bien augurer de l'appétit des convives. En moins d'une minute chacune de ces dames fut pourvue d'un cavalier, et les couples se dirigèrent avec empressement vers la salle à manger. Albine avait pris le bras de Réné. Maxime s'était fait le cavalier de cette Camille aux yeux trompeurs, dont, un instant auparavant, il disait tant de mal. Chemin faisant, il s'amusait à lui débiter des madrigaux parfumés qui la faisaient se pâmer d'aise, et des compliments à perte de vue qu'elle prenait pour argent comptant.

La salle à manger d'Albine était une charmante chose.

Pendant l'été, une légère natte de paille indienne remplaçait le tapis. Les trois fenêtres qui donnaient sur le jardin étaient largement ouvertes et l'air frais de la nuit arrivait jusqu'aux convives, à travers des stores de mousseline transparente. Dans l'un des angles se trouvait une large conque de marbre, de laquelle s'élançait un jet d'eau perpétuel qui ne contribuait pas peu à entretenir la fraîcheur de l'atmosphère. Les bahuts et les verrines en bois de chêne sculpté, d'un précieux travail, contenaient de l'argenterie fort belle et des porcelaines de Sèvres d'une grande valeur.

Mais ce qui dans ce moment charmait le regard bien plus que le luxe artistique et la richesse du mobilier, c'était l'aspect de la table elle-même. Cette table était servie avec une somptuosité rare et avec des recherches gastronomiques qui recommandaient à tous les épicuriens le talent culinaire du cuisinier d'Albine. Six candélabres d'argent, supportant chacun huit bougies allumées, répandaient dans l'appartement une clarté diurnale, jetaient leurs paillettes de feu sur les profils de la vaisselle plate, et faisaient jaillir des myriades d'étincelles de chaque facette des cristaux.

Le vin de Champagne, décoiffé de ses bouchons argentés, achevait de se frapper de glace dans des rafraîchissoirs ciselés. La liberté la plus complète présidait d'habitude aux réunions du genre de celle à laquelle nous faisons assister nos lecteurs. Tous les convives se plaçaient à leur guise. Chaque homme se donnait pour voisine sa préférée de la veille, sa favorite du jour, ou sa bien-aimée du lendemain.

Il en fut ce soir-là comme de coutume. Seulement Albine fit asseoir Maxime à sa gauche, Réné à sa droite, et, à côté de ce dernier, elle installa une petite personne d'une vingtaine d'années dont nous parlerons tout à l'heure. Réné crut d'abord que cette personne était la nièce ou la fille dont M. de Bracy lui avait parlé. Il se trompait.

Isoline, — tel était le nom de la future pécheresse, — n'assistait jamais ni aux bals, ni aux soupers qui se donnaient chez sa tante prétendue. Albine avait des raisons pour agir ainsi.

Le souper était à peine commencé ; — la maîtresse de la maison se pencha vers Maxime, son voisin de gauche, et lui dit à demi-voix :

— Eh bien ! mon cher comte, votre ami s'amuse-t-il ce soir ?

— Vous savez bien, ma belle Albine, — répondit M. de Bracy, — que chez vous on s'amuse toujours...

— Ce n'est pas un compliment que je vous demande, — c'est une réponse...

— Eh bien ! franchement, il est enchanté...

— Bien vrai ?...

— Oui, bien vrai.

— Il est charmant, ce jeune homme ! Quel âge a-t-il ?!

— Vingt et un ans.

— Il a l'air d'un chérubin, — trois ou quatre de ces dames en sont déjà folles !... Il fera des ravages à Paris, savez-vous !...

— Oh ! — dit Maxime, — je n'en doute pas...

— A-t-il une maîtresse ?

— Non, — il arrive.

— Depuis quand ?

— Depuis deux jours.

— Au fait, il n'a pas eu le temps... — Savez-vous s'il a remarqué quelqu'un ici, ce soir ?...

— Vous n'avez pas le droit d'en douter...

— Ah ! — Et qui donc ?...

— Je ne sais trop s'il est bienséant que je vous le dise...

— Pourquoi ?

— Parce que ce quelqu'un, c'est vous... — répondit Maxime avec un sang-froid moqueur dont Albine fut complètement la dupe.

Elle se mit à minauder.

— Quelles folies me contez-vous là ?..... — murmura-t-elle.

— Rien n'est plus sérieux, mon enfant...

— Vous savez bien que je ne suis pas libre...

— Oh! — fit Maxime en souriant d'un air incrédule.

— Et d'ailleurs, — poursuivit Albine, — si votre ami pensait ce que vous dites, il parlerait.

— Vous êtes imposante et il est timide..... — encouragez-le et vous verrez...

— Perdez-vous la tête?...

— Vous savez bien qu'elle est solide, puisque vous n'avez pu me la faire perdre...

Albine se mit à rire.

— Parlons raison, — dit-elle.

— Volontiers.

— Vous voyez qui j'ai placé là, à côté de votre ami?....

— Blondine.

— Vous la connaissez?

— Oui.

— Et qu'en pensez-vous?...

— C'est une excellente petite fille.

— La pauvre enfant n'est pas très-heureuse, — elle a fait des bêtises, — un attachement de cœur! — un homme qui l'a plantée là! — Bref, un peu d'argent lui ferait grand plaisir en ce moment... vous comprenez, une bagatelle... quelque chose comme deux ou trois billets de mille francs...

— Eh bien? — demanda Maxime.

— Verriez-vous un inconvénient quelconque à ce que votre baron éprouvât pour cette pauvre Blondine un caprice de quinze jours ? — Argent à part, elle est *toquée* de lui et elle est venue me supplier tout à l'heure de les mettre l'un à côté de l'autre au souper...

— Mais, mon enfant, — répondit Maxime, — je ne suis pas le tuteur du baron de Savenay, ainsi que vous paraissez le croire, et il est parfaitement libre de son cœur comme de sa bourse...

— Je l'entends bien ainsi ; mais je vous connais, beau masque, et je sais quelle influence vous exercez sur tous ceux qui ont quelques rapports avec vous.

— Vous souhaitez que je n'empêche point Réné de venir en aide à votre protégée ?...

— Oui.

— Eh bien ! je vous le promets, et, s'il me demandait un conseil, je le lui donnerais dans votre sens... — Êtes-vous contente ?...

— Vous êtes charmant !... — embrassez-moi, mon cher comte...

Et, tout en parlant, Albine tendit sa joue à Maxime, qui baisa le coin de ses lèvres.

Cette Blondine, de laquelle il vient d'être question entre deux de nos personnages, était, nous le répétons, une jeune fille d'une vingtaine d'années. Son nom de guerre (car *Blondine* en était un) lui venait de la nuance pâle et cendrée de ses cheveux. Elle était belle et fraîche, d'une

8.

fraîcheur et d'une beauté bien réelles et de bon aloi, — ce qui fait que personne ne songeait à se ruiner pour elle.

Elle avait très-peu d'esprit, — un peu de cœur, — pas du tout d'orthographe, et n'était pas, au moral, absolument corrompue.

Blondine exerçait d'ailleurs une sorte de profession. Elle appartenait à l'Opéra en qualité de figurante de la danse. Cela lui rapportait douze cents francs par an.

Réné lui avait plu à première vue. Cinq minutes après le commencement du souper elle était devenue folle de lui, et, avant qu'on eût apporté le second service, elle le lui avait dit!

Réné, du moins en apparence, avait reçu cet aveu comme un hommage qui lui était dû. Mais, en réalité, la vanité lui était montée à la tête, et il se sentait tout bouffi d'orgueil et tout épanoui de joie. Le roué prétendu redevenait enfant à vue d'œil.

§

Cependant les heures s'écoulaient, — le souper continuait, et, sans tourner absolument à l'orgie, il perdait peu à peu l'allure calme et discrète qui l'avait caractérisé d'abord.

Les vins généreux circulaient avec profusion. Les mots lestes se répondaient et se croisaient. La conversation se décolletait de plus en plus, — de bruyants éclats de rire et de longues salves d'applaudissements accueillaient au passage toute équivoque court-vêtue.

Maxime versait du vin de Champagne à Albine. Blondine remplissait à la fois son verre et celui de Réné. Tous trois buvaient à qui mieux mieux. Maxime riait sous cape en les regardant faire.

Albine se répétait que Réné était charmant et que Réné l'avait trouvée belle. Et elle faisait au jeune homme toutes sortes d'innocentes agaceries. Albine lui tenait la main gauche et lui marchait doucement sur le pied, tandis que Blondine l'embrassait toutes les trois minutes. Il trouvait cela fort gracieux. Il pétillait comme une allumette entre deux feux, et il s'abandonnait de plus en plus à la double ivresse du plaisir et du vin de Champagne. Mais, peu à peu, ses lèvres s'alourdirent, ses yeux se fermèrent à demi.

Il essaya de lutter, ce fut vainement. Il fit un inutile effort pour passer un de ses bras autour de la taille d'Albine, tandis que l'autre servait de ceinture à Blondine. Sa tête se pencha et il s'endormit sur la table.

— Oh ! — firent en même temps les deux femmes avec un peu de dépit. — Il dort !...

— Soyez indulgentes, — dit Maxime, — c'est son premier souper !...

— Et puis il est si jeune!... — appuya Albine d'un ton de bonhomie; —il n'avait pas encore vu le feu, ce pauvre enfant...

— Mais il l'a vu maintenant, — répliqua Blondine, — son apprentissage est fait!...

Et la folle jeune fille, grimpant sur une chaise, et saisissant son verre encore à moitié plein de vin de Champagne, en laissa tomber quelques gouttes sur la jolie tête de Réné et s'écria d'un ton solennel et avec un geste comique :

— Réné de Savenay, je te baptise viveur!...

VI

Le lendemain.

Ceux de nos lecteurs qui vivent en province et qui n'ont jamais connu que les saintes affections de la famille et les joies pures et douces du foyer domestique, ne doivent ajouter foi qu'avec peine à l'exactitude des mœurs étranges que nous mettons en scène et à la parfaite ressemblance des portraits que nous esquissons. Qu'il nous soit permis d'aller au-devant de ces doutes, et d'emprunter à l'un de nos romans (*les Oiseaux de nuit*) quelques lignes de justification.

Peut-être nous accuse-t-on, — disions-nous, — de ne peindre du monde que les mauvais côtés et de charger notre palette de couleurs attristantes pour le regard et blessantes pour la pensée. Ce reproche serait injuste, malheureusement !... Nous disons : — *Malheureusement!* — et nous le disons à dessein. Nous ferions en effet bien bon marché de notre amour-propre de peintre de mœurs, si quelqu'un parvenait à nous prouver que nous calomnions la société moderne et qu'elle est meilleure en réalité que nous ne la représentons dans nos livres. Mais il n'en est point ainsi.

A défaut des qualités de style et d'intérêt qui nous manquent peut-être, nous possédons du moins l'incontestable mérite de voir beaucoup et de voir juste. Tous les personnages qui peuplent notre œuvre — (fourmilière de Lilliputiens si l'on veut) — ont posé devant nous, et ce ne sont point des masques que nous crayonnons, ce sont des visages. Les héros de nos romans sont microscopiques, soit, mais ils sont vivants.

On nous a bien souvent attaqué. Nous ne nous sommes jamais défendu. A quoi bon ? — Mais, plus d'une fois, les faits sont venus nous donner raison, à la barbe et à la oustache de nos détracteurs.

Ainsi, quand j'ai publié *Les Chevaliers du Lansquenet,* que n'a-t-on pas dit ?..... On a prétendu que jamais, au grand jamais, les salons de Paris n'avaient ouvert leurs portes à toute une bande de flibustiers, gentilshommes de contrebande, pêchant en eau trouble sur les tapis verts les plus aristocratiques, et prenant à la glu de leurs manœuvres habiles toutes sortes de fils de famille, naïfs et bien rentés. Et voilà que, peu de jours avant le coup de tonnerre de 1848, au moment où les dernières feuilles des *Chevaliers du Lansquenet* sortaient, humides encore, des rouleaux de la presse, un aide-de-camp de prince royal était pris à Chantilly, les mains pleines de cartes biseautées et les poches gonflées d'or mal acquis, et voilà que de scandaleux procès venaient dérouler devant la police correctionnelle et devant la Cour d'assises des scènes qui semblaient être des chapitres empruntés à notre roman à peine éclos.

N'a-t-on pas prétendu, n'a-t-on pas écrit, au sujet des *Pécheresses*, — (*Pivoine*, — *Mignonne*, — *Brelan de Dames*, etc.) que j'avais entrepris la réhabilitation de la femme galante ?... Et pourtant, Dieu le sait, si je suis miséricordieux pour la pauvre créature dont l'amour cause la chute, personne ne professe pour la femme qui se vend plus de mépris et moins d'indulgence !...

N'a-t-on pas dit, n'a-t-on pas imprimé que le *baron de Maubert*, l'un des sombres héros des *Confessions d'un bohême*, du *Vicomte Raphaël* et des *Oiseaux de nuit*, était un personnage de pure invention, et que les moyens d'action par lesquels il retenait sous sa dépendance Raphaël, son pupille, n'avaient ni précédents ni

analogie dans la vie réelle ? Et voici que, la veille du jour
où je faisais représenter au théâtre de la Porte-Saint-
Martin un drame tiré des *Confessions d'un bohême* et
dont *Maubert* était le principal personnage (*le vol à la
Duchesse*), des faits complètement identiques se dé-
nouaient devant la Cour d'assises d'une ville de province, et Théophile Gauthier, le poëte critique qui puise
dans son talent incontestable et incontesté une rare
bienveillance à l'endroit de toute œuvre étudiée con-
sciencieusement, en faisait la remarque dans le feuilleton
de la *Presse.* Ce dont je le remercie ici, de tout mon
cœur.

Bref, je ne calomnie personne. Je regarde autour de
moi et j'écris ensuite. Ce n'est pas ma faute, après tout,
si la société est gangrénée jusqu'à la moelle des os. Ce
n'est pas ma faute si Paris est une ville infâme ! Ce n'est
pas ma faute si avec l'argent on achète tout, même les
consciences, même l'honneur, même l'amour ! Ce n'est
pas ma faute si les mères vendent leurs filles ! Ce n'est pas
ma faute si la loi permet au mari de faire enregistrer sa
femme sur les listes immondes de la prostitution et de
s'enrichir des revenus de ce honteux trafic !...

O Paris ! terrestre enfer, ville de toutes les débauches
et de toutes les hontes, le feu du ciel un jour fera de toi
ce qu'il a fait jadis de Gomorrhe et de Sodome !..... Et

ce sera justice!...,. Et l'on sèmera du sel sur la place où fut Paris !...

. . . .

Ceci étant dit pour la satisfaction de nos lecteurs, et surtout pour l'acquit de notre conscience, reprenons notre récit.

§

Le souper, dont nous avons rapporté les incidents relatifs à nos principaux personnages, arriva à sa fin.

L'ivresse de Réné était profonde, et par conséquent son sommeil était lourd.

Nous savons déjà que Maxime avait donné l'ordre à son cocher de ne point venir le prendre.

Il envoya l'un des domestiques d'Albine chercher un de ces coupés de louage qui stationnent jusqu'au matin devant la porte du café Foy ou devant celle de la Maison-d'Or. Ensuite, et à grand'peine, il réveilla Réné, qu'il emmena, ou plutôt qu'il emporta jusqu'au véhicule qui les attendait. Il l'installa dans le coupé. — Il y prit place à côté de lui et il enjoignit au cocher de toucher à l'hôtel des Princes. C'est là, nous l'avons déjà dit, que M. de Savenay était descendu en arrivant à Paris.

Grâce aux soins empressés de deux des domestiques de l'hôtel, et sous la surveillance de Maxime, Réné fut déshabillé et roulé entre les draps de toile fine d'un excellent lit.'

Maxime recommanda de lui préparer pour l'heure de son réveil une légère infusion de fleurs de tilleul. Ensuite il regagna la rue Taitbout, et il se coucha vers les six heures et demie du matin.

Son sommeil dura jusqu'à deux heures de l'après-midi. Alors il envoya son valet de chambre prendre des nouvelles de Réné.

Le jeune homme allait bien, car il était sorti. Et, chose singulière, il n'était point sorti seul, mais en compagnie d'une très-jeune et très-jolie femme, laquelle avait fort insisté pour arriver jusqu'à lui et triompher de la résistance du vieux valet de chambre de Réné, qui ne voulait point qu'on réveillât son maître.

— Quelle peut être cette femme? — se demanda Maxime.

Puis, au bout de trois minutes de réflexion, il se répondit :

— C'est Blondine!... — La chère enfant peut se vanter de n'avoir pas perdu une minute!..... il faut qu'elle soit bien amoureuse de Réné, ou qu'elle ait terriblement besoin d'argent!...

Maxime ne se trompait pas. C'était bien Blondine en effet.

Au milieu des épanchements du souper, M. de Savenay avait donné son adresse à sa gentille voisine, et la jeune pécheresse s'était décidée à lui rendre dès le lendemain une visite matinale, dans le but avoué de ne point laisser perdre pendant le jour le terrain qu'elle avait conquis, la nuit précédente, dans l'esprit et dans le cœur de Réné.

Nous ne saurions indiquer l'endroit où la folle enfant et le roué en herbe s'envolèrent, — nous ignorons quel fut le nid choisi par eux pour y cacher leurs promptes et fugitives amours, toujours est-il que Réné ne parut, ce jour-là, ni à l'hôtel des Princes, ni à l'appartement de la rue Taitbout.

Le matin, — car il ne rentra que le lendemain matin à son domicile provisoire, — M. de Savenay trouva un billet de Maxime. Ce billet avait été apporté la veille au soir. Voici ce qu'il contenait :

« Si nulle autre occupation *plus agréable* ne vous retient, mon cher Réné, et si vous ne craignez point l'ennui de deux heures de tête-à-tête avec moi, venez, demain matin, partager mon modeste déjeuner de garçon.

» A un homme de mon âge, je parlerais d'un certain vin de Beaune de l'année de la comète, et de quelques

vieux flacons du crû de Johannisberg, que M. de Metter-
nich m'a fait jadis l'honneur de m'adresser. — Mais vous
êtes trop jeune pour être gourmet.

» Aussi je vous dirai tout simplement : il y aura une
bonne et franche amitié, — peut-être un peu de morale
et des cigares de la Havane, — très-secs.

» Je vous attendrai jusqu'à onze heures.

» Bien à vous.

                              » MAXIME DE BRACY. »

Réné regarda sa montre. Elle indiquait dix heures cinq
minutes. Il se hâta de faire sa toilette et il courut à la rue
Taitbout. Onze heures sonnaient au moment où il échangeait une poignée de main avec Maxime.

— Vous avez profité de mes conseils d'avant-hier soir,
mon cher Réné, — lui dit ce dernier en riant, — vous
voici exact comme un créancier, car rien n'est plus exact
qu'un créancier, du moins à ce que prétendent ceux de
mes amis qui en ont.

— Ne me complimentez pas trop, monsieur le comte, —
fit Réné, — j'ai bien failli ne point venir...

— Pourquoi donc ?

— Parce que votre billet ne m'a été remis qu'il y a trois
quarts d'heure...

— Si j'avais su l'adresse de Blondine, — répondit Maxime, — vous auriez reçu ce billet hier au soir...

Réné devint écarlate.

— Pourquoi diable rougissez-vous, mon cher enfant? — reprit le comte, — Blondine est une fort jolie fille, à laquelle je sais bon gré de ne vous avoir point fait languir... — Il faudra vous montrer libéral avec cette petite qui aura été votre première distraction dans Paris... je sais d'ailleurs, de science certaine, que la pauvre enfant n'est pas heureuse et qu'une centaine de louis lui seraient très-agréables...

— C'est fait, — répondit Réné. — Et savez-vous, monsieur le comte, que cette chère fille a l'air de m'aimer beaucoup!...

— Qui en doute!... — demanda Maxime. — A l'heure qu'il est, elle doit être folle de vous, et je ne serais nullement surpris qu'elle vous aimât pendant quinze grands jours...

— Tant que cela!... — s'écria Réné en riant.

— Mon Dieu, oui, — tout autant!... — Blondine est une héroïne de constance, et elle a déjà donné plusieurs exemples d'une fidélité aussi surprenante.

Les dernières paroles de Maxime produisirent évidemment sur Réné une impression désagréable. M. de Bracy s'en aperçut et il changea aussitôt de conversation.

— Avez-vous faim ? — demanda-t-il.

— Je crois que oui, — répondit Réné.

— Eh bien ! allons nous mettre à table, car le déjeuner est prêt, et voici qu'on nous ouvre les portes de la salle à manger.

VII

La morale de Maxime.

La salle à manger dans laquelle Maxime introduisit son hôte était un véritable chef-d'œuvre de luxe et de bon goût.

Une tenture de cuir de Cordoue, gauffré et doré, recouvrait les murailles, et, quand nous disons *cuir de Cordoue,* nous ne parlons nullement de quelqu'une de ces maladroites et économiques imitations, comme l'industrialisme moderne en fabrique à bon marché pour les gens qui veulent afficher les dehors d'une trompeuse élégance dont l'état de leur fortune les empêche de posséder la réalité.

Sur les dressoirs, qui dataient du règne de Henri III, était placée une fort belle argenterie de famille. Deux ou trois pièces d'orfévrerie, d'un précieux travail et d'une valeur considérable, occupaient la place d'honneur. On remarquait, entre autres, une coupe d'argent, ciselée par Benvenuto, et donnée par le roi François Ier à l'un des ancêtres de Maxime.

Les voyages avaient rendu Réné connaisseur. Il témoigna vivement toute l'admiration qu'il éprouvait en face de ces somptuosités. Ensuite, il se mit à table et il fit preuve d'un juvénile et vigoureux appétit.

Le déjeuner s'acheva.

Maxime conduisit Réné dans un fumoir tendu de coutil gris, que rehaussaient des bandes de drap vert. Un valet de pied plaça sur un guéridon un petit plateau d'argent supportant deux tasses de porcelaine du Japon, une cafetière et un sucrier. A côté de ce plateau, il posa une cave à liqueurs, une boîte de cigares, une bougie allumée et de petites allumettes en papier. Il avança deux chauffeuses, l'une à droite et l'autre à gauche du guéridon, puis il se retira discrètement.

Maxime et Réné s'assirent.

Réné se trouvait dans cette disposition d'esprit joyeuse et souriante qui suit d'habitude un excellent déjeuner amplement arrosé de vins généreux. Maxime, au contraire, était évidemment sous le coup d'une préoccupation quelconque. Depuis quelques instants il parlait peu et semblait soucieux.

Il remplit la tasse de Réné et la sienne. Il alluma un cigare, et tandis que le jeune homme savourait à la fois avec une volupté évidente les produits de la Havane et ceux de Moka, il entama la conversation en ces termes :

— Mon cher Réné...

— Monsieur le comte ?...

— Avez-vous encore présents à l'esprit les termes du billet que je vous ai écrit hier soir ?...

— Mais, sans doute...

— Je vous promettais trois choses : — d'abord une cordiale réception... — Êtes-vous content de la mienne ?...

— Ah ! monsieur le comte, — répondit Réné en s'inclinant, — vous savez combien je suis touché et reconnaissant de votre exquise bienveillance...

— Je vous annonçais des cigares très-secs, — poursuivit Maxime, — vous êtes à même de juger si je vous ai tenu parole...

— Ils sont parfaits !... — dit le jeune homme en faisant omber du bout du doigt la cendre blanche de son *puro*.

— Et, enfin, — continua M. de Bracy avec un sourire, — je vous menaçais d'un peu de morale.

— Accomplirez-vous aussi cette menace ?... — demanda Réné.

— Pourquoi donc pas !...

— Je n'y vois nul obstacle!... — s'écria le jeune homme, — moralisons tant qu'il vous plaira, monsieur le comte, — je sais que votre morale est facile!...

— Oh! pas toujours...

— En vérité?

— Vous allez voir...

— J'attends de pied ferme, et, je l'avoue, sans trop d'inquiétude...

— D'abord, mon cher enfant, — fit Maxime, — il était convenu que vous débuteriez dans le monde sous mon patronage, et j'avais pris l'engagement de vous métamorphoser en viveur...

— Sans doute.

— Eh bien! depuis avant-hier, j'ai réfléchi...

— A quoi?

— Je me suis dit qu'il y avait mieux à faire que de vous lancer au milieu d'un monde corrompu, j'ai rêvé un plus noble usage de votre intelligence, de votre force et de votre fortune, que de gaspiller tous ces trésors parmi des roués sans âme et des filles sans cœur et sans intelligence, et je me suis promis enfin que vous deviendriez un homme et non point un viveur...

Réné écoutait Maxime avec un étonnement profond, et cet étonnement croissait de parole en parole.

La stupeur se peignait sur sa physionomie.

— Me comprenez-vous? — demanda Maxime.

— Pas beaucoup, — répondit le jeune homme.

— Je vais m'expliquer mieux, — voyons, que pensez-vous de ce monde dans lequel je vous ai introduit avant-hier ?...

— Ce que j'en pense ?

— Oui.

— Eh bien ! je le trouve fort amusant !...

— Comment ! il ne vous inspire aucun sentiment de dégoût ?...

— Du dégoût ! et pourquoi donc ? — s'écria Réné.

— Comment ! votre cœur ne se révolte point à voir ces courtisanes fardées qui se vendent, non pas au plus offrant, mais à tout le monde, et qui n'ont pas même la pudeur ou l'habileté de se faire désirer trois jours !... — à voir ces pâles jeunes gens, fantômes dégénérés d'une aristocratie agonisante, — ces frêles héritiers de beaux noms qu'ils salissent et de grandes fortunes qu'ils dilapident honteusement !... ces palefreniers titrés, — ces Lovelaces de mauvais lieux qui payent leurs chevaux et qui payent leurs maîtresses, — mènent à coups de cravache les uns comme les autres et portent dans les boudoirs des senteurs d'écurie !... — à voir enfin ces vieillards méprisables et fous, — libertins hors d'âge, qui dégradent au milieu des orgies la dignité de leurs cheveux blancs !...

— Diable !... monsieur le comte, — fit Réné en souriant, — comme vous traitez vos amis !...

— Je les traite comme ils le méritent.

— N'êtes-vous pas un peu sévère ?

— Je ne suis que strictement juste.

— Me permettez-vous de vous adresser une observation ?...

— Je vous permets de m'en adresser dix si vous le souhaitez...

— Cette aristocratie que vous attaquez si violemment, vous en faites partie ?...

— Oui.

— Ces hommes de plaisir à qui vous jetez la pierre, vous êtes un des leurs ?...

— C'est vrai.

— Ces habitudes et ces mœurs qui vous révoltent, ce sont les vôtres ?...

— Malheureusement.

— Il y a donc, ce me semble, un manque de logique absolu dans votre conduite et dans vos discours, — il y a désaccord entre vos actes et vos paroles, et vous pourriez, je crois, vous attribuer ces mots de je ne sais quel prédicateur d'autrefois : « *Faites ce que je dis, et ne faites point ce que je fais.* » — En d'autres termes, je trouve en vous deux hommes, l'un qui agit, l'autre qui parle... — Lequel des deux a raison, et duquel des deux dois-je imiter l'exemple ou suivre les conseils ?...

Réné se tut.

Maxime l'avait écouté avec ce sourire à moitié railleur dont il avait l'habitude.

— Est-ce donc là que vous en voulez venir, mon enfant? — demanda-t-il ensuite.

— Oui, — répondit Réné.

— Et vous n'avez rien à ajouter?...

— Non.

— Eh bien! je vais vous répondre : — Le jugement que vous portez sur moi est spécieux, j'en conviens, mais il n'est pas juste, et je vous le prouverai tout à l'heure. — Vous vous dites qu'il y a désaccord entre mes actes et mes paroles, et vous me demandez s'il convient d'imiter mon exemple ou de suivre mes conseils?... — Le doute ne vous est pas permis, mon enfant. — Vous savez à merveille que j'ai raison de parler comme je parle, et que j'ai tort d'agir comme j'agis. — Donc il faut écouter mes préceptes, il faut les suivre et repousser bien loin les dangereux exemples de ma conduite... — Vous êtes jeune, Réné, vous êtes plein d'avenir, et votre vie peut être belle si vous le voulez; — de sages occupations et des plaisirs honnêtes en rempliront le cours et la rendront facile pour vous et pour les autres. — Vous êtes riche, et vous ferez de votre fortune un noble et généreux emploi. — Puis vous unirez votre sort à celui de quelque jeune fille chaste et charmante, à qui vous offrirez votre premier, votre seul véritable amour. — Vous vous verrez renaître enfin dans

des enfants qui seront votre joie et votre gloire, et qui vi-
vront comme vous aurez vécu, heureux et honorés.

— Un tel langage dans la bouche du comte de Bracy !...
de celui qu'on a surnommé le *Roi des viveurs* !... — murmura Réné.

— Cela vous étonne, je le comprends, — poursuivit
Maxime, — mais savez-vous pourquoi je vous parle ainsi?
— C'est que je vous aime, Réné.... — oui, je vous aime!...
C'est à peine si je vous connais, je vous vois aujourd'hui
pour la troisième fois peut-être, et cependant je sens pour
vous au fond de mon cœur une étrange affection... — Je
ne puis vous considérer ni comme un étranger, ni comme
un indifférent... — Je ne puis laisser de gaieté de cœur
votre barque insoucieuse se perdre dans un abîme dont je
connais les profondeurs... — Depuis bien longtemps j'ai
sondé le néant, j'ai expérimenté l'amertume de cette existence dont les trompeuses lueurs vous attirent... — Je
remplis un devoir en vous criant : — Réné, n'allez pas
là!... — Là est le péril! — là le cœur se vicie, l'âme se
corrompt, le jugement se fausse, l'intelligence s'éteint,
l'honneur se flétrit quelquefois... et je veux vous préserver
de tout cela, Réné, comme j'en préserverais mon fils... si
j'avais un fils et s'il vous ressemblait !...

Maxime prononça ces dernières paroles avec une émotion qu'il ne cherchait point à cacher. Il attachait sur
Réné un regard attendri et pénétrant, pour voir si cette

émotion qui débordait en lui commençait à gagner son jeune compagnon.

Mais Réné restait impassible. A peine avait-il écouté les dernières phrases de Maxime. Sa pensée était retournée auprès de Blondine; et de Blondine elle voltigeait aux blanches épaules d'Albine, — aux yeux lascifs de Camille, — au visage de madone d'Eugénie. — Réné souriait intérieurement à tous ces mirages, et il se promettait de changer prochainement ces visions charmantes en séduisantes réalités.

Maxime comprit qu'il avait affaire à une nature exceptionnelle et qu'il s'adressait à un cœur prématurément sec et vicié. Cependant il résolut de tenter un dernier effort.

— Sans doute, mon enfant, — dit-il, — vous vous demandez comment il se fait qu'à mon âge, moi qui prêche si bien les autres, je reste plongé plus que jamais dans les ornières de cette existence dont je cherche à vous détourner?... — Eh bien! cette vie, Réné, cette vie qui vous paraît si brillante, je m'y suis jeté il y a bien longtemps, non point par goût, mais pour m'étourdir sur des remords qui m'obsédaient! — Je l'ai acceptée comme expiation, — je la continue comme châtiment!

— Que voulez-vous dire? — demanda Réné, dont ces quelques mots venaient d'exciter vivement la curiosité.

— Vous voulez le savoir!...

— Oui, si toutefois un pareil désir n'est point une indiscrétion, monsieur le comte.

— Eh bien! mon enfant, soyez satisfait, — c'est l'histoire de ma jeunesse que je vais vous conter... — Puisse l'expérience de mes fautes vous profiter mieux qu'à moi, et puissiez-vous frémir en apprenant par quel chemin terrible j'ai passé pour devenir un viveur!...

Réné remplit d'excellent curaçao un verre de cristal de Bohême, — il alluma un nouveau cigare et il écouta.

FIN DE LA DEUXIÈME PARTIE.

TROISIÈME PARTIE.

—

UN CŒUR POUR DEUX AMOURS.

———

I

Dominique.

— Ce récit que vous allez entendre, mon enfant, —
commença Maxime en s'adressant à Réné, — je ne l'ai
jamais fait à personne...

« Je vais rouvrir, en vous parlant, des blessures douloureuses à peine cicatrisées dans mon cœur et qui rede-
viendront saignantes comme dans les anciens jours... Mais,
qu'importe? — Oui, qu'importe, si j'atteins le but que je
me propose... et je l'atteindrai, Réné, si vous m'écoutez
avec une attention affectueuse et avec un esprit disposé à
se laisser convaincre. Et ensuite, si vous le voulez, nous
quitterons Paris tous les deux.

« J'abandonnerai, non-seulement sans regret, mais encore avec un bonheur inouï, le théâtre de mes succès... Je laisserai les niais et les imbéciles qui m'entourent se partager les débris de ma couronne de viveur et lutter entre eux pour conquérir quelques parcelles de cette folle célébrité qu'ils appellent si sottement ma gloire... Et nous nous en irons ensemble mener une existence douce et calme sous les ombrages séculaires des charmilles de nos grands parcs, et respirer l'air vivifiant de notre vieille et belle province...

« Vous ne me répondez point, Réné !... Je lis dans vos regards que ma proposition n'est guère de votre goût !... Mais, patience !... Il serait trop habile, ce médecin qui parviendrait à guérir un malade, avant même d'avoir expérimenté sur lui le remède auquel il se confie !...

. . . .

« Donc, j'avais justement votre âge... — Vingt et un ans depuis quelques jours. Ceci nous reporte, comme vous voyez, à vingt-quatre ans en arrière. Depuis deux années j'avais achevé mes études classiques au collége de Besançon.

« Immédiatement après avoir terminé mon temps de philosophie, j'étais revenu vivre dans mon château de Bracy, que j'habitais seul avec des domestiques, car j'étais orphelin, — fils unique, — et c'est à peine si je conservais un lointain souvenir de mon père et de ma mère, morts pendant ma première enfance.

« Je n'avais jamais fait d'autre voyage que celui de Bracy à Besançon et de Besançon à Bracy. — Je n'avais jamais connu que mes camarades de collége. J'étais un provincial renforcé, un être insociable, débraillé dans mes allures, négligé dans mon costume, et sauvage comme un jeune loup. Je passais dans mes terres toute l'année, hiver comme été, et je vous affirme que je ne songeais guère à en sortir, et qu'on m'aurait bien étonné en me disant que je quitterais un jour la vieille demeure de mes ancêtres pour aller conquérir à Paris le sceptre de la mode.

« Mon château de Bracy est situé à quelques lieues au-delà de Pontarlier, dans ces montagnes du Jura qui touchent à la Suisse et qui en rappellent les plus beaux sites. C'est, en effet, la même nature sauvage, la même végétation grandiose. Ce sont des rochers, de hautes montagnes, sur la croupe desquelles s'échelonnent des forêts de chênes à la base, de frênes et de bouleaux au milieu, de sapins plus haut. Aux approches de l'hiver, cet amphithéâtre se revêt d'une triple couleur, teintes rougeâtres et brunes, verdure argentée et jaunissante, enfin vert sombre et presque noir.

« Cette contrée, à propos de laquelle, mon enfant, j'entre avec vous dans quelques détails dont vous ne tarderez point à comprendre la nécessité, est chère aux paysagistes. On les rencontre de loin en loin (tant que durent les beaux jours de l'été et de l'automne), coiffés de larges chapeaux de paille, — la boîte de couleurs, le parasol et le pliant sur le dos, — le bâton ferré à la main, — tantôt gravissant des cimes escarpées, — tantôt esquissant, ici quelques rochers d'une forme hardie et pittoresque, là un tronc d'arbre blanchi par le temps, rongé par la mousse et les lichens, et brisé par la foudre dans sa partie supérieure.

« Excepté ces peintres nomades, les étrangers ignorent généralement le chemin des solitudes du Jura, et, dans les profondeurs de ces montagnes, vivent des populations ignorantes de tout ce qui se passe autour d'elles hors de leurs forêts. Du moins cela était ainsi il y a vingt-cinq ans, c'est-à-dire à l'époque où se passèrent les faits que je vais vous raconter. Et, à moins toutefois que je ne me trompe étrangement, il doit encore en être de même aujourd'hui.

« Le château de Bracy s'élève à mi-côte, sur la déclivité d'une montagne assez élevée. Une forêt de sapins le domine. Une profonde vallée se creuse à ses pieds.

» Bracy est une sombre et grandiose habitation, bâtie il y a quatre cents ans, et qui a conservé le cachet de son époque. On dirait un de ces châteaux quasi fantastiques dans lesquels les romanciers modernes aiment à encadrer d'étranges aventures.

» A quoi occuper sa vie au fond d'une province et

quand on a vingt et un ans, si ce n'est à chasser, à boire ou à faire l'amour?

» Or, j'étais sobre comme un anachorète. Je ne pensais pas plus à l'amour qu'un enfant de douze ans, bien naïf et bien candide. C'est à peine si j'avais compris, en traduisant l'*Énéide*, le chaleureux épisode des amours de Didon et d'Énée. En revanche, je chassais avec acharnement, — je chassais sans trêve ni relâche, — je chassais jour et nuit. Oui, jour et nuit, — car, souvent, après avoir couru un renard ou un sanglier toute la journée, je reprenais mon fusil le soir et je m'en allais à l'affût. Vous m'avez dit, je crois, Réné, que vous aimiez la chasse?...

— Oui, monsieur le comte, — répondit le jeune homme ; — je l'aime, et très-passionément, je vous assure.

— Alors, — poursuivit Maxime, — vous devez comprendre à merveille que, malgré mon complet isolement, ma vie se passait le mieux du monde. — Si j'avais quelques heures d'ennui, c'était seulement quand des séries de mauvais temps trop obstinés me condamnaient à ne pas mettre les pieds dehors... Et encore, dans ce dernier cas, les distractions ne me manquaient point ; — je lisais et je relisais tous les ouvrages relatifs à la chasse qui se trouvaient dans la bibliothèque, et surtout le fameux *Traité de la Vénerie*, par messire *Jacques du Fouilloux, gentilhomme Poitevin*.

» Le soir, je ne dédaignais point d'aller passer une

heure ou deux dans les cuisines. Je m'asseyais sous le manteau de la cheminée gigantesque dans laquelle se consumait un brasier de souches enflammées ; — j'y fumais une pipe allemande et je causais avec mes piqueurs.

» Cette vie aurait pu durer toujours ; — elle durerait sans doute encore aujourd'hui, sans un incident qui devait bouleverser ma destinée.

» C'était au mois de décembre. Une forte neige était tombée pendant trois ou quatre jours, puis la gelée était venue, donnant une sorte de consistance à la croûte molle qui couvrait le sol jusqu'à une hauteur de deux ou trois pieds. J'avais envoyé Dominique, — un vieux piqueur qui me venait de mon père, — reconnaître dans la montagne des *passées* de sanglier. Je l'attendais vers six heures du soir. A neuf heures il n'était point encore rentré.

» Je commençais à craindre qu'il ne lui fût arrivé quelque accident, et je songeais à envoyer deux ou trois de mes gens à sa recherche, quand on sonna à la grille du château. — On courut ouvrir : c'était Dominique. Au moment de son arrivée je me trouvais dans les cuisines. Il entra.

» La lumière d'un énorme candélabre de fer suspendu au manteau de la cheminée frappa en plein sur son visage, tandis qu'il franchissait le seuil, et me fit voir qu'il était très-pâle.

» — Qu'est-ce que vous avez, Dominique ? — m'écriai-
— je ; vous est-il arrivé quelque chose ?

» — A moi ? — Non, monsieur le comte, — me répondit-il.

» — A qui donc ?

» — A ce pauvre François Nivet et à sa femme, qui de-
meurent un peu plus loin qu'Ollioles, à côté de *la Butte
aux chèvres...*

» — Eh bien ! que leur est-il arrivé ?...

» — Un malheur ! monsieur le comte, — un épouvantable malheur ! — Rien que d'y penser, voyez-vous, c'est à
vous donner la chair de poule.

» Ce début m'effraya. Je connaissais le vieux Dominique.
Il avait la sensibilité tout aussi parcheminée et racornie
que l'épiderme, — et il fallait qu'il se fût passé quelque
chose de bien terrible en effet pour le mettre dans un semblable état.

» — Quel est donc ce malheur ?... — lui dis-je ; —
voyons, Dominique, parlez...

» — Jean-François et sa femme avaient deux enfants,
— poursuivit le piqueur, — deux petits enfants, beaux
comme le jour, — un garçon et une fille, — l'un de quatre
ans, — l'autre de six, — et ils les aimaient bien, — ils les
aimaient comme de braves gens doivent aimer leurs marmots, c'est-à-dire de tout leur cœur...

» — Eh bien ?... — demandais-je, — eh bien ?...

» — Eh bien ! — monsieur le comte, — répondit Dominique d'une voix sourde, — Jean-François et sa femme, à l'heure qu'il est, n'ont plus d'enfants...

» — Oh! mon Dieu!... et comment cela?...

» — Du petit garçon et de la petite fille, il ne reste rien !... — rien !... — pas même un morceau d'étoffe !..... —pas même un lambeau de chair ensanglantée !... — ils ont été dévorés !... dévorés tous les deux !...

» — Dévorés !... — m'écriai-je avec un frisson d'horreur.

» — Dévorés !..... — répétèrent comme un écho lugubre tous mes gens qui s'étaient pressés autour de Dominique.

» Il y eut un instant de silence.

» Puis je murmurai :

» — Les loups sont-ils donc féroces à ce point?...

» — Oh! monsieur le comte, — répliqua le piqueur, — ce ne sont pas les loups qui ont fait ce malheur...

» — Qu'est-ce donc alors?...

» — Ce sont les ours...

» — Les ours!... Est-ce bien sûr, cela, Dominique?... — demandai-je avec un peu d'incrédulité.

» — Je les ai vus, monsieur le comte.

» Dominique n'avait jamais menti. Son affirmation levait tous mes doutes. La chose était donc désormais certaine, mais elle n'en restait pas moins fort étrange.

» Or, pour connaître les détails de cette épouvantable catastrophe, il ne s'agissait que d'interroger Dominique, et, puisqu'il avait vu, de lui demander ce qu'il avait vu. C'est ce que je fis aussitôt.

» Dominique sollicita la permission de boire avant toute chose un verre d'eau-de-vie, afin de rétablir un peu d'ordre dans ses idées. Il obtint cette permission, — il avala son petit verre. Puis il satisfit la curiosité haletante de ses auditeurs.

II

Les ours.

Maxime continua en ces termes le récit commencé :

» — Tous les gens de ma livrée, indistinctement, — fit-il, — entouraient le vieux Dominique et formaient autour de lui un demi-cercle, ne laissant libre, par respect, que le côté où je me trouvais.

« — Monsieur le comte, — dit alors le piqueur en s'adressant à moi, ainsi que le lui ordonnaient les convenances, — j'avais battu pendant toute la journée les bois de *la Soude* et du *Renty*, pour y relever les *passées* des sangliers sur la neige...

» Vers les trois heures, me trouvant de l'autre côté d'Ollioles, j'entrai dans la maison à Jean-François afin de

m'y rafraîchir d'un verre de petit vin d'Arbois ou de piquette
de l'Étoile... Jean-François me reçut en vieux camarade, il
jeta du bois sur le feu, il déboucha sa meilleure bouteille,
et comme je me sentais en appétit, sa ménagère décrocha
un jambon fumé, en coupa des tranches minces et les fit
revenir dans la poêle avec du beurre, du sel, du poivre et
des petits oignons coupés menus, menus...

En entendant ces détails futiles, Réné ne put s'empêcher
de sourire.

— Vous pensez bien, mon enfant, que je me mourais
d'impatience, — dit alors Maxime, — mais il fallait se ré-
signer... — Dominique était verbeux et prolixe outre mesure dans ses narrations. — Si on avait voulu le forcer à
arriver droit au but, il aurait été impossible de tirer de
lui une seule parole raisonnable. — Je le laissai faire, et
il poursuivit :

» — Donc nous étions assis, Jean-François et moi, —
de chaque côté de la cheminée, — la fourchette et le verre
à la main, et les pieds dans les cendres. Je lui racon-
tais les belles chasses de feu M. le comte votre père —
!(que Dieu veuille avoir son âme dans son saint paradis!),
et il m'écoutait avec toute l'attention dont la chose était
digne. Tout à coup il m'interrompit pour se retourner
vers sa ménagère et lui demander :

» — Dis donc, Glaudine, je ne vois pas les enfants,
sais-tu où ils sont?...

» — Oui, mon homme, — répondit-elle, — ils sont sur la route, devant la porte, ils jouent avec de la neige, ils en bâtissent des châteaux, et ils en font des boules, qu'ils se jettent...

» — Bon, — dit Jean-François, — qu'ils y restent, les pauvres petiots, il n'y a pas de danger...

» Et il ajouta, en se tournant vers moi :

» — Père Dominique, vous étiez en train de me raconter ce fameux coup double de feu M. le comte..... vous savez bien, ce coup dont vous me faites le récit chaque fois que nous nous voyons... et dont je ne me lasse jamais...

» Je repris mon histoire où je l'avais laissée. Il ne s'était point passé cinq minutes, quand un bruit soudain nous fit tressaillir... C'était un cri d'enfant, — un cri lointain déjà et qui s'interrompit avant d'être achevé.

» Glaudine lâcha la poêle qu'elle tenait. Jean-François me regarda. Je regardai Jean-François et aussi sa femme. Nous étions pâles tous les trois. Je m'élançai sur ma carabine. Mon compagnon saisit un couteau sur la table. Nous courûmes à la porte et nous jetâmes les yeux sur la route.

» Oh! monsieur le comte, quel spectacle!... — Quand je devrais vivre cent ans, je ne l'oublierai jamais!...

» Les enfants avaient disparu... Seulement, à soixante pas du seuil de la chaumière, on voyait du sang sur la neige, et deux ours gris de la plus grande taille s'éloi-

gnaient en trottant dans la direction du bois de la Chaise.
Glaudine poussa un grand cri et tomba sans connaissance.
A ce bruit, l'un des ours se retourna à moitié, et nous pû-
mes voir qu'il tenait dans sa gueule le corps inanimé d'un
enfant.

» Cette vue nous rendit un peu de courage. Peut-être
était-il encore temps... C'était bien douteux, mais enfin ce
peut-être suffisait pour nous donner la force de tout essayer.

» Jean-François prit son élan et se précipita à la poursuite des deux ours. J'en fis autant et je suivis de mon
mieux. Mais je suis vieux et il est jeune ; — mes jambes ne
valent plus aujourd'hui ce qu'elles ont valu autrefois... Je
fus bien vite distancé.

» Seulement j'avais ma carabine et Jean-François n'avait
qu'un couteau. Quand il me parut que je me trouvais à
une petite portée de fusil, je m'arrêtai. J'épaulai soigneusement mon arme, je visai à la tête et j'appuyai mon doigt
sur la détente.

» L'ours secoua vivement les oreilles, mais il ne ralentit
point son allure. Je l'avais touché derrière l'oreille, mais
le moyen qu'une simple balle de plomb, lancée par une
seule charge de poudre, égratigne un cuir pareil !...

» Jean-François bondissait sur la neige avec la vitesse
et l'agilité d'un chamois... Enfin il dépassa celui qui venait

10.

le dernier, et, faisant volte-face, il se jeta sur lui le couteau levé.

» Ce fut un terrible moment, monsieur le comte!... Peut-être Jean-François allait-il sauver un de ses enfants!... Mais peut-être aussi, et c'était le plus probable, Jean-François était-il perdu!... Ni l'une ni l'autre de ces choses n'arriva.

» L'ours sembla dédaigner son adversaire... Le couteau mal aiguisé glissa sans l'entamer sur l'épaisse fourrure qui recouvrait le poitrail de la bête farouche, laquelle continua sa course sans se détourner ni à droite ni à gauche, et en renversant sur la neige Jean-François évanoui. Au bout d'un instant, les deux ours disparaissaient dans la forêt.

» Je courus à Jean-François. Je le croyais mort. Son sang coulait de toutes parts. Il n'avait cependant pas grand mal ; l'ours, en passant sur lui, lui avait écorché la poitrine avec ses griffes, et le couteau, en se refermant, lui avait entaillé profondément trois des doigts de la main droite.

» Je relevai le corps et je le portai dans la maison. Je passai près d'un heure à faire revenir à eux-mêmes le mari et la femme. Enfin, j'en vins à bout ; — ils ouvrirent les yeux, — ils se souvinrent de tout ce qui venait de se passer, et ils se jetèrent dans les bras l'un de l'autre en pleurant.

» Jean-François ne s'apercevait seulement pas qu'il avait

les doigts coupés et que le sang ruisselait de sa main. Je pleurais aussi, et je n'entreprenais pas de consoler ces pauvres gens, car je sentais bien que c'était impossible, et il me semblait que la seule chose qui pouvait les soulager un peu, c'était les larmes...

« Il y avait entre eux de grands moments de silence, et puis tout à coup Jean-François ou Glaudine se mettait à crier :

» — Oh! mes enfants!..... mes pauvres enfants bien-aimés!...

» Et alors Jean-François agrandissait avec ses ongles les blessures de sa poitrine, et Glaudine s'arrachait les cheveux et se tordait les bras en désespérée. Je ne pouvais pas les laisser seuls dans un état pareil... J'allai chercher du monde à Ollioules, et j'amenai quelques braves gens auprès d'eux. Ensuite je me mis en route pour revenir au château.

» Mais tout cela m'avait pris du temps, — la nuit était devenue très-noire, et il ne fait pas bon marcher dans trois pieds de neige, surtout quand on n'y voit goutte... — Enfin, voilà, monsieur le comte, pourquoi je suis rentré si tard...

» Dominique se tut, — poursuivit Maxime.

» Pendant toute la dernière partie de son récit, personne n'avait eu seulement la pensée de l'interrompre. Chacun avait écouté, rempli de terreur et haletant d'une curiosité fiévreuse. Je n'étais ni moins ému ni moins attentionné que les autres. Les moindres détails de l'épouvantable catastrophe se présentaient sans cesse à mon esprit, et il me semblait que j'assistais réellement à ce drame lugubre.

» La nuit suivante, il me fut impossible de fermer l'œil, ou, si je m'endormais un instant, j'étais aussitôt poursuivi par la vision sanglante.

» Le lendemain, dès le point du jour, j'envoyai chercher Dominique. Le vieux piqueur ne se fit guère attendre.

» — Dominique, — lui demandai-je, — il n'y a pas habituellement d'ours dans nos cantons, n'est-ce pas?

» — Non, monsieur le comte.

» — Cependant on en voit quelquefois?

» — Oui, monsieur le comte ; mais c'est fort rare.

» — Dans quelles circonstances ont lieu ces exceptions?

» — Pendant des hivers excessivement longs et rigoureux, — les ours, alors, descendent jusque bien avant dans les plaines.

» — D'où venaient, selon vous, ceux d'hier?

» — Ils venaient des hautes montagnes, à une quinzaine de lieues d'ici.

» — Êtes-vous d'avis qu'ils y retournent, Dominique?. — demandai-je en le regardant.

» L'œil du vieux piqueur étincela.

» — Non! de par tous les diables! — s'écria-t-il, — si je puis les empêcher!...

» — Oh! à nous deux, — répondis-je, — nous en viendrons bien à bout!...

» — Que voulez-vous dire, monsieur le comte?...

» — Je veux dire, mon brave Dominique, que nous irons à la recherche de ces ours, que nous les traquerons et que nous les tuerons!...

» — Quoi!... monsieur le comte s'exposerait?...

» — Parfaitement! — Je n'ai chassé jusqu'à présent que de pauvres animaux inoffensifs, — je veux essayer d'un plaisir plus sérieux : — une chasse à l'ours!... ce sera pour moi une fête.

» — Ah! le fait est, — répondit Dominique, — que si la chose est possible, j'aurai tout de même un rude plaisir à les massacrer, ces brigands-là!... — il me semblera que je me venge!...

» — Croyez-vous, Dominique, que ces ours vont rester dans ce pays?...

» — Au moins quelques jours.

» — Pourrons-nous les retrouver?

» — Dam! en cherchant bien...

» — Seulement, il ne faut pas de perdre de temps, n'est-ce pas?...

» — Le moins possible, monsieur le comte.

» — Eh bien, n'en perdons pas du tout. — Avez-vous quelques notions sur la chasse à l'ours, Dominique ?

» — Oui, monsieur le comte.

» — Où les avez-vous acquises ?

» — Dans l'Oberland, où j'ai vu pratiquer cette chasse pendant ma jeunesse.

» — Voilà qui se trouve à merveille. — Nous utiliserons votre science.

» — Quand nous mettrons-nous en campagne, monsieur le comte ?

» — Dès demain.

» — Alors, je vais sortir aujourd'hui.

» — Pour quoi faire ?

» — Pour tâcher de trouver la voie et de découvrir le repaire. — Si j'en viens à bout, ce sera une fameuse portion de la besogne faite, croyez-moi, monsieur le comte...

» — Dans combien de temps vous mettrez-vous en route, Dominique ?

» — Le temps de manger un morceau, et je boucle mes guêtres...

» — Eh bien ! vous m'attendrez pour partir. — Je veux aller avec vous, — je serai prêt dans une demi-heure...

» Dominique s'inclina et sortit. »

III

Les fusils de chasse.

Maxime interrompit son récit pour demander à Réné en souriant :

— Ne trouvez-vous pas, mon cher Réné, que mon odyssée commence un peu comme un article du *Journal des Chasseurs !*...

— Tout ce que je sais, — répondit M. de Savenay, — c'est que votre odyssée, comme vous dites, m'intéresse au plus haut point.

— Si c'est là votre pensée sincère, tant mieux ; si au contraire vous me faites un compliment, merci... — Quoi qu'il en soit, je continue...

Et Maxime poursuivit en effet :

—Je tenais beaucoup, — dit-il, — à ne point me mettre en retard, je déjeunai donc en toute hâte avec un morceau de viande froide et deux ou trois verres de vin de Madère.

» Puis je remontai dans mon appartement et je revêtis mon costume de chasse.

» Ce costume n'avait rien d'élégant. Il ne me faisait guère ressembler à ces petits messieurs que représentent les gravures des journaux de modes, et qui partent pour la chasse, la carnassière au dos et le fusil sur l'épaule, gantés de paille et chaussés de vernis, comme de véritables promeneurs du boulevard des Italiens. Mon costume, à moi, consistait en une paire de souliers à fortes semelles garnies de grosses têtes de clous, — en un pantalon de coutil écru, sur lequel s'ajustaient des guêtres de cuir souple montant jusqu'au-dessus du genou. Une casquette de cuir bouilli à visière large, et une blouse d'une étoffe pareille à celle du pantalon, complétaient cette toilette, inélégante s'il en fut, mais très-commode pour gravir les montagnes et pour courir au milieu des taillis.

» Au moment où je venais d'accrocher la ceinture de ma blouse, on frappa légèrement à la porte.

» — Entrez ! — murmurai-je.

» Dominique parut.

» — Vous voyez que je suis prêt, — lui dis-je.

» — Oui, monsieur le comte, je vois cela...

« — Est-ce que vous me voulez quelque chose, Dominique ?...

« — Oui, monsieur le comte...

« — Quoi donc ?

« — Vous adresser une simple question...

« — Laquelle ?

« Dominique, au lieu de répondre, s'approcha d'un râtelier d'armes et se mit à l'examiner attentivement.

« — Eh bien ! — demandai-je, — voyons, Dominique, cette question ?...

« Le vieux piqueur désigna du doigt le râtelier d'armes.

« — Il y a là de bons fusils, — dit-il.

« — Sans doute.

« — Lequel prendra monsieur le comte aujourd'hui ?...

« — Celui dont j'ai l'habitude de me servir.

« Dominique secoua la tête.

« — Il ne faut pas !

« — Pourquoi donc ?

« — Parce que c'est une arme légère, qui porte bien la balle quand il s'agit d'abattre un renard ou un chevreuil, mais qui ne vaut rien pour un ours.

« — Mais nous ne rencontrerons pas d'ours aujourd'hui Dominique...

« — Qui sait ! — On trouve quelquefois ce qu'on ne cherche pas... — Pourquoi ne trouverions-nous point ce que nous allons chercher ?...

« — C'est juste! — Eh bien! mon vieux Dominique,
vous connaissez tous ces fusils qui ont appartenu à mon
père... — guidez-moi dans le choix que je dois faire...

« Un radieux sourire illumina le visage ridé et tanné du
piqueur.

« Il prit au râtelier, sans hésiter, un fusil à deux coups,
très-court, à canons d'acier tordus et brunis, et qui provenait des fabriques anglaises.

« La monture en était excessivement simple.

« Jamais je n'en avais fait usage, jamais je n'en avais
seulement essayé les batteries.

« Dominique attacha sur cette arme un regard attendri
et dans lequel se lisait une vénération profonde.

« Je lui demandai si cette vue éveillait en lui quelques
souvenirs.

« — C'était, — me répondit-il, — le fusil favori de feu
M. le comte votre père, quand il allait à quelque
traque de sangliers. — Il n'a pas son pareil, voyez-vous,
pour la justesse et pour la portée ; — avec cela pour peu
que la poudre soit bonne, le coup d'œil prompt, et que la
main ne tremble pas, l'on est sûr de son coup.

« — C'est bien, — lui-répondis-je, — je m'en rapporte
à vous.

« Je préparai ma poire à poudre, — je tirai de ma carnassière des balles, des bourres, et je me disposai à charger l'arme que Dominique m'avait recommandée.

« Le vieux piqueur posa respectueusement ses doigts longs et maigres sur mon bras et m'arrêta dès le premier mouvement.

« Je le regardai.

« Il avait l'air stupide à force d'être étonné.

« — Eh bien! — demandai-je, — qu'y a-t-il donc?

« — Monsieur le comte, qu'allez-vous faire?... — s'écria-t-il.

« — Vous le voyez bien, charger mon fusil...

« — Avec ça?... — dit-il en prenant une balle et une bourre et en les faisant sauter dédaigneusement dans le creux de sa main.

« — Sans doute.

« Dominique secoua de nouveau la tête.

« — Il ne faut pas! — répéta-t-il, ainsi qu'il l'avait fait un instant auparavant.

« — Alors, s'il ne faut pas mettre de balles dans mon fusil, — m'écriai-je avec un commencement d'impatience, — qu'y faut-il mettre?...

« — Ceci, — répondit Dominique en posant divers objets sur la table.

« Je regardai. Il y avait parmi ces objets de petites rondelles de cuir, — épaisses de deux lignes et de la largeur d'une bourre ordinaire. Ces rondelles étaient graissées avec soin. Il y avait ensuite des lingots de fer, d'un pouce

et demi de longueur, — applatis à l'une de leurs extrémités et très-pointus de l'autre.

« — Il faut ça pour entamer la peau de l'ours... — me
dit alors le vieux piqueur; — ça a le cuir si dur ces bêtes-
là, voyez-vous, qu'une balle de plomb ne les chatouille
seulement pas...

« Je n'eus pas de peine à comprendre que Dominique
devait être dans le vrai.

« — Comment avez-vous fait pour vous procurer ces
lingots?... — lui demandai-je.

« — Oh! monsieur le comte, c'est bien simple! — j'ai
scié les dents d'un rateau de fer...

« — Excellente idée !...

« — Ce n'est pas à moi qu'en revient l'honneur...

« — A qui donc !

« — Les chasseurs d'ours font comme cela dans l'Oberland. — Je me suis souvenu de ce que j'avais vu, — voilà
tout...

« — Faites-moi le plaisir, Dominique, de charger mon
fusil vous-même...

« Dominique accepta cette mission avec une satisfaction
évidente. Il s'assura d'abord que le canon était intérieurement bien sec et que rien n'obstruait la lumière. Il mit
double charge de poudre et il employa, au lieu de bourres
une de ces rondelles de cuir dont je vous parlais tout à
l'heure, — ensuite il glissa un lingot de fer dans chaque

canon et, par-dessus ces lingots, il enfonça une simple bourre de papier.

« — Voilà qui est fini, — me dit-il ensuite, — nous pouvons maintenant, monsieur le comte, nous mettre en route quand vous voudrez...

« Rien ne me retenait. Nous partîmes, en prévenant qu'il était possible que notre absence durât plusieurs jours. Naturellement nous devions aller tout d'abord à l'endroit où avait eu lieu l'épouvantable catastrophe de la veille. Nous nous dirigeâmes donc vers Ollioles, nous dépassâmes ce village et nous atteignîmes la maison de l'infortuné Jean-François. Cette maison était fermée. En apprenant le malheur qui avait frappé le paysan et sa femme, des parents qui demeuraient à quelques lieues de là étaient venus les chercher pour les emmener chez eux où ils devaient passer les premiers instants de leur désespoir.

« Je me fis raconter de nouveau par Dominique l'effrayante scène de la veille, sur le théâtre même où elle s'était accomplie.

« Un château de neige, commencé par les enfants, était encore intact et debout, — quelques boules de neige, pétries par des petites mains, semblaient prêtes à rouler. A côtés des monuments fragiles de ces jeux qu'était venue interrompre la mort, il y avait du sang... Mon cœur bondissait dans ma poitrine et des larmes voilaient mes regards.

« J'allai plus loin et je retrouvrai les traces de la lutte

impuissante de Jean-François contre la bête féroce. En cet endroit, la neige était foulée et toute rougie. Les pas d'hommes s'arrêtaient là.

« Dominique et moi nous nous attachâmes alors à suivre la piste des ours. Jusqu'à la lisière du bois ce fut une tâche aisée : leurs pattes larges et lourdes avaient creusé dans la neige de profondes empreintes.

« Une fois dans la forêt, les difficultés commencèrent Çà et là de grands sapins, étendant sur un espace assez vaste leurs branchages touffus, n'avaient pas laissé un seul flocon de neige arriver jusqu'au sol. Là les empreintes disparaissaient. D'autant plus que les ours, — animaux remplis d'instinct comme chacun sait, — avaient eu grand soin de choisir partout les places nues, — soit pour s'éviter quelque fatigue, — soit pour dérouter les recherches.

« Ceci nous mettait dans un embarras continuel et nous perdions un temps énorme à chercher les traces disparues.

« Nous fîmes ainsi deux lieues, à peu près, à travers la forêt. Je commençais à me sentir un peu fatigué et j'avais faim. Je m'assis avec Dominique au pied d'un sapin gigantesque et je dis au vieux piqueur de tirer de son sac les provisions qu'il avait apportées. Il obéit, et nous fîmes honneur, je vous jure, à ce repas improvisé.

« — Vont-ils nous mener loin comme cela, ces animaux damnés?... — m'écriai-je tout d'un coup.

« — Dame ! monsieur le comte, on ne sait pas ! — répondit Dominique d'un ton calme.

« — Je donnerais beaucoup pour nous trouver, à l'instant même, face à face avec eux !...

« — Si cela nous arrivait, monsieur le comte, n'oubliez pas ce que je vais vous dire...

« — J'écoute.

« — Ne tirez jamais de loin, — attendez que l'animal vienne a vous, — saisissez le moment où, se dressant sur ses pieds de derrière et étendant les bras pour vous saisir et vous étouffer, il ouvrira la gueule, et alors prenez hardiment pour point de mire l'intérieur même de cette gueule et faites feu de vos deux coups. — Si votre main n'a pas tremblé, monsieur le comte, l'ours est mort...

« — Je me souviendrai de ce bon conseil, Dominique... — répondis-je au piqueur.

« Et, comme notre repas était achevé, nous nous remîmes avec ardeur sur les traces que nous suivions.

IV

Fidèle.

Cette poursuite acharnée dura toute la journée, — continua M. de Bracy.

« A mesure que nous avancions dans la forêt, les difficultés augmentaient d'une façon effrayante et presque décourageante. Nous marchions sur des pentes rapides où il n'y avait pas d'autre végétation que celle des sapins. Par conséquent, les traces qui nous guidaient disparaissaient de plus en plus, et ce n'est souvent qu'après des détours de plus d'un quart de lieue que nous parvenions à les retrouver.

« Bref, le soir arriva, et avec lui le crépuscule. Il ne fallait point songer à pousser plus loin nos recherches ce jour-là, d'autant plus que nous avions fait au moins sept ou huit lieues et que nous nous sentions accablés de fatigue. Il s'agissait de trouver un asile pour la nuit.

« Je montai sur un sapin en me servant de ses branches comme des traverses d'une échelle, et j'interrogeai l'horizon autour de nous. La chance se déclarait en notre faveur. Nous étions à peu près certains de ne point être forcés de passer la nuit à la belle étoile, — perspective peu séduisante par un froid de neuf ou dix degrés. Deux filets de fumée blanchâtre se dessinaient sur le ciel déjà sombre, — l'un à notre droite, — l'autre à notre gauche. Cette double fumée indiquait deux foyers, par conséquent deux maisons, sans doute hospitalières. Celle de droite me semblait la plus rapprochée de nous. C'est donc du côté droit que nous nous dirigeâmes.

« En moins d'une demi-heure nous touchions au but, c'est-à-dire que nous atteignions le seuil d'une humble cabane de bûcherons. La porte était ouverte. Un grand feu pétillait dans l'âtre et nous réjouit la vue. Nous entrâmes.

« Le bûcheron et sa femme étaient de braves gens qui nous reçurent de leur mieux. Leur extrême pauvreté ne les empêcha point de nous servir un repas qui, sans doute en raison de mon grand appétit, me parut splendide, et qui réellement ne manquait pas de délicatesse, ainsi que vous allez en juger.

11.

« C'était d'abord du pain de seigle, un peu noir, mais d'un goût exquis, — des pommes de terre cuites sous la cendre, — un coq de bruyères rôti, et de petites truites pêchées dans un torrent qui traversait la montagne. Nous bûmes, au lieu de vin, une sorte de boisson aigrelette et mousseuse faite avec des fruits sauvages fermentés, et qui, sans atteindre la saveur du vin de Bouzy rosé, n'était vraiment pas désagréable.

« Aussitôt que mon appétit fut satisfait, je questionnai mon hôte au sujet des ours que nous poursuivions, et je lui demandai s'il était à même de nous donner quelques renseignements sur leurs habitudes et sur leurs repaires.

« Je ne pouvais mieux m'adresser.

« — Ah! oui, que je les connais!... — s'écria le bûcheron, — depuis plus d'un mois que ces bêtes enragées sont descendues des hautes montagnes et se sont établies à une lieue et demie d'ici!... — On en parle assez dans le pays, allez, et on en a assez peur!...

« — Ont-ils causé quelque ravage?...

« — Ils ont dévoré un cheval, deux vaches et plusieurs moutons... — Ils vont et ils viennent, — ils sont tantôt à droite, tantôt à gauche, — puisque vous les avez suivis depuis Ollioles, il est plus que sûr qu'ils vont passer deux ou trois jours aux environs de leur tanière...

« — Savez-vous d'une façon positive quel est l'endroit où ils se retirent?...

« — Certainement, — c'est dans une caverne de la *Dent-du-Chien*, — tout à côté de la *Fosse-aux-Loups*...

« En ce moment, Dominique se mêla à la conversation...

« — Ah ! je sais, je sais... — fit-il en agitant la tête de haut en bas, à plusieurs reprises, à peu près comme un magot chinois.

« — Oui, mais moi je ne sais pas, — dis-je à mon tour, — et je serais bien aise de savoir...

« Ceci s'adressait au bûcheron.

« Ce fut Dominique qui répondit :

« — Il faut vous dire, monsieur le comte, — commença-t-il, que je suis venu chasser bien des fois par ici, avec feu M. le comte votre père, et que je connais pas mal le pays...

« — Eh bien?...

« — Eh bien! la *Dent-du-Chien* est un amas de rochers jetés pêle-mêle les uns sur les autres, et tout en haut desquels se voit une large pierre blanche qui, de loin, a la forme de la dent d'un jeune chien...

« — Et là *Fosse-aux-Loups*? — demandai-je.

« — C'est un abîme assez large et profond de plus de deux cents pieds. — Presque partout les bords en sont taillés à pic ; — il est impossible qu'un homme y descende, et les loups y font leur sabbat...

« Ces explications étaient très-suffisamment claires, —

je n'insistai-pas davantage et je demandai seulement à Dominique :

« — Savez-vous aussi où est la grotte en question ?

« — Oh ! pour cela non, — répondit le vieux piqueur.

« — Et vous ? — dis-je au bûcheron...

« — Oh ! moi, monsieur, je vous y conduirais les yeux fermés.

« — Voudrez-vous nous servir de guide ?...

« — De tout mon cœur.

« — Alors, demain matin nous tenterons l'aventure.

« — Dame ! monsieur, ce sera quand il vous plaira...

« La soirée s'avançait. Dominique et moi nous nous jetâmes sur un lit de bruyères sèches qu'on étendit à notre intention dans un coin de la chaumière. Ce lit n'était point moelleux, et cependant j'y dormis jusqu'au matin d'un profond sommeil visité par des rêves de bon augure qui me firent voir la plus vaste salle du château de Bracy entièrement tapissée de peaux d'ours tués par moi.

« Au point du jour, Dominique était sur pied. Il me toucha légèrement l'épaule pour me réveiller, et il me dit :

« — Monsieur le comte, il est grandement temps de nous mettre en marche...

« Je m'étais couché tout habillé sur mon tas de bruyères, — je n'eus donc qu'à me dresser sur mes jambes pour être prêt à partir.

« Nous nous mîmes en route sous la direction du bû-

cheron. Le temps était froid, mais clair. Le givre se sus-
pendait aux branches sombres des sapins et en faisait autant de girandoles étincelantes de cristaux.

« Nous suivîmes, pendant trois quarts d'heure environ,
un sentier large et bien entretenu. Au bout de ce temps
nous passâmes devant une petite maison bâtie au milieu d'un
grand enclos et qui, quoique bien simple et bien modeste,
n'était point, à coup sûr, une demeure de paysans. Une
muraille de quatre pieds de hauteur entourait le jardin et,
à travers les barreaux d'une grille, on voyait une allée
droite qui conduisait jusqu'à la porte de l'habitation. Au
bruit de nos pas un chien noir des Abruzzes, de la plus
haute taille, se dressa de l'intérieur contre les barreaux de cette grille et se mit à aboyer d'une voix formi-
dable.

« — Tout beau, *Fidèle!...* tout beau, mon ami !... —
lui dit notre guide avec une intonation caressante.

« Le chien reconnut le bûcheron et, cessant d'aboyer,
se mit à bondir joyeusement.

« — Voilà un magnifique animal!... — m'écriai-je, —
savez-vous s'il est à vendre ?

« Le bûcheron me regarda d'un air qui signifiait claire-
ment que ce que je venais de dire était à ses yeux la plus
lourde de toutes les bêtises. Il se mit ensuite à rire longuement et surtout bruyamment, et il ne répondit point. Je
voulais en avoir le cœur net. Je répétai ma question.

« — A vendre !... — s'écria-t-il enfin, — *Fidèle*, à vendre !... mais, monsieur, vous n'y pensez pas !...

« — Pourquoi donc?

« — Eh! dame !... parce que...

« — Il me semble que tout peut s'acheter, et qu'en offrant de ce chien un prix avantageux...

« Le bûcheron m'interrompit.

« — *Fidèle* est bien gros, — dit-il, — et il pèse lourd, je vous en réponds, — eh bien! vous en offririez son poids en or, et même davantage, que vous ne *l'auriez* pas...

« — Ah çà! mais, on y tient donc beaucoup?...

« — Si on y tient!... je le crois bien!... — Songez donc qu'à lui seul il défendrait la maison contre dix hommes et que, sous sa garde, ces dames dorment aussi tranquilles dans ce pays perdu que si elles se trouvaient au beau milieu d'un fort village.

« — Ces dames?... — demandai-je, — quelles dames?

« — Madame Simon et sa fille.

« — Qu'est-ce que c'est que madame Simon?...

« — Oh! monsieur, une bien brave dame!... ça, on peut le dire! — Elle est veuve d'un sous-lieutenant de gendarmerie qui l'a laissée sans fortune et avec une *pétiote demoiselle* qui était déjà belle comme le jour quand son père est mort, il y a dix ans, et qui l'est devenue encore davantage depuis ce temps-là... — Elle n'est pas riche du tout, madame Simon, tant s'en faut, puisqu'elle n'a pour tout bien que cette maison et une petite rente, et cependant elle trouve encore moyen de venir en aide à plus pauvre qu'elle...

« — Et madame Simon demeure là toute l'année?...

« — Oui, monsieur.

« — Et toute seule?...

« — Oui, monsieur, c'est-à-dire avec sa fille, comme je vous le disais, — avec une domestique et avec *Fidèle*...

« — Trois femmes!... — m'écriai-je, — trois femmes dans cette maison isolée, dans cette contrée déserte et par les longues nuits d'hiver!... — Franchement ce sont trois héroïnes douées d'un courage surhumain!...

« — Oh! monsieur, — répondit le bûcheron qui ne partageait point absolument mon enthousiasme, — madame Simon ne fait que du bien à tout le monde et il n'y a personne dans le pays d'assez gueux pour lui vouloir du mal!.. — D'ailleurs, elle a *Fidèle* et *Fidèle*, je vous l'ai déjà dit, vaut dix hommes!...

« La conversation en resta là. Les difficultés de la route que nous suivions commençaient à nécessiter toute notre attention.

« Un peu après avoir dépassé la maisonnette de laquelle je viens de vous parler, le chemin tournait à gauche. Nous avions continué à droite, à travers la campagne, rencontrant à chaque pas des obstacles de toute nature. C'étaient des troncs de sapin brisés, — de grands quartiers de roche, — d'énormes fragments de granit. La neige recouvrait uniformément tous ces débris, les cachait à l'œil, en déguisait la forme, et les rendait fort dangereux pour les gens qui s'aventuraient parmi eux. En certains endroits, où une ride imperceptible se creusait dans la neige et où on croyait mettre le pied sur un terrain solide, on s'engloutissait tout à coup dans une cavité profonde de plusieurs pieds. C'était à se rompre le cou, et plutôt dix fois qu'une.

« Cependant nous avancions toujours, quoique bien lentement. Enfin nous vîmes se dresser au-dessus de nos têtes le pic blanchâtre de la *Dent-du-Chien*. Nous étions sur le bord de la *Fausse-aux-Loups*.

V

Catastrophe.

— Ainsi que me l'avait dit mon vieux Dominique, — continua M. de Bracy, — la *Fosse-aux-Loups* était un abîme de forme circulaire, très-large, et d'une incommensurable profondeur. Cette béante ouverture semblait avoir été creusée par le pied d'un gigantesque Titan menaçant le ciel.

« Presque partout ses parois se taillaient à pic dans le roc vif et dur. Çà et là, cependant, de maigres arbustes et des végétations appauvries croissaient aux flancs de ce roc. La *Fosse-aux-Loups*, comme ces fossés qui font partie des fortifications d'une ville de guerre, défendait les abords de la *Dent-du-Chien*.

« D'un seul côté, une sorte de sentier naturel, inégal, tortueux et semé de pierres gigantesques, conduisait à l'amoncellement de blocs granitiques dont je vous ai déjà parlé. Parmi ces blocs, et à demi obstrués par des broussailles, se voyaient les orifices sombres de deux ou trois cavernes. C'est là, du moins s'il fallait ajouter foi aux dires du bûcheron, que les ours que nous poursuivions depuis la veille avaient élu provisoirement domicile.

« — Monsieur le comte, — me dit Dominique, — nous sommes arrivés...

« — Maintenant, — lui demandai-je, — n'allons-nous pas gravir ces rochers et fouiller ces cavernes ?

« — Non pas, — me répondit le piqueur, — ce serait affronter un péril redoutable, sans aucune chance de succès...

« — Alors, qu'allons-nous faire ?...

« — Attendre.

« — Quoi ?

— Que les ours sortent de leur tanière pour gagner la campagne. — Ils suivront ce sentier que voilà, et ils nous rencontreront sur leur chemin...

« — Vous avez une expérience qui me manque, Dominique, je vous laisse la direction de cette chasse...

« — Je ferai pour le mieux, — dit le vieux piqueur d'un accent qui prouvait qu'il avait au plus haut point là conscience de son mérite.

« Pendant deux ou trois secondes il explora avec attention l'endroit dans lequel nous nous trouvions. Puis il me
montra du doigt un éclat de granit, haut de quatre pieds
environ et d'une largeur à peu près égale, que quelque
éboulement avait précipité au milieu du sentier qui conduisait à la *Dent-du-Chien*.

« — Monsieur le comte, — me dit-il alors, — ce poste
est excellent. — Abrité derrière ce morceau de rocher qui
vous servira tout à la fois de rempart pour votre personne
et de point d'appui pour votre arme, vous tirerez à coup
sûr, en prenant tout le temps de viser à votre aise...

« — Et vous, Dominique, — demandai-je, — où vous
placerez-vous ?...

« Après un instant de silence, le piqueur fit un geste de
la main droite et me répondit :

« — Là.

« Mes yeux suivirent la direction de sa main et je m'é-
criai :

« — Dans l'abîme !...

« — Approchez-vous un peu, monsieur le comte, et
vous comprendrez mon idée...

« Je fis ce que me demandait Dominique et je vis qu'à
une profondeur de quatre pieds environ, un sapin avait
poussé jadis dans une fissure du rocher. Cet arbre avait
été brisé depuis, soit par un éboulement, soit par un orage,
soit par une avalanche, mais il restait quelques fragments

de ses racines, sur lesquels les pieds d'un homme pouvaient s'appuyer. Dominique comptait se fier à ce frêle piédestal et n'avoir hors du gouffre que le haut du buste et les bras. Ce poste était dangereux, sans doute, mais il me parut bien choisi.

« Au moment où le piqueur et moi allions nous installer, lui sur son tronc d'arbre, moi derrière mon bloc de granit, un bruit inattendu me fit tressaillir. C'était un hurlement rauque et prolongé, tel que je n'en avais jamais entendu. Ce hurlement partait du bois de sapins que nous avions laissé sur notre droite, à une demi-lieue de la *Dent-du-Chien.*

« — Oh ! oh ! — dit Dominique d'un ton chagrin, — voilà qui va mal !...

« — Qu'y a-t-il donc ?... — demandai-je.

« — Il y a que nous avons eu beau nous lever de bonne heure, messieurs les ours ont été encore plus *matineux* que nous !...

« — Vous croyez qu'ils ont déjà quitté leur tanière !...

« — J'en suis certain. — Ce hurlement que nous venons d'entendre me le prouve clair comme le jour...

« — Ainsi, c'est peine perdue que de les attendre ?...

« — Pour aujourd'hui, oui, monsieur le comte. — Mais nous reviendrons demain matin, ou plutôt cette nuit, de façon à nous trouver ici avant les premières clartés de l'aube.

« Il n'y avait rien à répondre à ce raisonnement et pas autre chose à faire que ce que proposait Dominique. En conséquence nous regagnâmes la cabane du bûcheron, et nous y passâmes le reste de la journée.

« La nuit suivante, à deux heures du matin et par un clair de lune magnifique, nous nous mîmes en route. J'étais seul avec le piqueur, car cette fois nous n'avions besoin de personne pour nous guider.

« Nous passâmes devant la maisonnette de madame Simon, et *Fidèle*, le beau chien des Abruzzes, nous salua de ses aboiements sourds et prolongés.

« Quand nous arrivâmes sur les bords de *la Fosse-aux-Loups*, la lune disparaissait derrière les montagnes et la nuit devenait profonde. En même temps le froid redoublait d'intensité, comme il le fait toujours aux approches du matin.

« Dominique s'enfonça dans l'abîme, appuyé sur la racine du sapin brisé. Moi je pris place à l'abri de mon bloc de roche. Puis nous attendîmes.

« Je serai franc avec vous : Réné, cette attente, au milieu des ténèbres et sous une atmosphère glaciale, me parut bien longue et bien triste. Une sorte de profond découragement s'empara de moi, — le péril que j'allais courir revêtit à mes yeux des proportions étranges et effrayantes, — je regrettai d'avoir trop présumé de ma force et de mon courage, — je regrettai de m'être laissé

séduire par une entreprise insensée, — enfin, j'eus presque peur. Mais l'orgueil a toujours été l'un des défauts, ou,
si vous l'aimez mieux, l'une des qualités de ma nature.
J'eus honte de passer pour faible et pusillanime dans l'esprit de mon vieux piqueur qui, lui, ne songeait point à
reculer. Je me tus et je continuai à attendre.

« Enfin, une faible ligne blanche vint rayer à l'orient
le sombre manteau de la nuit, — comme disent les faiseurs
de phrases, — en d'autres termes, le jour parut. A mesure que la lumière se faisait dans le ciel, les terreurs
irréfléchies qui étaient venues m'assaillir disparaissaient
comme par enchantement : je redevins moi-même et j'appelai de tous mes vœux cet instant décisif qui m'épouvan-
tait si fort auparavant.

« Ma carabine était à côté de moi, tout armée ; j'en
avais renouvelé soigneusement les amorces et je ne perdais
pas de vue les broussailles qui masquaient en partie l'entrée des grottes. Certes, je puis dire qu'en ce moment
toute mon âme était dans mes yeux, et jamais métaphore
ne fut plus juste que celle-là.

« Tout à coup un léger bruit se fit entendre. Il me sembla que les broussailles ondulaient, et je vis un caillou
rouler de rocher en rocher et tomber dans l'abîme depuis
les hauteurs de la *Dent-du-Chien.*

« — Monsieur le comte, — murmura Dominique d'une

voix si basse que je devinai ses paroles plutôt que je ne les entendis, — attention, et garde à vous !...

« Il n'avait pas achevé qu'un mugissement sourd retentit et qu'un des deux ours parut sur le seuil de l'une des cavernes. Là il s'arrêta et, à plusieurs reprises, il aspira fortement l'air. Mais il était sous notre vent et nous n'étions point sous le sien, si bien que rien ne trahit pour lui la présence de ses ennemis et qu'il commença à descendre parmi les rochers d'un pas lent et en quelque sorte solennel. Son compagnon le suivit presque aussitôt. Les deux bêtes fauves marchaient à quatre ou cinq pas de distance l'une de l'autre, et il était difficile de les bien distinguer au milieu des blocs de granit avec lesquels se confondait la nuance grise de leurs épaisses fourrures.

« Je jetai un coup d'œil rapide du côté de Dominique. On ne voyait du vieux piqueur que la tête et les bras, et le canon de sa carabine dont la crosse reposait sur son épaule droite. Comme lui j'épaulai mon arme, et je me tins prêt à faire feu quand le moment en serait venu.

« Les deux ours avaient atteint l'entrée du sentier. Ils conservaient leur distance respective, seulement leur allure était moins lente, et au lieu de marcher au petit pas, ils s'avançaient au petit trot.

« Le cœur me battait à rompre ma poitrine, mais mon coup d'œil était toujours juste, ma main ne tremblait pas, et, foi de gentilhomme, je n'avais pas peur.

« A quarante pas environ de l'endroit où Dominique et moi nous étions embusqués, le sentier faisait un coude brusque et disparaissait pendant un instant. Nous cessâmes de voir les ours ; mais nous entendions toujours la neige craquer sous leurs lourdes pattes. Ils reparurent.

« Celui qui marchait le premier franchit encore une dizaine de pas. Un éclair jaillit des bords du gouffre, — une détonation retentit et à cette détonation répondit un hurlement de douleur. Dominique venait de faire feu. Sa balle avait atteint dans l'œil gauche l'ours qui venait en tête, et l'animal expirant se débattait dans les convulsions de l'agonie.

• Son compagnon s'arrêta d'abord, comme indécis et épouvanté ; puis il sembla prendre une résolution soudaine, — résolution de vengeance et de carnage. Il franchit le cadavre encore tressaillant qui lui barrait la route, et il s'avança sur moi avec une rapidité dont une masse aussi lourde me paraissait incapable.

« Je me souvins des avis de Dominique. Je résolus d'attendre que l'ours ne fût plus qu'à quelques pas de moi pour le frapper d'un coup mortel.

« Il disparut derrière le bloc de pierre qui m'abritait et qu'il lui fallait escalader pour arriver à moi. Au bout d'un quart de seconde, je revis ses griffes de fer qui mordaient le granit. — puis son museau haletant, — puis sa gueule entr'ouverte. Je recommandai mentalement mon âme à

Dieu, et mon doigt s'approcha de la gachette de ma carabine.

« En ce moment j'entendis un craquement vers ma
droite et ce craquement fut suivi d'un cri terrible de Dominique. Malgré l'effroyable péril qui me menaçait, je
tournai involontairement la tête du côté du vieux piqueur.
Un cri d'épouvante s'échappa de ma gorge et répondit à
son cri d'agonie. Les racines du sapin venaient de se rompre sous son poids, — ses ongles se brisaient sur le roc où
ils essayaient de se cramponner et il disparaissait dans
l'abîme !...

« Tout ceci se passa en dix fois moins de temps que je
n'en ai mis à vous le raconter. L'ours avait franchi le rempart qui m'abritait. Je pressai machinalement les détentes
de ma carabine. Les deux coups partirent à la fois. En
même temps, une haleine fétide passa sur mon visage, — il
me sembla qu'une montagne s'écroulait sur moi, — je me
sentis mourir et je m'évanouis.

VI

L'hospitalité.

Maxime s'interrompit. Il parlait depuis longtemps déjà et il n'était pas fâché de prendre quelques minutes de repos. Du reste, il devait être satisfait de l'impression que produisait son récit sur son auditeur. Réné écoutait avec une attention profonde et avec un intérêt qui croissait d'instant en instant. Le jeune homme était chasseur, et les péripéties de cette partie de chasse faisaient le même effet sur lui que le son de la trompette sur le cheval de bataille, la vue des cartes et du tapis vert sur le joueur.

— Ah ! monsieur le comte, — s'écria-t-il, — de pareils souvenirs ne doivent jamais s'effacer de la mémoire !...

— Aussi vous voyez, mon enfant, — répondit Maxime avec

un sourire, — qu'ils sont restés gravés fidèlement dans la mienne...

— Je m'attendais peu, je l'avoue, — poursuivit Réné, — à entendre un semblable récit !... — Quelle vie bizarre et accidentée que la vôtre, et quel étrange prologue pour une existence de viveur !...

— En effet, — répondit Maxime d'un ton mélancolique, — il y a loin de la *Fosse-aux-Loups* au boulevard des Italiens, et de la chasse à l'ours aux soupers de la belle Albine... — Et pourtant vous verrez bientôt par quels liens intimes ma vie d'autrefois se rattache à ma vie d'aujourd'hui...

— Je vous écoute — dit Réné.

— Je poursuis — répondit Maxime.

Et il reprit :

Quand je revins à moi, il me sembla d'abord que j'étais le jouet d'un rêve. La *Dent-du-Chien*, les ours et l'abîme, tout avait disparu. Mes membres me paraissaient brisés et je ressentais dans chaque partie de mon corps d'intolérables douleurs. Je cherchai à me soulever. Il me fut impossible de faire le moindre mouvement. — On eût dit qu'une paralysie foudroyante avait ankilosé toutes mes articulations. Cependant je compris que j'étais dans une chambre, dans un lit, et que des compresses serraient mon front meurtri et ma poitrine douloureuse. Je crus aussi m'apercevoir qu'il faisait nuit et qu'une clarté vacil-

lante, — sans doute celle d'un grand feu, — éclairait seule
la pièce dans laquelle je me trouvais. Je fermai les yeux et
je m'efforçai de rassembler mes souvenirs. Ils ne me servirent que trop fidèlement.

« J'entendis de nouveau retentir à mes oreilles le cri
d'appel et d'agonie de Dominique disparaissant dans le
gouffre... Je sentis encore sur mon visage le souffle infect
de la bête féroce. Il me sembla, comme le matin de ce
même jour, qu'un poids immense me broyait la poitrine et
je perdis connaissance pour la seconde fois.

« J'ai su depuis que cet évanouissement avait duré qua-
torze heures. Lorsqu'il cessa, j'entendis vaguement deux
voix qui parlaient tout près de moi. L'une d'elles, évidemment jeune et d'un timbre frais et pur, demandait avec un
accent d'intérêt :

« — Eh bien ! docteur ?...

« Et l'autre voix, — voix mâle et sonore, — répondait :

« — Il y a du mieux.

« — Beaucoup ?...

« — Plus que je n'aurais osé le croire et l'attendre...

« — Ainsi, vous avez bon espoir ?...

« — Oui. — Le visage est calme et je viens de m'assurer qu'il n'y avait point de fièvre.

« — Hier au soir vous étiez inquiet, n'est-ce pas ?

« — Oui.

« — Que pouviez-vous donc craindre, puisque vous

m'aviez dit vous-même qu'aucun organe essentiel n'avait été blessé?...

« — Je l'ai dit et je le répète, ma chère demoiselle, mais la commotion générale avait été si violente, que j'étais en droit de redouter le tétanos, qui ne pardonne guère...

« — Et aujourd'hui ces inquiétudes sont dissipées?...

« — En partie du moins.

« — Oh ! tant mieux !

« Ces derniers mots, prononcés par cette voix si douce et si jeune, produisirent sur moi une impression délicieuse. Je me figurai qu'un ange m'avait miraculeusement arraché à la mort qui me menaçait, et que cet ange continuait sa mission protectrice en veillant sur ma guérison. Alors j'ouvris les yeux.

« La vision ne disparut point. — Seulement elle revêtit un corps. Une jeune fille, debout au chevet de mon lit, penchait sur moi son radieux visage et semblait me regarder avec un intérêt profond. Cette jeune fille avait tout au plus quinze ou seize ans.

« Jamais Raphaël, le peintre des madones, n'a rêvé pour ses Vierges une tête plus chaste et plus idéale. Des cheveux blonds nattés encadraient sa figure presque enfantine. Ses grands yeux d'azur se voilaient sous un double réseau de longs cils qui semblaient en adoucir encore le regard déjà si doux. Sa taille svelte et gracieuse ne perdait rien de sa grâce et de sa beauté sous sa robe de laine brune

taillée avec une simplicité toute monacale. Je le répète,
cette adorable enfant m'apparut comme une vision du ciel.

« Dès qu'elle vit mes yeux ouverts, elle se recula vivement ainsi qu'une biche effarouchée. A sa place, un homme
tout vêtu de noir, d'un âge mûr et d'un aspect vénérable,
s'approcha du lit et me demanda :

« — Comment vous trouvez-vous, monsieur?

« — Assez bien, — répondis-je, — sauf un peu d'oppression et une vive douleur de tête.

« — Alors, — reprit l'homme vêtu de noir qui venait
de me parler et qui était un médecin, — restez bien tranquille dans votre lit, ne parlez pas et tâchez de vous endormir. J'espère que demain matin l'oppression et le mal
de tête auront disparu.

« Au moment où le médecin venait de prononcer ces
dernières paroles, j'entendis une porte s'ouvrir. Un grand
chien se précipita dans la chambre avec une sorte de gro-
gnement joyeux ; — il vint jusqu'au lit et flaira bruyamment une de mes mains qui pendait hors des couvertures.

« — Ici, *Fidèle!* ici, de suite!... — dit une voix dans
le fond de la chambre.

« Je me souvins aussitôt que ce nom de *Fidèle* était
celui du chien des Abruzzes que j'avais tant admiré, — et
c'est ainsi que j'appris que je me trouvais chez madame
Simon. Quelques instants après, je m'endormis et ma nuit
fut calme.

« Quand je me réveillai, le lendemain matin, les prévisions du médecin s'étaient réalisées. Je me trouvais si bien, qu'il me fut possible de me soulever de mon lit, de m'appuyer sur mon coude et de regarder autour de moi. Un rayon du soleil d'hiver, brillant quoique un peu pâle, entrait par la fenêtre à petits carreaux et s'étalait sur les briques rouges soigneusement cirées qui formaient le carrelage de la chambre. En face du lit il y avait une cheminée de pierre commune, dans laquelle se consumaient deux ou trois grosses bûches. Sur cette cheminée se voyait, en guise de pendule, un enfant Jésus, modelé en cire, enfermé sous un globe de verre. De chaque côté, des flambeaux en cuivre poli, presque aussi grands que des chandeliers d'église, supportaient des bougies intactes et dont le blanc tournait au jaune.

« Le reste de l'ameublement était d'une irréprochable propreté, mais aussi d'une simplicité presque pauvre. Autour du lit et devant les deux fenêtres se drapaient des rideaux d'indienne à fond gris, semés de bouquets de grosses fleurs aux couleurs vives. Une table de chêne, à pieds contournés, quatre chaises pareilles, un vieux fauteuil à dossier droit, recouvert en tapisserie extrêmement fanée, et enfin une de ces horloges à gaîne, vulgairement nommées *coucous*, qui se fabriquent spécialement dans les montagnes des Vosges et dans celles du Jura, complétaient le mobilier de cette pièce. Quelques gravures, représentant des sujets religieux et encadrées dans des cadres de bois noir, étaient suspendues aux murailles et relevaient la simplicité du petit papier grisâtre qui les tapissait.

« J'achevais à peine ce rapide examen des localités quand le médecin entra dans la chambre. Il vint à moi avec un sourire de satisfaction sur les lèvres.

« — Ah! ah!... — dit-il en m'abordant, — il paraît que je ne m'étais point trompé hier au soir, — vous avez passé une nuit excellente, et vous voilà complètement hors d'affaire... — Dites-moi, monsieur, souffrez-vous encore?

« — Non ; et sauf une grande faiblesse, il me semble que je suis tout à fait dans mon état ordinaire.

« — Oh! quant à la faiblesse, ne vous en inquiétez point, — elle provient de ce que je vous ai saigné au bras gauche hier matin pendant votre évanouissement, et saigné, je vous jure, d'une façon copieuse.

« — Je vous remercierai d'abord, monsieur, de tous vos bons soins, et je vous prierai ensuite de vouloir bien m'expliquer comment il se fait que je me trouve dans cette maison et que j'aie été sauvé d'une mort imminente.

« — C'est excessivement simple, — me répondit le médecin. — Avant-hier, à trois heures du matin, vous avez quitté la demeure de Jean Nicod, le bûcheron, pour aller avec votre piqueur vous mettre en embuscade sur les bords de la *Fosse-aux-Loups*. — Or, dans le milieu de la journée, Jean Nicod, ne vous voyant pas revenir, soupçonna quelque malheur et se mit en route pour aller à votre recherche.

« Ses pressentiments funestes ne l'avaient, hélas ! point trompé. En arrivant auprès de l'abîme, il ne vit que deux ours étendus sans vie sur la neige ensanglantée. Il chercha mieux et il aperçut enfin votre corps inanimé et enseveli sous le cadavre de la bête fauve que vous aviez tuée et qui vous écrasait de son poids. Le choc avait été si violent que le canon de votre carabine était tordu et comme broyé.

« Jean Nicod vous dégagea avec toutes sortes de precautions. — Ensuite, comme vous ne donniez aucun signe de vie et que l'essentiel était de vous transporter en un endroit où il fût possible de vous prodiguer les premiers soins, il vous chargea sur ses épaules et il prit le chemin de cette maison, sachant bien qu'il allait frapper à une porte hospitalière qui s'ouvrirait pour vous recevoir.

« Madame Simon, cette providence de tous ceux qui souffrent et qui s'adressent à elle, cette vivante image de la bonté de Dieu sur la terre, vous accueillit comme elle accueillerait son fils si elle en avait un et si on le lui ramenait mourant. Elle m'envoya chercher aussitôt, moi, son ami depuis vingt ans, et elle fut heureuse d'apprendre que le danger était moins grand que nous ne l'avions craint d'abord... Une simple saignée vous a tiré d'affaire. — Demain vous pourrez vous lever pendant une heure, ét dans quatre ou cinq jours, si vous le voulez, rien ne vous empêchera de regagner sans trop de peine et de fatigue votre château de Bracy.

« Je remerciai de nouveau le médecin, puis je lui demandai :

« — Et mon piqueur, mon vieux Dominique, vous ne me parlez point de lui ?...

« Le docteur détourna la tête et ne répondit rien.

« — J'aurai du courage, — continuai-je, — ainsi dites-moi tout, — monsieur... — Dominique est mort, n'est-ce pas ?

« Le docteur me fit signe que oui.

« — Pouvez-vous me donner quelques détails sur cet épouvantable malheur ?

« — Jean Nicod, en se penchant sur l'abîme, a cru voir au fond du gouffre des débris mutilés, informes et sanglants...

« Il y a apparence que ces débris sont tout ce qui reste du corps de votre infortuné compagnon...

« Jean Nicod suppose que le vieux piqueur s'est imprudemment appuyé sur la racine à moitié pourrie d'un sapin, ainsi qu'il avait l'intention de le faire le jour précédent. — Cette racine aura manqué sous ses pieds, et le malheureux se sera broyé en bondissant sur les parois du gouffre...

« Le docteur se tut. Je savais déjà que la supposition

du bûcheron n'était que trop bien fondée. Seulement, jusqu'à cette heure, j'avais conservé un vague espoir que Dominique n'avait point péri dans son horrible chute. Cet espoir était insensé! Il s'éteignait... Je devais m'y attendre, et cependant je sentis mon cœur se serrer et de grosses larmes voilèrent mes regards.

VII

Marguerite et Marie.

— Je n'étais pas encore remis de l'impression douloureuse que je venais d'éprouver, — continua M. de Bracy,
— quand deux personnes entrèrent dans la chambre.

« C'était madame Simon et sa fille.

« Madame Simon ne semblait point avoir plus de qua-
rante-deux à quarante-cinq ans. Elle était belle encore, et
la plus touchante bonté, la charité la plus évangélique se
lisaient dans les traits doux et réguliers de son visage. Une
robe de laine noire, large et flottante, dissimulait entièrement sa taille. Un bonnet de crêpe noir couvrait ses cheveux que les chagrins avaient blanchis prématurément.
Madame Simon portait encore le deuil de son mari et elle

s'était juré de le porter toute sa vie sur ses vêtements comme dans son cœur.

« Elle parut hésiter avant de franchir le seuil, et du regard elle interrogea le docteur.

« — Venez, venez, — lui dit ce dernier, — notre malade sera très-heureux de pouvoir vous remercier lui-même de votre gracieuse hospitalité et de vos soins touchants.

« Madame Simon s'approcha du lit. Un céleste sourire illuminait son beau visage. Il y avait dans l'expression de son regard une tendresse presque maternelle.

« — Dieu soit béni, monsieur !... — fit-elle, — nous avons eu bien peur !... — mais nous avons prié pour vous du fond de notre âme... nous avons été exaucées et vous voilà hors de péril...

« — Madame, — répondis-je avec une émotion qui faisait trembler ma voix, — Dieu pouvait-il ne point écouter la prière de deux de ses anges ?...

« Madame Simon s'inclina en souriant encore. Puis elle se tourna vers le médecin et lui demanda :

« — Monsieur est bien faible, n'est-ce pas ?

« — Sans doute, — répondit le docteur, — songez donc qu'il a perdu beaucoup de sang et qu'il n'a rien pris depuis plus de quarante-huit heures....

« — Ne pourrait-il manger un peu, maintenant ?...

« — Oui, certes, pourvu que les aliments soient légers...

« — J'ai fait préparer du bouillon de poulet... C'est ce qu'il faut. — Une tasse de ce bouillon, sans pain, fera le plus grand bien à notre malade.

« — Marguerite, — dit alors madame Simon à sa fille, — va donner des ordres à Marie...

« La jeune fille sortit. Je venais d'apprendre qu'elle se nommait Marguerite...

— Comme ma mère... — pensa Réné.

Après avoir prononcé le nom de Marguerite, Maxime resta silencieux pendant quelques minutes. Il appuya ses coudes sur la table. Il cacha son visage dans ses deux mains. Son front devint plus pâle, — une large ride se creusa entre ses sourcils contractés, et une larme se suspendit aux cils de ses yeux noirs, si hautains d'habitude et presque toujours si moqueurs. Et il répétait en lui-même :

— Oh! Marguerite!... Marguerite!...

Réné respecta le silence de Maxime et les pensées douloureuses dans lesquelles il semblait s'absorber. Il choisit un nouveau cigare, il l'alluma à la flamme de la bougie, et, tout en aspirant des bouffées régulières de vapeur blanche et odorante, il attendit que son hôte continuât le récit commencé.

Au bout d'un instant, Maxime releva la tête. Son visage était encore pâle, mais ses yeux avaient repris leur sécheresse et leur éclat.

« — Peut-être vous étonnez-vous, — mon enfant, — dit-il à Réné, — que madame Simon conduisît ainsi sa fille avec elle auprès du lit d'un jeune homme ?... Peut-être voyez-vous dans cette action un manque de convenance ?... Vous auriez tort, mon cher Réné, de former un semblable jugement. Madame Simon était une de ces natures d'élite, une de ces âmes immaculées qui ne connaissant pas le mal, ne le soupçonnent point, et sont, moins que d'autres, esclaves de certaines convenances...

« D'ailleurs madame Simon ressemblait à ces saintes femmes qu'on nomme *sœurs de charité,* qui consacrent leur vie entière à veiller au chevet des malades, et pour qui l'homme qui souffre n'est plus un homme, mais une créature de Dieu qu'il faut secourir et sauver. Elle se disait que l'âme de sa fille était faite à l'image de la sienne, et, dans sa chaste confiance, elle ne redoutait pas même un péril pour la candeur de Marguerite.

« Au bout de quelques instants, cette dernière reparut, accompagnée d'une jeune fille qui portait sur une assiette de faïence grossière une tasse pleine de bouillon. Cette jeune fille se nommait Marie et elle était l'unique servante de madame Simon.

« Marie avait vingt ans. Elle était née en Suisse, sur les bords du lac de Genève. Elle portait le costume si pittoresque des femmes de son pays, — la jupe de laine bleue, un peu courte, garnie par en bas d'un large ruban de ve-

lours ; — un corsage noir serrait étroitement sa taille
souple et en dessinait les formes arrondies. De longues
tresses de cheveux d'un noir d'ébène s'échappaient de son
petit bonnet de velours et tombaient presque jusqu'à ses
talons. Marguerite et Marie, debout à côté l'une de l'autre,
formaient le plus délicieux tableau qu'il fût possible d'imaginer. Il y aurait eu là de quoi tenter les pinceaux d'un
grand artiste.

« Marguerite, avec son visage d'enfant, ses yeux d'azur,
ses cheveux blonds et sa douce pâleur, offrait je ne sais
quoi de vaporeux et d'aérien. On eût dit une créature
toute céleste, — un ange descendu du ciel sur la terre et
prêt à remonter dans sa patrie éthérée. Il semblait que
Marguerite eût des ailes et qu'elle fût au moment de les
déployer pour prendre son essor. A elle pouvait s'appli-
quer ce vers charmant de Lamartine :

« Même quand l'oiseau marche, on sent qu'il a des ailes ! »

« Marie, au contraire, était un des plus gracieux types
de la beauté féminine dans sa force et dans sa puissance.
Rien en elle ne décelait l'infériorité de sa condition. Ses
cheveux d'ébène, ses yeux noirs et ses sourcils bruns faisaient ressortir vigoureusement la blancheur rosée de sa
peau. Son regard étincelait quoiqu'il fût modeste et timide.
Ses lèvres pourpres témoignaient du sang jeune et vivace
qui alimentait ses veines. Son corsage de velours semblait

près d'éclater sous les efforts de sa gorge de déessse. Ses moindres mouvements étaient remplis de sève et de verdeur. Une fille de haute naissance eût envié la petitesse de sa main, la forme de son pied, et surtout la finesse élégante de sa jambe aristocratique.

« Figurez-vous cette beauté si fraîche, si juvénile et si provoquante, rehaussée encore par ce délicieux costume que vous connaissez ; placez Marie à côté de Marguerite, et dites-moi s'il est possible de rêver un ensemble plus enchanteur et plus complet.

« Ces jeunes filles réunissaient à elles deux toutes les perfections. Marguerite était le type accompli de la beauté qui doit parler au cœur, Marie offrait pour les sens d'irrésistibles séductions ; Marguerite était l'esprit, Marie était la matière. On devait aimer l'une d'un amour infini, immuable, éternel... On devait adorer l'autre d'une passion fougueuse, enivrée de désirs et altérée de volupté.

« Tout ce que je viens de vous répéter aujourd'hui, je me le dis alors, mais non pas peut-être d'une façon aussi détaillée et aussi logique... Peut-être n'analysai-je point ainsi que tout à l'heure la double sensation que j'éprouvai à l'aspect des deux jeunes filles dont le hasard formait un groupe charmant, une sorte de bouquet parfumé. offert à ma convalescence ; — mais cette sensation multiple, je l'éprouvai dans toute sa force.

« Je pris d'une main tremblante la tasse que me présentait Marie , et j'en vidai le contenu jusqu'à la dernière goutte sans pouvoir détacher mes regards de cette jeune servante qui ressemblait à une reine, et de sa jeune maîtresse qui avait l'air d'un ange...

« Le docteur déclara que les deux choses dont j'avais le plus besoin en ce moment étaient le repos et le sommeil. Chacun quitta ma chambre.

« Aussitôt que je me retrouvai seul, ma tête retomba sur l'oreiller. — Je fermai les yeux pour me recueillir, — j'interrogeai mon cœur et j'y découvris avec épouvante un sentiment étrange et fatal. Deux femmes m'étaient apparues, et ces deux femmes se partageaient mon être. A l'une allait mon âme... à l'autre mes désirs...

« J'aimais tout à la fois Marguerite et Marie !... »

. . . .

Ainsi qu'il l'avait fait quelques instants auparavant, M. de Bracy s'arrêta. Le poids de ses souvenirs l'écrasait.

Quant à Réné, qui, malgré la gravité des paroles du comte, ne voyait dans le récit commencé que les préliminaires d'une joyeuse aventure , il ne cherchait guère à dissimuler le sourire à demi libertin qui voltigeait autour de ses lèvres. Il ne réussissait point à se rendre compte des remords dont parlait Maxime.

« Ces deux filles, — se disait-il, — étaient, à ce qu'il paraît, charmantes, — elles plaisaient au comte, — le

comte leur a plu, — c'est bien joué !... — Double séduction ! — double plaisir ! — double profit !... où est le
mal ?... »

Mais Maxime était trop absorbé dans ses propres pensées pour remarquer le sourire de Réné et pour en comprendre le sens.

VIII

Le départ.

Maxime reprit :

« J'étais jeune alors, mon cœur était encore ouvert aux nobles instincts, aux généreux sentiments... Je n'étais pas le viveur blasé, le libertin insoucieux, le roué sans âme que je suis devenu depuis... La double passion qui venait de s'emparer de moi effraya mon inexpérience naïve et ma conscience timorée. Cet amour qui se partageait entre deux jeunes filles m'apparut comme une monstruosité presque contre nature. J'eus honte de moi-même et de mes désirs insensés. Je me dis qu'il serait infâme de payer par une séduction l'hospitalité de cette maison si simple et si pure, où le pauvre blessé, le chasseur inconnu, avait été recueilli comme un fils et comme un frère...

« Je résolus de lutter avec courage, et surtout de m'éloigner au plus tôt, car il me semblait, — et en cela j'avais raison, — que la seule chance de salut qui me restât, c'était la fuite.

« Une fois cette résolution prise et bien arrêtée dans mon esprit, j'aurais souhaité la mettre à exécution sur le champ, car je comprenais bien que, plus je tarderais, plus le mal aurait progressé et plus il me faudrait souffrir.

« J'étais seul, je voulus essayer mes forces. Je rejetai mes couvertures et je descendis de mon lit. Mais, à peine étais-je debout, qu'il me fut démontré que, si ma volonté était puissante, ma faiblesse physique était extrême. Les douleurs de poitrine que je ne ressentais plus depuis le matin et que je croyais disparues n'étaient qu'assoupies et se réveillèrent aussitôt avec une intensité nouvelle. Il me sembla que tous mes membres étaient brisés. Un tintement lugubre comme un glas d'agonie retentit dans mes oreilles, — le parquet manqua sous mes pieds, — les meubles de la chambre me parurent tournoyer et je n'eus que le temps de me laisser retomber sur le lit. Une minute de plus et j'aurais perdu connaissance.

« Ainsi, la fatalité me clouait dans cette demeure d'où l'honneur me chassait ! Je me promis au moins, puisqu'il fallait rester, de veiller sur mes regards et sur mes paroles, de commander aux battements de mon cœur et d'ensevelir au plus profond de moi-même mon funeste secret. Je me tins parole.

« Pendant les quelques jours que dura ma convalescence, je pus me glorifier à bon droit de l'empire absolu que je sus prendre sur mes passions. Et Dieu sait ce qu'il me fallut de courage !...

« A mesure que les forces me revenaient, — à mesure que le sang circulait en moi avec son énergie accoutumée, — je sentais grandir et s'irriter le double amour qui ravageait mon être.

« Parfois, assis au coin du feu dans le grand fauteuil en tapisserie, je me trouvais pendant de longues heures seul avec Marguerite. La douce enfant, confiante parce qu'elle était chaste, travaillait auprès de moi. C'était toujours une pensée charitable qui guidait ses doigts gracieux. Elle faisait de petits vêtements bien chauds pour les enfants des familles pauvres. Elle cousait de gentilles layettes pour les nouveau-nés des bûcherons de la forêt. Elle me racontait les bizarres légendes, les chroniques merveilleuses du pays. Elle me chantait, de sa voix harmonieuse et pure, quelque ballade des montagnes.

« Alors j'oubliais le monde entier, pour ne plus voir que Marguerite. Je la regardais et l'écoutais. Mes yeux contemplaient avec extase son angélique et timide beauté. Mes oreilles s'enivraient de la mélodie de ses paroles et de ses chants. J'étais ému, ravi, — mon cœur cessait de battre, — il me semblait qu'une force supérieure à la mienne allait me jeter à ses genoux et que ma voix allait lui crier malgré moi :

« — Oh ! Marguerite, je vous aime !...

« Et cependant je me taisais !... Et rien ne décelait pour l'innocente enfant les progrès de mon fol amour !...

« Parfois aussi, le hasard réunissait Marie et moi dans un tête-à-tête imprévu, et plus dangereux encore que ceux dont je viens de vous parler. La jeune servante me rendait ces petis services familiers que nécessitait ma position de convalescent. Elle m'offrait son bras pour faire quelques pas dans la chambre. Je m'appuyais sur elle et je ressentais une sorte de commotion électrique au contact de cette chair jeune et fraîche. Mes regards s'égaraient sur sa taille si souple, — sur ses formes si riches, — sur ses cheveux si longs et si doux. Il me semblait que cette belle fille répandait autour d'elle une atmosphère de volupté. Tout le sang de mon cœur affluait à mon cerveau. Je devenais fou. L'ivresse des désirs s'emparait de moi et me dominait, — mon bras devenait tremblant sur celui de ma compagne.

« Marie, alors, se retournait vers moi. Elle attachait sur mon visage l'éclair voilé de ses yeux noirs à moitié clos qui me brûlaient et me charmaient... Puis, du bout de ses lèvres pourpres et avec un petit accent étranger qui

donnait un charme infini à ses moindres paroles, elle me
demandait :

« — Souffrez-vous !...

« Et j'étais au moment de la serrer dans mes bras, de
l'attacher à moi par une irrésistible étreinte, — d'unir
mes lèvres à sa bouche, — de fondre mes regards dans les
siens, et de lui répondre, au milieu de mes baisers ardents :

« — Oui, je souffre, mais d'un mal qui peut me rendre
heureux ! — d'un mal qui me vient de toi seule, et que tu
vas guérir en le partageant !...

« Et cependant je sortais vainqueur de ces luttes terribles, et je respectais Marie comme j'avais respecté Marguerite !...

« Le jour que j'avais fixé pour mon départ arriva. J'attendais ce jour avec impatience et aussi avec effroi... J'aurais voulu être déjà parti, ou j'aurais voulu ne partir
jamais.

« Un petit paysan, expédié par moi à Bracy dès le surlendemain de mon arrivée chez madame Simon, avait prévenu mon cocher de m'amener un de ces chars-à-bancs
légers avec lesquels on peut s'aventurer dans les plus mauvais chemins des montagnes.

« Grâce à cette voiture, inélégante mais commode, et

en faisant un assez long détour, je pouvais revenir chez moi sans fatigue.

« Le cocher et les chevaux étaient arrivés. — Il fallait partir. L'heure des adieux fut douloureuse. Madame Simon s'était prise pour moi d'une touchante et profonde affection. Elle m'embrassa par deux fois et je vis des larmes dans ses yeux.

« Marguerite était très-pâle. La gorge de Marie soule-vait violemment son corsage de velours et décelait son émotion.

« Marguerite s'approcha de moi et me tendit son front, comme elle aurait fait à son frère. J'appuyai mes lèvres sur ce front. Il était glacé. Je me sentis défaillir et je me soutins à un meuble pour ne pas tomber.

« — Et moi, monsieur, — me dit doucement Marie avec une familiarité qui n'avait rien d'étrange au sein de cette famille où elle était une amie plutôt qu'une servante, — et moi, ne m'embrasserez-vous pas aussi !...

« Et, tout en parlant, elle présentait sa joue à mes lèvres.

« Je me penchai vers elle. Je tremblais, je n'y voyais plus. Au lieu de toucher sa joue, j'embrassai le coin de sa bouche. Un frisson de volupté courut dans mes veines et je ressentis de nouveau et plus que jamais l'ardente, l'in-extinguible soif de plaisir que m'inspirait le contact de cette chair savoureuse, de cette peau veloutée, de ces lè-

vres vermeilles qui devaient dans un seul baiser vous faire
rêver le ciel et mourir de bonheur !...

« Excepté peut-être Marie, personne ne s'aperçut de ce
qui se passait en moi... Au bout de quelques instants j'étais
redevenu calme, au moins en apparence.

« J'aurais désiré laisser à la jeune fille un souvenir de
mon passage dans la maison de ses maîtresses... Mais vous
comprenez bien que je ne pouvais ni ne voulais lui offrir
de l'argent. Je détachai des breloques de ma montre une
petite croix d'or, bien simple, et je la lui glissai dans la
main en lui disant tout bas :

« — Gardez-la pour l'amour de moi...

« Le beau visage de Marie devint cramoisi. Elle détourna la tête et je la vis couvrir la croix d'or de baisers
ardents et furtifs.

« Nous descendîmes dans la cour. Le char-à-bancs,
tout attelé, attendait devant la porte extérieure. La pâleur
de Marguerite avait redoublé. La pauvre enfant pleurait et
ne cachait pas ses larmes. Les joues de Marie se marbraient
de taches écarlates. Son regard brillait d'un éclat fiévreux
et se fixait sur moi avec une expression étrange.

« *Fidèle,* le beau chien noir des Abruzzes, pour lequel
j'étais devenu un ami, bondissait autour de moi et semblait
me témoigner par ses caresses et ses doux gémissements
le chagrin qu'il éprouvait de me voir partir.

« — Mon enfant, — me dit alors madame Simon, — vous reviendrez nous voir, n'est-ce pas !...

« — Oui, certes !.. — répondis-je.

« — Bientôt ?

« — Oui, bientôt...

« — Monsieur Maxime, — balbutia Marguerite d'une voix que ses larmes rendaient presque indistincte, — est-ce bien sûr ?.. — reviendrez-vous ?..

« — Oh ! je vous le promets !.. — m'écriai-je, — je vous le promets, mademoiselle !..

« Mais cette promesse que je faisais, j'avais l'intention de ne la point tenir... Et il me sembla que Marie le comprenait bien, car elle secouait la tête, et le mouvement de ses lèvres voulait dire évidemment :

« — Il ne reviendra pas !..

« Pourquoi lisait-elle en mon cœur? D'où lui venait cette divination ? Qu'un plus habile que moi le comprenne s'il le peut, et l'explique s'il le comprend...

« Je franchis la grille. Je montai sur la première banquette de ma rustique voiture. Je pris en main les rênes, je fouettai mes chevaux, et je m'éloignai de cette maison où je laissais mon cœur et où je m'étais juré de ne revenir jamais ! »

IX

Blondine à la rescousse !...

— Ma foi, monsieur le comte, — dit Réné en voyant que Maxime se taisait, — je ne m'attendais guère, je l'avoue, à ce dénoûment ultra-vertueux et platonique pour le premier épisode de l'histoire de vos amours...

— Que voulez-vous dire, mon enfant ?.. — demanda M. de Bracy.

— Je veux dire que, jusqu'au dernier moment, j'ai douté que l'héroïsme de votre conduite pût se soutenir, et j'ai cru que quelque incident imprévu arriverait tout à point pour vous empêcher de quitter la demeure de madame Simon...

— Vous voyez que vous vous étiez trompé.

— Ainsi, ce départ était bien réel ?..

— Mais, sans doute.

— Vous vous éloigniez, sans arrière-pensée, de Marguerite et de Marie ?..

— J'avais l'arrière-pensée de ne plus les revoir, — je vous l'ai déjà dit...

— Sans chagrin ?..

— Mon cœur était déchiré.

— Sans espoir ?

— Je n'en gardais aucun !

— Monsieur le comte, — dit Réné en s'inclinant, et d'un ton dont il s'efforçait vainement de dissimuler la légère ironie, — ce que vous avez fait là me paraît une action d'un stoïcisme achevé, et tout à fait digne des beaux temps de la Grèce et de Rome !.. — Comme l'enfant de Lacédémone, vous cachiez un renard sous votre tunique et vous laissiez déchirer vos entrailles sans pousser un cri de douleur !..

— Mon cher Réné, — répondit Maxime avec une gravité presque sévère, — j'aime à croire que dans ce moment vous êtes moins réellement vicieux que fanfaron de vice !.. — Je vous parle de choses tristement sérieuses, et vous les écoutez comme s'il s'agissait des aventures galantes relatées en quelques mauvais livre !.. — Vous raillez des sentiments honorables et généreux, les seuls, hélas !

qui se puissent citer dans ma vie déjà si longue !.. — En vérité, je vous le demande, mon enfant, si vous armez votre esprit contre mes paroles, à quoi bon parler plus longtemps ?.. — Si vous écoutez mon récit pour en faire dans votre for intérieur un sujet de sarcasmes moqueurs, à quoi bon le continuer ?..

Réné baissa la tête avec confusion sous cette mercuriale si bien méritée. Maxime poursuivit, mais cette fois avec une douceur remplie d'indulgence :

— Je vous parle en tuteur morose, mon pauvre Réné, et j'ai tort !..

» Est-ce donc votre faute, après tout, si vous êtes, ainsi que je l'ai été jadis, l'élève du chevalier de Villiers et si ses leçons, pour vous comme pour moi, portent leurs fruits fatals ?..

— Monsieur le comte, — fit Réné, — continuez votre récit, je vous en supplie !.. — Je ne saurais vous dire assez à quel point il m'intéresse, et, puisque vous consentez à être indulgent pour la faute que j'ai commise tout à l'heure, ne la punissez pas d'une façon trop sévère en cessant de me raconter l'histoire de votre vie...

— Soit ! — répliqua Maxime, — vous êtes mon hôte et je n'ai rien à vous refuser !.. — Vous le voulez, je poursuis...

— Merci cent fois !.. — s'écria Réné.

Maxime allait reprendre la parole quand on entendit heurter légèrement à la porte du fumoir.

— Entrez, — fit M. de Bracy.

Un domestique parut. Il apportait une lettre sur un plateau d'argent. Maxime étendait la main pour prendre cette lettre. Mais le domestique se dirigea vers Réné.

— Pour moi ?.. — demanda ce dernier avec étonnement.

— Oui, monsieur le baron, — répondit le valet.

Réné regarda l'adresse du billet qu'on lui présentait. L'écriture lui en était inconnue. La suscription portait ces mots :

« *A mocieu, mocieu le barron Renné de Çavenet, chez son hami mocieu le compte de Braci, rue Tétebou.* »

Et un peu plus bas ces deux mots :

« *Equecessecivement praicé.*

Le tout, bien entendu, avec l'orthographe de haute fantaisie dont nous venons de reproduire un échantillon.

Réné se mit à rire.

— Comment se fait-il que cette lettre vienne me chercher ici ? — demanda-t-il avant d'avoir rompu le cachet de l'enveloppe.

— C'est le domestique de monsieur le baron qui vient de l'apporter de l'hôtel des Princes.

— Fort bien.

— Le domestique de monsieur le baron attend la réponse.

— Je la lui donnerai dans cinq minutes, soit écrite, soit de vive voix...

Le valet sortit.

— Vous permettez que je lise?.. — demanda Réné à Maxime en décachetant la lettre.

— Combien de fois, mon enfant, faudra-t-il donc vous répéter que vous êtes ici chez vous?.. — dit M. de Bracy.

Réné parcourut vivement le billet qu'il venait de recevoir. Ensuite il le tendit à Maxime.

Voici ce billet :

« *Réné,*

« *Si ma laitre ne vous trou ve pas ché votre hami, je croiré que vous aite un nain gras, un vol age, un tronc peur a beau mine able ! — car vous cerié chéz'-une rival !..*

« *Vous avé donque oublié, Renné, que vous me mainié diné ce çoir ô fraire Provan sot ?..*

« *Votre daume es tic vous dirat le raiste.*

« *Si tu n'ai pas mon n mis, si tu m'ai fi d'elle, je t'aime, ci non, non !..*

　　　　　　　　　　　 « *Ta Blondine fi d'elle.* »

— Diable !.. — fit Maxime en souriant, — cette chère Blondine dame le pion à l'illustre M. Marle, inventeur de l'orthograhe naturelle ou l'art d'écrire les mots comme on les prononce!..

— Comprenez-vous ? — demanda Réné.

— Pas trop.

— « *Votre daume es tic vous dirat le raiste !..* » — m'écrit Blondine, — si j'interrogeais mon domestique ?

— Excellente idée !

Maxime frappa sur un timbre.

— Envoyez ici le valet de chambre de M. de Savenay, — dit-il au valet qui se présenta.

Au bout d'une minute, le vieux serviteur qui devait être l'intendant de Réné, quand ce dernier aurait monté sa maison, entra dans le fumoir.

C'était un homme de soixante ans environ, — au visage et à la tournure respectables. Nous savons déjà qu'il avait été investi de la confiance de feu le baron de Savenay et qu'il accompagnait Réné dans ses voyages. Il se nommait Jérôme. Malgré son expérience et ses fréquents rapports avec le monde, Jérôme était resté provincial dans toute la force du terme. Il ne comprenait rien à la vie de Paris, ni surtout aux façons d'agir de certaines Parisiennes...

— Eh bien, Jérôme, — lui demanda Réné, — qu'y a-t-il donc, et que signifie cette lettre ?

Le vieux serviteur commença par lever les yeux et les mains vers le ciel.

Puis il répondit :

— Il y a, monsieur le baron, que cette dame est revenue !..

— Quelle dame ? — dit le jeune homme, qui s'amusait des réticences et des indignations de Jérôme.

— Cette petite dame qui a forcé ma consigne hier matin et qui a absolument voulu voir monsieur le baron qui dormait ; — même que, pour effaroucher sa pudeur, si elle en avait été susceptible, je lui ai dit que monsieur le baron était encore au lit, et qu'elle m'a répondu : — *Raison de plus !*

Et, tout en répétant cette énormité, Jérôme se voila pudiquement le visage avec ses deux mains.

— Et ensuite ? — fit Réné.

— Elle est entrée dans l'appartement comme un ouragan, et elle a demandé monsieur le baron...

— Tu as dit que j'étais sorti ?..

— Sans doute, puisque c'était vrai. — Elle m'a soutenu que je mentais et elle m'a appelé, vieux... vieux...

— Vieux quoi? — demanda Réné.

— Ah !.. je me souviens maintenant du mot, — elle m'a appelé *vieux cuistre !*.. — Cette injure m'a été fort sensible, et pour me justifier j'ai ajouté que monsieur le baron devait être chez son ami monsieur le comte de Bracy. — Alors elle a pris du papier, de l'encre et une plume, et elle a écrit quelque chose ; — puis elle m'a donné ce billet en me disant que si je ne vous le portais pas à l'instant même elle allait tout briser dans l'appartement ! — Oh ! c'est une petite dame bien aimable !.. — Alors, et pour éviter le dégât, je me suis mis en route et me voici...

— Est-ce bien tout, Jérôme ?..

— Ah ! cette dame a dit encore que monsieur le baron n'oublie pas de prendre pour ce soir une loge au théâtre du Palais-Royal...

— Et où est en ce moment *cette dame,* comme tu la nommes ?

— Elle est dans l'appartement de monsieur le baron.

— Qu'y fait-elle ?

— Elle attend la réponse en fumant des cigarres qu'elle a trouvés dans une malle de monsieur le baron, car elle est comme les chats, cette petite dame, elle fouille partout et elle met tout sens dessus dessous...

Réné, se tournant alors vers Maxime :

— Que me conseillez-vous ? — lui demanda-t-il.

— Pardieu ! d'aller retrouver Blondine ! — Si vous la faisiez attendre, elle serait capable de vous casser quelque glace de mille écus et ce serait une sotte manière de dépenser votre argent !..

— Ah çà ! mais, elle est donc méchante, décidément, cette petite ?

— Pas le moins du monde !.. — elle est nerveuse, voilà tout.

— Et votre récit ?...

— Nous l'interromprons pour aujourd'hui, mon cher enfant, et je vous dirai tout simplement, comme les romans feuilletons : *la suite à demain*, — car demain, songez-y, nous dînerons ensemble.

Les deux hommes se serrèrent la main. Puis Réné reprit le chemin de l'hôtel des Princes, où l'attendait Blondine qui lui fit une scène parce qu'il avait oublié la loge du Palais-Royal.

Il la mena au Vaudeville **et la paix** fut signée.

X

Le retour.

Maxime et Réné se retrouvèrent le lendemain soir, ainsi que cela avait été convenu.

M. de Bracy reprit dans les termes suivants son récit interrompu la veille d'une façon si brusque par l'arrivée intempestive du billet de Blondine :

« A mesure que je m'éloignais de la demeure de madame Simon, — dit-il, — il me semblait que mon cœur se séparait de moi pour rester en ces lieux où le retenait l'amour, et qu'il ne laissait dans ma poitrine qu'une place vide et douloureuse...

« J'arrivai à Bracy. J'y arrivai malade d'esprit et de corps, brisé et désespéré. Une tristesse surhumaine, un dé -

couragement profond s'emparèrent de moi. Toute mon
énergie morale avait disparu, — je ne cherchais même
point à lutter contre ces dispositions fatales, — je me laissais abattre, sans opposer la moindre résistance à l'invi-
sible ennemi qui me dominait.

« La fièvre se déclara. Je me mis au lit, et en quelques
jours le mal fit des progrès si rapides, que le médecin qui
me donnait ses soins perdit l'espoir de me sauver. Cependant, grâce à ma jeunesse et à la force de ma constitution,
cette prévision ne se réalisa point. Quinze jours se passèrent, quinze jours d'agonie, pendant lesquels je voyais
passer sans cesse les visions de mon délire, les figures en-
trelacées de Marguerite et de Marie.

« Au bout de ce temps, un beau matin, au lieu de m'endormir du sommeil de la mort, je me réveillai convalescent. Peu à peu la santé me revint, mais non la paix de
l'âme. Je ne vécus plus, — je végétai.

« Mon château me sembla sombre et désert, — l'existence
solitaire et désolée que j'y menais me parut lugubre. Tout
ce qui me plaisait auparavant me devint odieux, mes distractions et mes plaisirs d'autrefois me furent à charge. Mes
chiens languirent dans leurs chenils,—mes chevaux dans mes
écuries, et, plus d'une fois, je me souvins de ces deux vers
que dans la *Phèdre* de Pradon Hippolyte adresse à Aricie :

« Depuis que je vous vois j'abandonne la chasse,
« Ou, si j'y vais, ce n'est que pour penser à vous ! «

« Seulement, moins heureux que le jeune Hippolyte, moi je ne chassais plus du tout, et je ne voyais jamais les objets de mon double amour.

« Le printemps arriva. Vous savez qu'à cette époque de l'année, où la nature se rajeunit et se transforme, — où la sève, circulant dans les jeunes pousses, éclate en puissantes végétations, — où la brise court, tiède et parfumée, sur les campagnes qui verdoient, — où les oiseaux préludent par de tendres chansons à leurs accouplements amoureux, — des flammes inconnues amollissent les cœurs les plus durs, et la nature, par toutes ses voix, donne à l'homme l'ordre d'aimer.

« Hélas !... je n'avais pas besoin d'obéir. J'aimais d'avance et je n'aimais que trop ! Seulement, quand ces ardeurs nouvelles se joignirent aux feux qui me brûlaient déjà, toutes les résolutions que j'avais formées et dans lesquelles j'avais eu la force de persévérer jusque-là, malgré les souffrances que me causait ce courage, fondirent comme de la cire sous les rayonnements d'un brasier. Je me sentis dominé par une invincible fascination. La maison de madame Simon exerçait sur moi cette attraction puissante que le pôle nord exerce sur l'aiguille aimantée de la boussole.

« Je compris que toute résistance serait vaine. Il fallait céder à cette irrésistible impulsion, — ou mourir. Mais les

cœurs que l'amour domine sont sans courage devant la
mort. Je partis.

« Ce n'est pas un livre que j'écris, Réné, — c'est une
histoire que je raconte, et cette histoire c'est la mienne...
Je ne me suis point donné la mission de disséquer pour
vous les fibres humaines et de vous faire assister à l'analyse
de mon cœur... Sans cela je vous parlerais pendant tout
un jour des sensations étranges et multiples qui s'éveillèrent en moi au moment où j'aperçus de loin, à travers une
éclaircie de la forêt de sapins dans laquelle j'étais engagé,
le toit agreste et les blanches murailles de la maisonnette
de madame Simon.

« Mais, à quoi bon ?.. Je vous dois un récit et non point
un cours complet de psychologie et de philosophie analy-
tique. Qu'il vous suffise de savoir qu'une joie immense,
mêlée d'un peu de frayeur et de beaucoup de remords,
inondait mon âme en ce moment.

« L'humble demeure où tendaient mes pas avait bien
changé d'aspect, depuis le jour où j'en étais sorti, si faible
encore et si souffrant. De sombre et presque terrible qu'il
semblait alors, le paysage était devenu doux et gracieux.
Au lieu de l'immense tapis de neige sur lequel tranchait
d'une façon lugubre la noire verdure des sapins, des ga-
zons d'une nuance d'émeraude s'étendaient comme un lit
de mousse jusqu'à la *Dent-du-Chien* qui avait perdu son

cachet de sauvage horreur et ne formait plus qu'un état pittoresque dans le paysage.

« Je m'arrêtai peu, du reste, à contempler ces beautés d'une nature vierge et grandiose. Ce n'est ni sur des rochers, ni sur des forêts, ni sur des horizons, que mes regards brûlaient de se fixer. Je hâtai le pas. En moins d'une demi-heure j'atteignis la demeure de madame Simon.

« J'avais le fusil sur l'épaule et je m'étais fait accompagner de deux chiens de chasse. Ces braves compagnons arrivèrent une ou deux minutes avant moi à la grille, et tout un dialogue d'aboiements sonores et de grognements sourds s'engagea entre eux et *Fidèle* qui, depuis l'intérieur du jardin, semblait disposé à les accueillir en ennemis.

« Je me montrai et la scène changea. *Fidèle*, avec cet instinct de sa race qui équivaut presque à une intelligence humaine, reconnut en moi l'hôte de ses maîtresses, et ses hurlements de colère se changèrent aussitôt en cris de tendresse et de bonne réception.

« J'ouvris la porte et je pénétrai dans la petite avenue qui conduisait au perron. *Fidèle* s'élança littéralement à mon cou, me lécha le visage et les mains, et m'accabla des témoignages de sa sympathie.

« Le croiriez-vous, René, j'eus la faiblesse de me figurer pendant un instant que la tendresse non équivoque de ce brave et vigilant gardien provenait de ce qu'il avait dû

entendre prononcer mon nom souvent et avec affection !..
Je jetai un coup d'œil circulaire autour du jardin. Il était
désert. Je marchai droit à la maison et j'entrai.

« Dans le vestibule je me trouvai face à face avec une
jeune fille. C'était Marie. Elle me reconnut, — elle poussa
un faible cri et laissa échapper de ses mains un vase de
grès rempli de lait frais et écumeux. Le vase se brisa et
mes chiens se mirent à lécher avidement le liquide répandu sur le carreau.

« Marie était devenue très-pâle. Il me semblait qu'elle
chancelait. Je me précipitai pour la soutenir, je la pris
dans mes bras et, presque sans savoir ce que je faisais,
je la pressai sur ma poitrine avec un mouvement passionné.

« La jeune fille se dégagea doucement de cette amoureuse étreinte. Ses yeux s'attachèrent sur les miens avec
une expression indéfinissable, et elle balbutia :

« — Vous, monsieur Maxime !... vous, ici !..

« — Oui, ma chère Marie, moi-même...

« — Est-ce possible ?..

« — Mais, sans doute... — Pourquoi vous en étonner
ainsi?...

« — Je croyais que vous ne reviendriez jamais...

« — N'avais-je pas promis le contraire !..

« — C'est vrai... — dit Marie en secouant pensivement
la tête,

« — Eh bien?..

« La jeune fille ne répondit pas d'abord.

« Un nuage de tristesse passa sur son front. — Ses longues paupières s'abaissèrent à demi sur ses grands yeux, puis elle dit :

« — Comme ces dames vont être contentes de vous voir !..

« L'accent avec lequel ces paroles furent prononcées me frappa.

« — Et vous ? — m'écriai-je, — et vous, Marie, n'en êtes-vous pas contente aussi !..

« — Moi, monsieur Maxime, — répondit-elle avec une évidente amertume, — Oh ! moi, est-ce que je compte?..

« Ce peu de mots fut pour mon esprit et pour mon cœur une révélation tout entière. Je compris que Marie m'aimait. Je devinai que durant ma longue absence il avait été question bien souvent de moi entre les deux jeunes filles, — que Marie avait cru lire dans le cœur innocent de Marguerite un amour pareil au sien, et qu'elle s'était dit humblement que, si une semblable rivalité s'engageait entre elle et sa jeune maîtresse, elle serait vaincue à coup sûr, elle, la pauvre servante.

« A cette pensée, une sorte d'éblouissement orgueilleux s'empara de moi. Être aimé tout à la fois de Marguerite et de Marie, c'était trop de bonheur !.. c'était à ne pas y croire ! Et pourtant, j'y croyais.

« La douce voix de Marie me tira de cette vision enchanteresse qui commençait à me bercer sur ses ailes d'or.

« — Monsieur Maxime, — me dit-elle, — voulez-vous monter?..

« Je tressaillis comme au sortir d'un rêve.

« — Monter ? — répétai-je sans trop savoir ce que je disais.

« — A moins que vous ne préfériez attendre au jardin. . .

« — Est-ce que ces dames sont en haut ?..

« — Non, elles sont sorties.

« — Pour longtemps ?

« — Pour une heure encore peut-être... — Mademoiselle Marguerite a accompagné sa mère à l'église de Valleboy, à une demi-lieue d'ici...

« — Alors, — répondis-je, — montons...

« — Vous savez le chemin du salon, — me dit Marie en s'effaçant pour me laisser passer.

« — Est-ce que vous ne venez pas avec moi ?..

« — Comme vous voudrez... — me dit la jeune fille d'une voix tremblante.

« Et Marie me suivit, tandis que je montais lente-

ment l'escalier en m'appuyant à la rampe, car il me semblait que j'étais redevenu faible comme aux jours déjà
lointains où je m'étais trouvé dans cette maison pour la
première fois.

XI

Marie.

— « Le salon, — poursuivit Maxime, — était cette même
chambre dans laquelle, quelques mois auparavant, on m'a-
vait apporté presque mort. Il servait de chambre à cou-
cher pour les hôtes bien rares que le hasard amenait de
loin en loin chez madame Simon. Il n'y avait rien de
changé dans l'ameublement de cette pièce, et cependant
son aspect n'était plus le même qu'aux jours de l'hiver
précédent. C'est que, par les fenêtres largement ouvertes,
un radieux soleil répandait à flots sa lumière et faisait res-
plendir les moindres objets dans une atmosphère rayonnante et dorée. Des chants d'oiseaux, doux et joyeux, et
les parfums printaniers de la nature ressuscitée, semblaient

se réunir pour caresser à la fois tous les sens. Sur la cheminée, dans des vases de faïence grossière, d'énormes gerbes de fleurs attiraient et charmaient le regard par leurs couleurs vives et fraîches. L'Enfant Jésus de cire, dont je vous ai déjà parlé, semblait sourire au milieu de ces bouquets charmants qui lui faisaient une niche embaumée. Tout cela composait un tableau poétique et délicieux que je n'oublierai de ma vie.

« Je posai mon fusil dans un coin. — Je me débarrassai de ma carnassière et je m'assis près de la fenêtre. Mes deux chiens étaient restés dans le jardin où ils jouaient fort bruyamment avec Fidèle. De la place où je me trouvais, je voyais la grille d'entrée et le sentier par lequel madame Simon et Marguerite devaient revenir. Mon regard parcourut ce sentier dans toute sa longueur. Aucun être vivant ne s'y montrait encore.

« Marie suivit la direction de ce regard, — Elle comprit sans doute que ma pensée errait au loin, car elle me dit d'une voix douce et timide ;

« — Je vous l'ai déjà dit, monsieur Maxime, ELLES ne reviendront que dans une heure...

« Cette voix retentit dans mon cœur et Marguerite fut oubliée. Je levai les yeux. Marie était debout devant moi, dans une attitude charmante d'embarras et d'indécision.

« En voyant mes yeux se lever sur elle, Marie avait baissé les siens. Elle semblait regarder avec une attention

extrême le bout de son petit pied, qu'à coup sûr elle ne
voyait pas. Elle jouait distraitement avec l'une des nattes
de ses longs cheveux noirs, si doux et si soyeux, qu'elle
enroulait autour de ses doigts.

« Je la contemplai pendant quelques secondes avec une
admiration muette. Depuis mon départ une transformation
véritable s'était opérée dans sa beauté. Son merveilleux
visage avait pris une expression nouvelle que je ne lui connaissais pas encore ; — il s'était en quelque sorte *idéalisé*.
Une pâleur exquise et transparente avait remplacé le colo-
ris un peu vif de ses joues. Une teinte azurée marbrait déli-
catement le contours de ses paupières et semblait déceler
les ravages d'une pensée intérieure qui devait souvent
chasser le sommeil.

« Je n'hésitai point à attribuer à l'amour cette magnifique
métamorphose, — et cet amour, je n'en pouvais douter,
c'était moi qui l'avais inspiré.

« Marie sentit que mon regard pesait sur elle et descen-
dait jusqu'à son cœur. Une teinte rosée qui bientôt devint
écarlate envahit son cou, puis ses joues, et atteignit par
degrés le sommet de son front si pur.

« J'aurais voulu faire cesser cet embarras pudique que
je causais et que je partageais. Mais, le moyen?.. J'étais
presqu'aussi jeune que Marie et ma timidité égalait à peu
près la sienne.

« L'expédient qui se présenta à mon esprit n'atteignit

guère, ainsi que vous allez le voir, le but qu'il se proposait. Autour du joli cou de Marie j'aperçus un étroit ruban de velours noir dont l'extrémité se perdait dans son corsage.

« — Qu'est-ce donc que ce petit ruban, Marie? — lui demandai-je tout à coup, croyant lui adresser ainsi la question du monde la plus insignifiante.

« Marie releva vivement les yeux et porta la main à son cou.

« — Ce ruban? — murmura-t-elle.

« — Oui.

• La jeune fille ne répondit point et son embarras parut redoubler.

« Un sentiment jaloux, le premier que j'eusse ressenti, s'empara de moi. J'insistai.

« — Marie, — répétai-je, — ne voulez-vous donc pas me dire ce que c'est que ce ruban, et ce que vous y portez suspendu?..

« Peut-être le soupçon qui venait de me traverser le cœur éclata-t-il dans l'accent de ma voix. Toujours est-il que Marie s'écria aussitôt avec empressement, comme si je venais de lui donner un ordre impérieux :

« — Oh ! si, monsieur Maxime, je le veux, je le veux bien !...

« Et en même temps ses doigts tirèrent du frais sanctuaire de sa gorgerette l'extrémité du ruban de velours.

A ce ruban appendait une petite croix d'or... La même
que j'avais détachée des breloques de ma montre pour la
donner à la jeune fille en quittant la demeure de madame Simon.

« Une joie immense envahit tout mon être et éclata dans
mes regards. Marie vit cette joie, — elle la partagea, —
son visage devint radieux et ses yeux étincelèrent comme
des diamants d'azur.

« — Vous m'avez dit, — murmura-t-elle, — vous m'avez
dit de la porter en souvenir de vous...

« — Et ce que je vous avais demandé, vous l'avez fait,
Marie...

« — Vous le voyez, monsieur Maxime...

« — Vous pensez donc à moi, quelquefois?..

« — Oh! toujours!..

« Ces mots s'échappèrent du cœur de la jeune fille avant
qu'elle eût eu le temps de les retenir. Elle comprit bien
qu'elle venait de se trahir et sa confusion redoubla. Elle
était belle, en ce moment, comme l'eût été la déesse de la
Pudeur surprise par un indiscret en flagrant délit d'a-
bandon.

« Un séducteur de profession n'eût point manqué de
tirer un parti immédiat de la tendresse si peu déguisée de
cette charmante fille. Mais, grâce au ciel, je n'étais pas
encore un de ces roués, aguerris par cent victoires, qui
savent porter le désordre dans l'âme et dans les sens de

leurs victimes, en conservant toujours le sang-froid nécessaire pour profiter du trouble ou de l'ivresse qu'ils font
naître. Mon cœur battit, comme s'il voulait se briser,
dans ma poitrine violemment émue. Mes yeux se voilèrent
et ma bouche resta muette. Ce silence dura quelques minutes.

« Plus il se prolongeait, plus il devenait embarrassant
pour Marie comme pour moi. Qu'allait-il résulter de cette
situation étrange qui jetait en quelque sorte dans les bras
l'un de l'autre deux enfants remplis d'innocence et d'a-
mour?.. Voilà ce que je ne saurais vous dire, car un incident inattendu vint changer le cours des pensées qui nous
absorbaient. A cinquante pas à peu près de la porte du
jardin, une mélodieuse voix de jeune fille, une voix de
cristal si je puis ainsi parler, s'éleva tout à coup et chanta
sur un air inconnu la strophe suivante, tout empreinte
d'une grâce primitive et d'une naïveté rustique :

> La terre se fait belle,
> Le doux printemps est de retour !...
> Revoici l'hirondelle,
> Compagne du premier beau jour !...
> Déjà vole l'abeille
> Sur chaque fleur tour à tour !...
> La terre se réveille,
> Le doux printemps est de retour!...

« Je reconnus cette voix, sans avoir besoin d'interroger
le sentier de la campagne par la fenêtre ouverte... En

même temps, je regardai Marie. Son regard fixe exprimait une profonde et douloureuse angoisse. Une violente contraction nerveuse décomposait son beau visage dont la pâleur était devenue livide. Elle aussi reconnaissait la voix et la chanson ! — Elle aussi devinait mon double amour et frissonnait comme une jeune lionne à l'approche de sa rivale !

« La chanteuse reprit, mais cette fois beaucoup plus près :

> Salut, printemps que j'aime,
> Saison des parfums et des fleurs !.....
> C'est le bon Dieu qui sème
> Dans les airs tes douces senteurs,
> C'est le bon Dieu lui-même
> Qui te peint de mille couleurs !...
> Salut, printemps que j'aime,
> Saison des parfums et des fleurs !...

« J'entendis qu'on ouvrait la porte du jardin. — La voix commença une troisième strophe :

> Déjà sous la feuillée,
> Se forment des nids pleins d'espoir...

« Mais elle n'alla pas plus loin. Le murmure des joyeuses caresses de *Fidèle*, auxquelles se mêlaient les aboiements de mes deux chiens, interrompirent la chanteuse.

« — Ma mère, ma mère... — s'écria Marguerite, car en effet c'était bien elle qui venait d'arriver — voyez donc !.. il y a quelqu'un ici...

« — Quelqu'un !.. qui donc ?.. — murmura madame Simon.

« Puis elle appela :

« — Marie !.. Marie !..

« La jeune fille, qui jusqu'à ce moment avait paru changée en statue, bondit soudainement à l'appel de sa maîtresse. Mais, avant de s'éloigner, elle me dit tout bas et d'une voix épouvantée et suppliante :

« — Ne dites pas que vous m'avez vue... ne dites rien... ne dites rien !..

« Et elle s'enfuit.

« Qu'aurais-je pu dire ? et quel secret la pauvre Marie avait-elle donc à cacher ?..

« Je restai seul, — haletant et brisé sous le poids de cet étrange amour qui grandissait d'heure en heure, de minute en minute, de seconde en seconde... Un pas rapide et léger retentit dans l'escalier. Puis Marguerite apparut dans l'embrasure de la porte laissée ouverte par Marie. »

XII

Madame Simon.

M. de Bracy reprit son récit :

« Marguerite, — continua-t-il, — Marguerite, je vous le répète, apparut sur le seuil. Là, elle s'arrêta.

« Un rayon de soleil l'enveloppant tout entière, lui faisait comme un manteau d'or. Sa taille svelte et son visage angélique, autour duquel ses cheveux blonds vivement éclairés formaient une auréole, se détachaient lumineux sur la pénombre du corridor. On eût dit la jeune reine du printemps, descendue sur un char et se révélant tout à coup à mes regards surpris et charmés. Elle n'avait pas rencontré Marie et elle ne savait point encore que c'était moi qu'elle allait trouver dans le salon. Ma vue lui causa sans doute une émotion profonde, car je vis la joie et l'étonnement se réfléter à la fois sur ses traits doux et purs.

« — Monsieur Maxime ! — s'écria-t-elle.

« Et elle n'ajouta pas un mot à ce nom sorti de son cœur...

« De mon côté, je restai muet, je tremblais comme un enfant, et il me fut impossible de faire un mouvement pour m'avancer vers elle.

« Ce tête-à-tête fut interrompu presque aussitôt. Madame Simon avait suivi sa fille, mais d'un pas plus grave et plus lent, et elle arrivait à son tour. A mon aspect, une exclamation joyeuse s'échappa de ses lèvres.

« — Maxime!.. — dit-elle, — c'est donc vous!.. — Ah! mon cher enfant, soyez le bien-venu!..

« Elle écarta doucement Marguerite qui semblait clouée à sa place, — elle vint à moi, et elle m'embrassa avec une tendresse maternelle en ajoutant :

« — Vous vous êtes donc souvenu de nous, Maxime!.. — Je croyais que vous nous aviez oubliées tout à fait, et je me disais que c'était bien mal... — Je vois maintenant que j'étais injuste à votre égard, et je vous prie, mon cher enfant, de me pardonner cette injustice...

« Je répondis comme je le devais, puis madame Simon me fit asseoir, s'assit elle-même à côté de moi, — tandis que Marguerite, pour se donner une contenance, feignit de mettre en bon ordre les fleurs de la cheminée, — et la conversation s'engagea.

« — Pourquoi donc ne pas nous avoir donné de vos nouvelles, Maxime ? — me demanda l'excellente femme, — nous pensions à vous bien souvent, allez !.. Nous parlions de vous, Marguerite et moi, et nous nous affligions de votre indifférence à notre égard.

« — Comme vous étiez bonnes !.. — m'écriai-je, — comme vous étiez meilleures que je ne le méritais !

« — C'est que nous vous aimons de tout notre cœur, savez-vous, et il me semble quelquefois que vous êtes le frère aîné de ma chère Marguerite...

« Je pris la main de madame Simon, je la portai à mes lèvres et je l'y pressai avec effusion.

« — Enfin, — continua-t-elle, — depuis votre départ, qu'êtes-vous devenu ?

« — J'ai failli mourir, — répondis-je.

« Madame Simon fit un mouvement brusque.

« Involontairement, Marguerite se tourna vers moi, et je m'aperçus que le visage de la jeune fille était devenu très-pâle.

« Mourir !.. — répéta madame Simon d'un ton de stupeur.

« — Mon Dieu, oui.

« — Et comment ?

« — Je suis tombé malade, et si grièvement que les médecins me regardaient déjà comme perdu.

• —Et qui vous soignait ?

« — Mes domestiques.

« — Ainsi, vous n'aviez près de vous aucun parent, aucun ami dévoué?

« — Personne.

« —Ah! pauvre enfant!.. —s'écria l'excellente femme avec une compassion touchante, — mais il fallait me faire prévenir, moi !.. je serais accourue..—Vous savez,—ajouta-t-elle avec un demi-sourire, — que je suis un peu garde-malade et un peu sœur de charité?.. — Enfin, vous voilà guéri, c'est l'essentiel... que Dieu en soit béni !.. — Vous trouvez-vous tout à fait bien, maintenant?

« — Vous voyez.

« — Il me semble que vous êtes encore pâle.

« — Je vous assure que je me sens plus fort que jamais. — D'ailleurs je suis venu de Bracy à pied, c'est tout dire.

« — En chassant?

« — Oui.

« — Vous êtes donc toujours chasseur?

« — Plus que jamais.

« — Ces jeunes gens!.. — fit madame Simon en me menaçant du bout du doigt, d'un geste gracieux et amical, — à quoi leur servent les terribles leçons qu'ils reçoivent? — rien ne les corrige... — Pour un peu, je le parierais, vous retourneriez encore attendre des ours autour de la *Fosse-aux-Loups*?

15.

« — Mais, certainement.

« — Au risque d'une seconde catastrophe?

« — N'est-ce pas à la première que je dois le bonheur de vous connaître?..

« — C'est bien charmant, ce que vous dites là!.. j'espère que cela est aussi sincère que gracieux?

« — En doutez-vous?

« — Eh bien, non!.. — Pourquoi ne partageriez-vous pas l'affection que vous nous avez inspirée?

« — Chère madame, vous me jugez comme je dois l'être... — Merci!..

« — Combien de temps pouvez-vous nous consacrer?

« — Mais, — répondis-je avec un peu d'embarras, — le reste de cette journée.

« — Ce qui veut dire?.. demanda madame Simon.

« — Ce qui veut dire, que je partirai ce soir...

« — Parlez-vous sérieusement?..

« — Mais... sans doute...

« — Où coucherez-vous donc?..

« — Chez Jean Nicod, le bûcheron...

« La figure de madame Simon changea d'expression.

« Il fut évident pour moi que je venais de blesser l'excellente femme.

« — Monsieur Maxime, — me dit-elle d'un ton un peu

sec, bien différent de son expansion ordinaire, — vous avez eu sans doute à vous plaindre de notre humble hospitalité !.. — Nous sommes bien pauvres, c'est vrai, mais nous avions cependant la conscience d'avoir fait de notre mieux.

« — Oh! madame, — m'écriai-je vivement, — que supposez-vous donc?

« — Qu'avons-nous fait, — poursuivit madame Simon, — qu'avons-nous fait pour mériter que vous préfériez, à l'hospitalité simple mais cordiale de notre toit, celle de Jean Nicod, le bûcheron?

« — C'est que je craignais... — balbutiai-je.

« — Quoi donc?

« — De vous sembler importun !...

« — Enfant! — répondit madame Simon en haussant les épaules. — Voyons, c'est convenu, vous nous restez, n'est-ce pas ?..

« — Puisque vous le voulez.

« — Je le veux.

« — Eh bien ! j'accepte, et avec une joie bien vive !...

« — Et vous me donnerez la journée de demain ?...

« — Soit.

« — Et toute la fin de la semaine?...

« — Mais... je n'ose...

« — Quelque chose d'important vous rappelle-t-il à votre château?...

« — Rien absolument.

« — Alors, répondez : *Oui*, et, à cette condition, je vous pardonnerai votre mauvaise pensée de tout à l'heure.

« Je ne demandais pas mieux que d'accepter, — c'était même, au fond du cœur, le plus cher de mes désirs. Je promis ce que me demandait madame Simon.

« — Du reste, — ajouta-t-elle, — soyez tranquille, mon enfant, — vous serez ici parfaitement libre, et puisque la chasse vous plaît tant, vous chasserez toute la journée si cela vous convient, ce qui, soit dit entre parenthèses, nous procurera le plaisir de manger de votre gibier.

« Il y eut quelques minutes de silence, puis madame Simon reprit avec un demi-sourire mystérieux :

« — D'ici à deux jours, demain peut-être, mon cher Maxime, j'aurai quelque chose à vous dire.

« — Quelque chose?.. — Quoi donc?...

« — Un grand secret... un secret de famille, — mais, je vous le répète, je me figure souvent que vous êtes aussi mon enfant! — Vous avez donc des droits à savoir ce secret...

« — Ne pouvez-vous me l'apprendre aujourd'hui?...

« — Aujourd'hui, — non. — Demain, — oui.

« Je regardai machinalement Marguerite. Ses yeux étaient fixés sur moi et sa pâleur devenait livide. Je m'efforçai, mais en vain, de deviner les causes de ce trouble que sa mère ne remarqua point.

« — Vous connaissez cette chambre, — poursuivit madame Simon, — elle a été la vôtre, elle va le redevenir...
— Nous vous laissons vous reposer un peu... Allons, viens, Marguerite...

« — Vous me quittez?... — demandai-je.

« — Il faut bien que nous surveillions les apprêts du dîner... — Croyez-vous que nous ayons le projet de vous laisser mourir de faim? — Vous devez avoir un appétit de voyageur et de convalescent... c'est tout dire...

« J'allai fouiller dans ma carnassière, — j'en tirai un lièvre et deux perdrix que j'avais tués le matin même, et je les présentai à madame Simon.

« — Surcroît de provisions!... — s'écria-t-elle joyeusement. — Il paraît, Maxime, que vous vous méfiez des ressources de notre modeste cuisine, et que vous vous étiez ménagé à vous-même un superbe festin!,.. — Eh bien, mon enfant, vous avez eu raison et vous n'en dînerez que mieux!...

« Puis madame Simon me quitta, et Marguerite la suivit. Au moment de sortir de la chambre, la jeune fille se retourna pour me jeter un dernier regard. Elle était plus pâle et plus triste encore qu'un instant auparavant, et l'expression de ses yeux me parut désolée et presque suppliante.

« Pourquoi cette apparente douleur?... — Pourquoi

cette prière muette?... — me demandais-je à moi-même.
Je ne pus me répondre.

§

« Aussitôt que je me trouvai seul, je repris auprès de
la fenêtre la place que j'occupais précédemment, je cachai
ma tête entre mes deux mains et je m'enfonçai dans une
sombre rêverie et dans de profondes réflexions.

« Je me rappelai, jusque dans ses moindres détails,
l'entrevue qui venait d'avoir lieu. Toutes les paroles
de madame Simon repassèrent, l'une après l'autre,
dans mon esprit. En face de ce touchant accueil, — en
face de cette hospitalité si franche et si loyale, — j'eus
honte de moi-même, — j'eus horreur de mes infâmes
projets.

« Quoi!... j'allais entreprendre de tromper avec une
infernale astuce cette femme excellente dont le cœur m'é-
tait ouvert et qui me nommait son enfant!... J'allais dés-
honorer cette maison si chaste, cette demeure si patriar-
cale!... Là où j'avais été reçu avec des bras ouverts et des
sourires affectueux, j'allais laisser, en m'éloignant, les
larmes et le désespoir!... C'était bien lâche et bien misé-
rable! C'était indigne d'un honnête homme! indigne d'un
gentilhomme!... Je n'hésitai plus. Il fallait lutter, — dussé-je me briser dans la lutte! Il fallait partir, — dussé-je
mourir en partant! Il fallait sauver mon honneur, — dussé-je de ma vie payer cette victoire?

« Je me levai pour m'éloigner. — Je comptais fuir, — fuir à l'instant même et sans prévenir de mon départ. Mais voici qu'un léger bruit se fit sous la fenêtre auprès de laquelle je me trouvais... Je regardai. Marguerite et Marie passaient dans le jardin... Projets de loyauté, courageuses résolutions s'évanouirent aussitôt ! Je tendis mes mains de nouveau aux liens que je venais de rompre. Mon fatal et double amour avait reconquis son empire !

» Je ne résistai plus, — je restai.

XIII

Paul.

« Cette première journée s'écoula lentement, — pour-suivit Maxime.

« Le dîner fut triste. Madame Simon était la seule per-sonne dont la gaieté et la bienveillance expansives ne se démentaient pas. Marguerite ne parlait qu'à peine et avec une évidente distraction. Marie avait beaucoup pleuré, ses paupières gonflées et ses yeux rougis l'attestaient. Je me sentais triste et embarrassé, et c'est à peine si je trou-vais en moi la présence d'esprit nécessaire pour répondre à madame Simon quand elle m'adressait la parole.

« Il était impossible que l'excellente femme ne s'aper-çût point de cette préoccupation manifeste. Mais, sans

doute, elle crut que ces humeurs noires étaient une conséquence de la maladie terrible qui avait failli m'empor-
ter... — elle me plaignit et ne s'étonna de rien.

« Presque aussitôt après le dîner je prétextai la fatigue
que je ressentais, et qui résultait naturellement de ma
longue course pédestre, pour me retirer dans ma chambre.

« — Allez, mon enfant, — me dit madame Simon, —
aujourd'hui vous souffrez, je le vois bien, — demain vous
serez mieux...

« — Je l'espère, — répondis-je, — car aujourd'hui je
suis un hôte bien maussade.

« Puis je pris congé de ces dames. Ai-je besoin de
vous dire quelle nuit je passai, et quels rêves, ou plutôt
quelles visions vinrent allumer la fièvre dans mes veines,
dans cette maison où dormaient si près de moi Marguerite
et Marie?... Le lendemain je me levai de très-bonne
heure et je sortis. J'espérais que l'air vif et froid du matin
calmerait un peu les ardeurs de mon sang. Je me dirigeai
du côté de la *Fosse-aux-Loups*. Je voulais revoir le théâtre de ce drame terrible que je vous ai raconté. Je voulais
évoquer la mémoire de mon vieux Dominique à l'endroit
même où le brave piqueur était mort.

« J'arrivai. C'est à peine si j'aurais reconnu le lieu
dans lequel je me trouvais.

« Les blocs amoncelés de la *Dent-du-Chien* disparaissaient à demi sous un réseau verdoyant de mousses et de

lichens. De riantes végétations revêtaient presque entièrement les parois granitiques de la *Fosse-aux-Loups.*
L'abîme ressemblait à une gigantesque corbeille de verdure. De chaque buisson partait un chant d'oiseau. De
chaque touffe d'herbe s'échappait un cri d'insecte. Les rou-
ges-gorges amoureux se poursuivaient dans l'air. Les
abeilles et les frelons décrivaient leurs larges cercles avec
des bourdonnements sourds. On eût dit une grande vo-
lière, — on eût dit une ruche immense.

« Je cherchai et je retrouvai la place où le malheureux
Dominique avait cru pouvoir confier sa vie à la racine
d'un sapin. Un fragment de cette racine brisée se voyait
encore, sortant d'une fissure de la roche. Je me couchai
à plat ventre sur le sol et je regardai dans le gouffre.
Tout au fond, à une profondeur qui donnait le vertige, un
amas de pierres aiguës formait saillie au milieu de hautes
herbes. C'est sur ces pierres qu'avait dû se briser le corps
de Dominique.

« Quelques hommes intrépides s'étaient fait descendre
dans l'abîme avec des cordes pour en retirer ses débris
mutilés, qui ensuite avaient été ensevelis en terre sainte.
Les souvenirs qui s'éveillèrent en moi formèrent diversion
aux pensées qui dévastaient mon cœur.

« Quand je regagnai la demeure de madame Simon,
j'étais aussi triste que la veille, mais triste d'une façon
différente. On m'attendait pour déjeuner.

« Marguerite et moi nous pouvions lutter de pâleur. Quant à Marie, ses joues étaient colorées plus que de coutume et ses grands yeux étincelaient. Une fièvre violente donnait à sa beauté des rayonnements surhumains. Tantôt elle évitait mes regards, tantôt, au contraire, elle semblait les chercher. On aurait pu croire qu'elle triomphait de voir redoubler de minute en minute l'excessif abattement de Marguerite.

« Nous venions de quitter la table quand nous entendîmes retentir dans le jardin les aboiements joyeux et caressants de *Fidèle*. Mes chiens l'accompagnaient de leur mieux avec des grognements moins sympathiques.

« — Quelqu'un nous arrive... dit madame Simon.

« Une expression d'angoisse douloureuse se peignit sur le visage de Marguerite. En même temps la porte s'ouvrit et un nouveau venu entra dans la salle à manger d'où nous allions sortir.

« Ce nouveau-venu était un jeune homme. Il me parut âgé de vingt-cinq ou vingt-six ans, tout au plus. Sa taille, plus haute que la mienne de deux ou trois pouces, et merveilleusement bien prise, annonçait une extrême agilité et une force irrésistible. Ses traits irréguliers, mais beaux, d'une beauté mâle et vigoureuse, avaient une expression résolue. Des cheveux noirs, d'une extrême abondance, couronnaient un front large et penseur et un visage presque bronzé par les intempéries des saisons.

« Le costume de ce jeune montagnard s'accordait bien avec son aspect à moité sauvage. Il portait de longues guêtres de cuir souple et une sorte de jacquette en coutil gris, qu'une ceinture de cuir écru serrait autour de sa taille.

« En entrant, il jeta sur une chaise une casquette de chasse en drap vert.

« Madame Simon lui tendit la main.

« Il porta cette main à ses lèvres avec une sorte de galanterie agreste qui ne manquait point de grâce. Il salua Marguerite qui semblait prête à défaillir et il s'inclina très-légèrement devant moi, en me jetant un regard dans lequel je crus lire un peu de défiance et beaucoup d'inquiétude. Je lui rendis son salut avec une hauteur presque impertinente. Sans doute il ne s'aperçut pas de cette nuance qui échappa également à madame Simon.

« — Mon cher Paul, — dit-elle au jeune étranger d'un ton affectueux, — monsieur, que voici, est notre ami Maxime de Bracy dont vous nous avez entendu parler si souvent...

« Puis elle ajouta en s'adressant à moi :

« — Mon cher Maxime, permettez-moi de vous présenter l'un de nos bons voisins, Paul Duprat... — Vous êtes jeunes tous les deux, — chasseurs tous les deux, — vous avez l'un comme l'autre un noble cœur et une belle intelligence... J'espère que vous deviendrez amis...

« Je saluai de nouveau.

« — Donnez - vous donc la main ! s'écria — madame Simon, — Mon Dieu, messieurs, êtes-vous assez cérémonieux !...

« M. Paul Duprat étendit sa main vers moi. Je lui présentai la mienne qu'il serra avec une extrême froideur. J'éprouvais à l'endroit de ce jeune homme un sentiment d'involontaire et instinctive répulsion. Il était évident que, de son côté, il éprouvait pour moi un sentiment analogue : — Chacun de nous devinait dans l'autre un adversaire, un ennemi. Cependant nous sûmes prendre assez sur nous-mêmes pour que cette hostilité n'éclatât point dans nos regards.

« — Mon cher Paul, — reprit madame Simon en s'adressant au nouveau venu, — vous nous consacrez toute votre journée, n'est-ce pas?

« — C'était mon projet, — répondit le jeune homme, — mais...

« Il hésita et n'acheva point sa phrase.

« — Mais quoi?... — demanda madame Simon.

« — Vous avez du monde, et je crains de vous déranger...

« — Ce qui veut dire qu'une nouvelle connaissance vous effraye !... — Ah! je vous reconnais bien là, sauvage montagnard!... Mettez-vous donc dans l'esprit que vous ne pouviez arriver plus à propos, mon enfant; — que, si vous n'étiez pas venu, j'allais vous écrire pour

vous engager à venir nous joindre, — et que, grâce à
vous, notre ami Maxime va passer une journée charmante,
tandis que le tête-à-tête avec deux femmes lui eût peut-
être paru bien long !...

« M. Duprat ne répondit pas.

« Madame Simon poursuivit :

« — Enfin c'est convenu, nous vous gardons à dîner et
vous ne repartirez qu'à la tombée de la nuit. Après cette
conversation, madame Simon et Marguerite allèrent au
jardin où nous les suivîmes, Paul et moi. Derrière la maison se trouvait un berceau de verdure sous lequel on avait
disposé quelques chaises rustiques. Les chèvrefeuilles et
les églantiers qui formaient ce berceau embaumaient l'atmosphère du parfum pénétrant de leurs fleurs. — C'était
un endroit charmant pour y travailler pendant la chaleur
du jour.

« Nous nous y assîmes. Madame Simon et Marguerite
prirent leur ouvrage et l'on causa. Il m'était impossible,
sans une affectation ridicule et de mauvais goût, de ne
point adresser la parole à Paul Duprat. Ce jeune homme
me déplaisait, c'est vrai, mais il ne m'avait rien fait, après
tout, et il m'eût été bien difficile d'expliquer le motif de
l'antipathie qu'il m'inspirait.

« La conversation devint donc générale. On parla de
la chasse et aussi des périls que bravent souvent les chasseurs avec une témérité insouciante. Madame Simon me

fit répéter les détails de la tragique expédition de la *Fosse-aux-Loups*.

« Paul, de son côté, raconta plusieurs aventures dans lesquelles il s'effaçait avec une modestie que je ne pus m'empêcher de reconnaître, malgré toutes mes préventions contre le narrateur. Mais, en dépit de cette modestie, il était facile de voir que Paul avait fait preuve, en maintes occasions, d'un grand courage et d'une merveilleuse adresse.

« Madame Simon applaudissait vivement et pressait le jeune homme de questions. A coup sûr, elle cherchait toutes les occasions de le faire paraître à mes yeux sous le jour le plus favorable.

« Pendant ces récits, je regardais Marguerite. Marguerite n'écoutait pas. Cette indifférence si peu cachée me remplissait de joie. — M. Duprat, au contraire, en semblait ému et douloureusement affecté. Par instants les sourcils de madame Simon se fronçaient· légèrement, quand son regard s'arrêtait sur sa fille, — mais ces nuages n'étaient que passagers.

« L'après-midi arriva. Marguerite et sa mère nous quittèrent afin d'aller donner un coup d'œil aux préparatifs du repas. Je restai seul avec le montagnard.

« Nos masques tombèrent aussitôt, — il devenait inutile de nous contraindre, et, à partir du moment où les deux femmes eurent disparu, nous n'échangeâmes plus une parole. Je détachai quelques fleurs du chèvrefeuille et j'en respirai la douce senteur pour me donner une contenance. M. Duprat tira de sa poche une courte pipe, la bourra de tabac de contrebande et se mit à fumer avec une gravité digne d'un Flamand buveur de bière. C'est ainsi que nous atteignîmes l'heure du dîner.

« Enfin, cette journée s'acheva! — Cette journée éternelle dont la longueur et la monotonie étaient devenues peu à peu pour moi un véritable supplice!... — La nuit descendit lentement du ciel. Paul prit congé de ces dames. — Sur la demande de madame Simon, j'échangeai une nouvelle poignée de main aussi froide que celle du matin. Le jeune homme s'engagea dans un chemin qui conduisait à la montagne, et, à mesure qu'il s'éloignait, je respirais plus à l'aise, et je me sentais débarrassé du lourd fardeau qui pesait sur mon cœur.

XIV

Fiancée!

« Aussitôt que Paul Duprat eut disparu dans les ténèbres naissantes, — continua M. de Bracy, — madame
Simon fit un signe à Marguerite, qui se dirigea du côté de
la maison, — puis elle-même prit mon bras et me conduisit vers le fond du jardin, sous ce berceau où nous
avions passé une grande partie de la journée.

« — Maxime, — me dit-elle alors, — vous êtes notre
ami, n'est-ce pas ?

« — Est-ce que vous en doutez ?... — m'écriai-je.

« — Non, mon enfant, et je vais vous le prouver...

« — Comment ?

« — En vous montrant ma confiance en vous... —

Mais, d'abord, promettez-moi de me répondre avec une parfaite franchise?

« — Je vous le promets.

« — Vous me direz votre pensée tout entière?...

« Ce début m'inquiétait, et mon cœur se mit à battre fortement. Cependant je répondis pour la seconde fois :

« — Oui, je vous le promets...

« — Je vous ai présenté aujourd'hui un jeune homme, M. Paul Duprat, — poursuivit madame Simon ; — vous avez causé ensemble, — vous êtes resté seul avec lui pendant près de deux heures, — vous avez eu le temps, sinon de le juger tout à fait, au moins de vous former une idée de sa personne et de son caractère...

« Madame Simon s'interrompit.

« — Eh bien ? — demandai-je.

« — Eh bien! que pensez-vous de lui?

« — Pourquoi cette question, chère madame?...

« — Je vous le dirai tout à l'heure, mais répondez-moi d'abord, et franchement surtout, vous me l'avez promis...

« — Mais...

« — Il n'y a pas de *mais*... — Que pensez-vous de Paul Duprat?... — répondez.

« — Vous l'exigez?...

« — Je vous en prie.

« — Alors, j'obéis. — M. Duprat me déplaît souverainement.

« Je sentis le bras de madame Simon tressaillir sur le mien.

« — Il vous déplaît souverainement !... — répéta-t-elle d'un air étonné.

« — Mon Dieu, oui.

« — Et pourquoi donc?

« — Je ne saurais le dire... je l'ignore moi-même... Seulement, dès le premier moment où j'ai vu ce jeune homme, j'ai senti à son endroit, dans mon cœur, une antipathie soudaine qui ne s'est point modifiée...

« — Voilà qui est étrange !...

« — Pas plus étrange que ces sympathies innées qui n'ont aucun motif sérieux, et contre lesquelles on ne peut point se défendre..,

« — Cependant Paul est d'un extérieur agréable... — il peut même passer pour un fort beau garçon...

« — Sans doute.

« — Paul est franc et loyal...

« — J'en suis convaincu.

« — Il est fort et courageux...

« — Cela ne fait nul doute.

« — Vous a-t-il blessé en quelque chose?... sans le vouloir, sans le savoir peut-être?...

« — En aucune façon.

« — Bien vrai ?

« — Je vous le jure.

« — Mais alors, voyons, Maxime, c'est donc sans aucune raison, bonne ou mauvaise, minime ou grave, que vous le détestez ainsi ?...

« — Oui, — sans aucune raison, — je vous le répète...

« — Je ne saurais vous témoigner assez, mon enfant, combien ce que vous me dites là m'afflige !... — murmura madame Simon.

« — Mais, mon Dieu !... — m'écriai-je, — de quel intérêt peut-il être pour vous que je sois ou non bien disposé pour ce jeune homme, que je n'ai vu qu'en passant et que je ne reverrai peut-être jamais ?.

« — Ce jeune homme, — me répondit madame Simon d'une voix lente et grave, — ce jeune homme sera bientôt mon fils...

« — Votre fils ? — répétai-je sourdement, en tremblant d'avoir compris les paroles que je venais d'entendre prononcer.

« — Il est le fiancé de Marguerite... — continua la mère de celle que j'aimais.

« Il me sembla que je venais d'être frappé d'une balle en pleine poitrine. Je chancelai sur ma chaise. Heureusement il faisait nuit, sans cela madame Simon n'eût point manqué de remarquer ma pâleur mortelle et mon visage décomposé. Le choc avait été si violent que j'eus besoin d'un instant pour me remettre. Au bout de deux ou trois minutes, mes lèvres répétèrent, presque à mon insu et comme les lèvres d'un somnambule, ces mots qui avaient frappé mon oreille et brisé mon cœur :

« — Le fiancé de Marguerite !...

« — Oui, — dit madame Simon, — le mariage se fera dans quatre mois, et j'aurais donné beaucoup pour que mon gendre devînt votre ami.

« Il y eut alors un instant de silence. Je rompis ce silence en demandant d'une voix dont l'accent brisé aurait dû me trahir :

« — Mais, enfin qu'est-il donc cet homme, pour que vous lui donniez votre fille ?...

« — Ce qu'il est ? — répondit la mère de Marguerite. — Il est le fils unique du maire de Cornuel, un des plus riches propriétaires de ce pays-ci. — Son père a plus de huit mille livres de rente...

« — Belle fortune en vérité !... — m'écriai-je avec un dédain manifeste et une colère haineuse.

« — Oui, — reprit madame Simon, — c'est bien peu de chose, j'en conviens, pour vous qui avez une fortune immense, — mais, pour nous qui ne possédons rien, c'est énorme !... Ajoutez à cela que Paul est un garçon bien élevé, d'une excellente conduite, — doux comme un agneau, malgré sa force, et doué du meilleur caractère...

16.

— Il n'a jamais vu le monde, c'est vrai, — il est timide et même sauvage, mais c'est un brave jeune homme, sincère et dévoué, un cœur d'or !... Jamais nous n'aurions osé espérer un mariage comme celui-là... oh ! jamais !...

« Le coup était porté !... — Je pouvais tout entendre et je trouvais une sorte d'amère volupté dans l'excès même de ma souffrance. Je questionnai madame Simon, retournant ainsi sans pitié le couteau dans ma blessure sanglante.

« — Comment, — lui demandai-je, — comment ce mariage s'est-il fait?... — Il y a quelques mois, ce me semble, vous ne connaissiez pas ce M. Duprat?...

« — C'est vrai, — Paul a vu Marguerite, un jour, à la grand'messe, à Valleboy, il en est devenu amoureux et il a déclaré à son père qu'il la voulait pour femme. — M. Duprat le père a répondu à son fils que, quoiqu'il fût riche et que nous fussions pauvres, le nom sans tâche que nous portions et la beauté de Marguerite valaient bien la fortune que nous n'avions pas, — et il a consenti...

« — Y a-t-il longtemps de cela?...

« — Trois mois.

« — Pourquoi le mariage n'a-t-il pas été célébré sur-le-champ?...

« — J'ai demandé qu'il fût reculé jusqu'au moment où Marguerite aurait atteint sa seizième année.

« — Et ce sera bientôt?...

« — Je vous le répète, ce sera dans quatre mois... — Vous serez de la noce, n'est-ce pas, mon cher enfant?... — Je compte sur vous comme garçon d'honneur... — D'abord, sans vous, la fête ne serait pas complète... — D'ici là, vous aurez plus que le temps de vous réconcilier avec ce pauvre Paul, qui, lui, j'en suis sûre, vous aime de tout son cœur.

« Je ne répondis rien. Des feux follets passaient devant mes yeux, — des bruissements étranges emplissaient mes oreilles. Ma tête était lourde et douloureuse. Il me semblait que j'allais devenir fou.

« Enfin, je demandai d'une voix toujours tremblante et à peine distincte :

« — Et Marguerite?...

« — Eh bien?...

« — Marguerite... l'aime-t-elle?...

« Ces mots jaillirent de ma gorge en déchirant mon cœur. A travers les ténèbres, je crus voir que madame Simon secouait la tête en signe de doute.

« — L'aime-t-elle? — répétai-je d'un ton plus affermi, car ce doute me rendait l'espoir.

« — Non, — répondit la mère.

« — Ah!... — m'écriai-je joyeusement.

« — Elle a pour lui de l'estime, j'en suis sûre, et beaucoup d'amitié, je le crois, — poursuivit madame Simon, — mais elle ne l'aime pas d'amour.

« — Alors pourquoi la donner à cet homme?...

« — Enfant!... — répondit la mère de Marguerite avec un sourire que je devinai, — l'amour viendra après le mariage. — Bien souvent c'est le plus solide qui commence un peu tard... — D'ailleurs, s'il avait fallu attendre pour marier Marguerite qu'elle devînt éprise de quelqu'un, elle aurait grandement couru risque de mourir fille dans ce désert où elle n'a jamais vu et où elle ne verra jamais personne...

« Madame Simon ne se figurait certes pas qu'il lui fût possible de me blesser en parlant ainsi. Ma position sociale lui semblait tellement au-dessus de la sienne (matériellement parlant, bien entendu), que pour elle je ne comptais point, — je n'étais pas *quelqu'un*. L'idée que sa fille, — la fille d'un pauvre petit officier de gendarmerie sans fortune, — pouvait jeter les yeux sur le comte Maxime de Bracy, riche de plus de cinquante mille livres de rente, ne se serait jamais présentée à son esprit.

« En apprenant que Marguerite n'éprouvait pour Paul Duprat que de l'estime et tout au plus de l'amitié, je m'étais un peu ranimé.

« — Chère madame, — hasardai-je, — il m'a semblé que mademoiselle votre fille était bien triste aujourd'hui...

« — Ah! vous avez remarqué cela?...

« — Et vous aussi, sans doute?...

« — Oui, mais sans m'en inquiéter le moins du monde...
· - Ce sont de purs enfantillages, — de véritables caprices
de jeune fille, — des nuages qui passent sans qu'on sache
d'où ils viennent et que le premier souffle emporte. —
Tenez, hier encore, avant votre arrivée, Marguerite était
aussi gaie que les petits oiseaux des bois, et je me souviens qu'en revenant de l'église elle chantait encore comme
une allouette une espèce de chansonnette dont elle a tout
composé, les paroles et la musique...

« — Je l'ai entendue... — murmurai-je.

« — Et, qu'en pensez-vous?

« — C'est charmant.

« — N'est-ce pas?... — Je suis fort aise que ce soit
aussi votre avis. — Eh bien ! cinq minutes après votre arrivée, Marguerite, sans aucun motif, devenait triste à faire
peur, et depuis ce moment sa tristesse n'a fait que croître
et embellir!... — Peut-être demain matin redeviendra-
t-elle gaie et joyeuse... vous verrez!... Dans tous les cas,
ne dites pas un mot devant elle de mes confidences de ce
soir; — rien n'est embarrassant pour une jeune fille,
voyez-vous, comme d'entendre parler d'un futur mari...

« — Oh ! soyez tranquille!... — répondis-je avec amertume.

« — Voici qu'il se fait tard, et la nuit est fraîche... —
rentrez-vous?

« — Dans quelques minutes je vous rejoindrai, chère madame...

« — Quand vous voudrez, — nous allons vous attendre à la maison...

« Et madame Simon s'éloigna.

« Après son départ, je restai plongé dans une méditation profonde, dont il n'est guère besoin, je crois, de vous expliquer la nature. J'en fus tiré soudain par une main brûlante qui saisissait la mienne, et par une voix haletante qui murmurait à mon oreille :

« — Laissez votre porte ouverte, — il faut que je vous parle cette nuit.

« Je me retournai brusquement : c'était Marie qui venait de s'approcher ainsi de moi et qui s'enfuyait déjà.

XV

La nuit.

« Ces paroles de Marie, continua Maxime, — me cau-
sèrent une impression indéfinissable.

« La jeune fille avait déjà disparu et le son de sa voix
résonnait encore à mes oreilles. Mon esprit cherchait le
sens des mots que je venais d'entendre. Marie voulait me
parler. Qu'avait-elle donc à me dire ! La nuit suivante elle
viendrait me trouver dans ma chambre. Quel motif impérieux pourrait lui faire oublier ainsi sa pudeur habituelle
et sa timidité de jeune vierge ? Je me demandais tout cela
et je ne pouvais pas me répondre.

« J'allai rejoindre madame Simon et Marguerite qui
m'attendaient dans une petite pièce du rez-de-chaussée. Ma

préoccupation était extrême et mes distractions devinrent bientôt tellement manifestes que madame Simon me demanda si j'étais souffrant.

« Je saisis le prétexte que m'offrait l'excellente femme, je répondis que j'étais en effet très-fatigué, et je me retirai dans ma chambre. Il était en ce moment dix heures et demie du soir. L'attente pouvait être longue jusqu'à l'arrivée de Marie, et je ne savais comment faire pour tromper mon impatience et ma dévorante curiosité. J'ouvris la fenêtre, et j'appuyai mes coudes sur le rebord qui se trouvait à hauteur d'appui. La nuit était magnifique et en quelque sorte lumineuse. Des myriades d'étoiles scintillaient au firmament et répandaient leur clarté bleuâtre sur les horizons lointains, baignés d'une brume vaporeuse. Tous les bruits s'étaient éteints l'un après l'autre, excepté l'appel d'amour de l'insecte caché sous l'herbe, et l'hymne passionné du rossignol abrité dans le feuillage. La température, douce et tiède, ressemblait à celle du midi de la France. Une faible brise, toute chargée du parfum des fleurs et des senteurs embaumées des résines des bois, venait me caresser le visage comme un souffle de femme. C'était une de ces nuits qui semblent prédestinées aux mystères de l'amour et de la volupté... une de ces nuits presque orientales, pareille à celle dont le poète a pu dire :

« Parfois on entendait, vaguement, dans les plaines,
« S'étouffer des baisers, se mêler des haleines,

« Et les deux viles sœurs, lasses des feux du jour,
« Soupiraient mollement d'une étreinte d'amour;
« Et le vent qui passait sous le frais sycomore,
« Allait tout parfumé de Sodome à Gomorrhe... »

. . . .

« Un temps assez long s'écoula ainsi. J'entendis sonner minuit à l'horloge lointaine du clocher de Valleboy. Quelques minutes se succédèrent encore, puis la porte de ma chambre, que j'avais laissée entr'ouverte selon la recommandation de la jeune fille, tourna doucement sur ses gonds, et Marie entra d'un air timide et embarrassé. Elle était très-pâle et elle semblait chancelante. L'indécision de sa démarche s'accordait mal avec la hardiesse de la résolution qu'il lui avait fallu prendre pour venir me trouver.

« Je courus refermer la porte derrière elle, puis je pris sa main que je sentis trembler dans la mienne et je la conduisis jusqu'à un siége sur lequel elle se laissa tomber, plutôt qu'elle ne s'assit. Je me hâtai de lâcher la main que je tenais, car je sentais que l'électricité amoureuse que dégageait pour moi le contact de la jeune fille commençait à produire son effet habituel, et je comprenais bien qu'une minute encore et je ne serais plus maître de moi.

« Marie s'aperçut de ce mouvement brusque, et peut-être en devina-t-elle la cause, car elle rougit extrêmement. Cette nuance pourpre qui colora soudain ses joues

1ʳᵉ s.   17

agrandit encore sa beauté qui devint plus rayonnante, — plus ardente, si j'ose ainsi parler, — et les embrâsements de mon cœur et de mes sens redoublèrent.

« Déjà je ployais le genou pour me prosterner devant Marie et pour balbutier à ses pieds cette prière indistincte et entrecoupée qui est le plus beau langage de l'amour qui demande. En ce moment elle leva les yeux sur moi, et l'expression de mon visage révéla à son instinct pudique ce qui se passait dans mon cœur. Elle reprit aussitôt une sorte d'assurance, et elle me dit d'une voix basse et presque suppliante :

« — Monsieur Maxime.

« — Chère Marie... — demandai-je, — que voulez-vous de moi ?...

« — Je vous ai dit, ce soir, que j'avais à vous parler... — murmura la jeune fille.

« — Eh bien ?

« — Eh bien ! c'était vrai... et ce que j'ai à vous dire est bien grave... bien terrible... Sans cela, Dieu m'est témoin que je n'aurais pas voulu venir ici, et surtout que je ne l'aurais pas osé.

« — Quelque chose de grave... quelque chose de terrible... — répétai-je avec stupeur, car je comprenais si peu le sens des paroles de Marie qu'il me semblait que je les entendais dans un rêve.

« — Oui, — répondit la jeune fille.

« — Quoi donc ?

« — Un danger vous menace...

« — Lequel ?

« Marie parut hésiter d'abord. Mais, au bout d'un instant de réflexion et d'incertitude, elle dit nettement et avec une énergie singulière :

« — Vous aimez mademoiselle Marguerite ?

« Je tressaillis et je m'écriai :

« — Marie!... que dites-vous ?...

« — Vous aimez ma maîtresse... — répéta la jeune fille avec plus d'assurance encore que la première fois.

« — Marie... je vous jure...

« — Ne jurez pas, monsieur Maxime!... — interrompit Marie, — ne niez pas une chose que je vois... que je sens! — Me soutenir que vous n'aimez point ma maîtresse, autant vaudrait, voyez-vous, essayer de me prouver qu'à cette heure il ne fait pas nuit!...

« Je ne répondis rien. Marie me parlait avec une conviction inébranlable et avec une certitude que j'attribuai tout d'abord à la seconde vue mystérieuse dont est douée la jalousie.

« La jeune fille reprit :

« — Monsieur Maxime, c'est de cet amour que vient le danger qui vous menace et dont j'ai voulu vous préserver...

« Je m'efforçai de sourire et je répondis :

« — Si le danger n'existe pas plus que l'amour, j'ai peu de chose à craindre...

« — Encore! — s'écria Marie. — Vous niez encore!.,. — Eh bien! monsieur Maxime, jurez-moi donc que vous n'aimez pas Marguerite, — jurez-le-moi sur votre honneur et je vous croirai!

« Aujourd'hui, dans une situation semblable, je ferais sans hésitation le serment que me demandait Marie : j'ai façonné mon âme aux vices élégants et aux faciles transactions de conscience du monde corrompu de notre époque ; j'en suis presque arrivé à croire qu'un serment n'engage à rien quand il est fait à une femme, et que, dans toutes les questions où l'amour se trouve en jeu, un mensonge est innocent et presque légitime ; mais alors, je vous le répète, je valais mieux qu'aujourd'hui.

« Je n'osai pas jurer.

« — Vous voyez bien! — murmura la jeune fille.

« Puis elle poursuivit :

« — Il est venu ici, aujourd'hui, un jeune homme...

« — Monsieur Paul?

« — Lui-même. — Vous ne l'aimez pas, monsieur Maxime, et il vous hait...

« — Comment le savez-vous?

« — Je l'ai vu dans les regards que vous attachiez quelquefois l'un sur l'autre, et je l'ai deviné surtout à la manière dont vos yeux s'évitaient le reste du temps.

« — Vous pourriez vous tromper, Marie...

« — Est-ce que je me trompe?

« Cette fois encore il aurait fallu mentir. Je ne répondis pas.

« — M. Paul aime mademoiselle Marguerite, — continua la jeune fille, — il l'aime et elle doit être sa femme, du moins madame Simon lui a promis que ce mariage se ferait...

« — Est-ce que mademoiselle Marguerite aime M. Duprat? — m'écriai-je.

« — Vous savez bien que non, — répondit Marie presque durement, — et M. Paul aussi le sait bien...

« — Mais alors ce mariage est impossible !...

« — Il l'est devenu, mais il ne l'était pas...

« — Que voulez-vous dire?

« — Je veux dire que, si vous n'étiez point revenu, ma maîtresse se fût résignée. — Elle vous a revu et elle résistera...

« — Vous croyez, Marie?...

« — J'en suis sûre. — M. Paul a compris que vous étiez son rival. — C'est à votre présence qu'il attribuera le refus de sa fiancée. — Sa colère égalera son chagrin, — il voudra se venger, et c'est sur vous que retombera sa vengeance...

« Je me mis à rire. La jeune fille me regarda avec stupeur.

« — Vous riez! — s'écria-t-elle d'un air effaré.

« — Avez-vous donc cru, mon enfant, que j'allais prendre au sérieux la vengeance de M. Paul?

« — Ah! — s'écria Marie, — on voit bien que vous ne le connaissez pas!...—C'est un vrai fils des montagnes!... Son père est riche, mais son grand-père était contrebandier et s'inquiétait aussi peu de tuer un homme que moi de cueillir une fleur!..... — M. Paul a de ce sang-là dans les veines, à ce qu'on assure... Prenez garde, monsieur Maxime, prenez garde!... — S'il suppose que vous êtes un obstacle à son bonheur, il vous brisera... — S'il jure votre mort, vous mourrez... dût-il s'embusquer au coin d'un bois et vous abattre d'un coup de fusil comme on tue une bête fauve!...

« — Savez-vous, Marie,—répondis-je, — que vous avez là une abominable idée du fiancé de votre maîtresse!...

« Ah! — murmura la jeune fille, — c'est que je sens bien que l'amour et la jalousie peuvent rendre capable de tout, même d'un crime!...

« L'émotion profonde avec laquelle Marie prononça ces quelques mots qui la trahissaient me remua le cœur.

« — Eh bien! — lui demandai-je, — que voulez-vous donc que je fasse?...

« En entendant cette question, un sourire d'une expres-

sion céleste illumina le visage de la jeune fille. Elle crut
que j'allais céder à sa prière.

« — Il faut partir ! — s'écria-t-elle, — il faut aban-
donner cette maison, — il faut quitter ce pays et n'y revenir jamais !...

« — Quitter ce pays !... — répétai-je, — et n'y revenir
jamais !... — Vous consentiriez donc, Marie, à ne plus me
revoir ?...

« Elle appuya la main sur son cœur comme pour en
comprimer les battements, et elle pâlit.

« — Pour vous sauver..... — murmura-t-elle ensuite
avec une tristesse résignée, — pour vous sauver, oui, j'y
consentirais...

« Et, tout en parlant ainsi, elle leva sur moi son beau
regard suppliant, dont quelques larmes venaient mouiller
l'ardeur. Un feu subit et inextinguible s'alluma dans mes
veines en sentant le double rayon de ces grands yeux
noirs effleurer mon visage, en entendant ces paroles empreintes d'un si vrai et si profond amour. Marguerite fut
oubliée. Je pris la jeune fille dans mes bras, malgré sa
faible résistance, et je la serrai contre mon cœur en bal-
butiant à son oreille :

« — Oh ! non, je ne partirai pas, car celle que j'aime,
— celle qui me retient ici, je le jure par mon amour et

par mon honneur, ce n'est point Marguerite, c'est toi,
Marie!... c'est toi seule!

. . . .

« Quand Marie sortit de ma chambre, le jour allait bientôt paraître. »

XVI

Les conseils du chevalier.

Après avoir prononcé les paroles qui terminent le pré
cédent chapitre, M. de Bracy garda le silence pendant
quelques minutes. Il semblait péniblement ému par les
souvenirs qu'il venait d'évoquer, et qui, selon Réné, n'a-
vaient cependant rien que de très-gracieux. Le jeune
homme se disait qu'il se mettrait de grand cœur sur la
conscience, chaque jour, de pareilles peccadilles, mais il
n'osait exprimer tout haut cette opinion diamétralement
opposée à la manière de voir de Maxime. Nous devons
ajouter que ce dernier se découronnait de minute en minute, aux yeux de Réné, des rayons les plus brillants de
son auréole de viveur.

Maxime reprit son récit, mais lentement et d'une voix
triste qui pourtant s'anima par degrés.

17.

— Je venais, — dit-il, — je venais de mettre le pied sur le premier degré de l'échelle du mal, — je venais de consommer la séduction de l'une de ces deux jeunes filles qui, toutes les deux, devaient être perdues par moi !..... Le remords ne se fit guère attendre, mais, tout d'abord, la voix de mes sens et l'enivrement de ma première victoire lui imposèrent silence. Quelques nuits de délire succédèrent à cette nuit fatale dont je vous ai raconté le début.

« La souveraine beauté de Marie et l'amour que la jeune fille ressentait pour moi, amour qu'elle m'avait si mal caché et qu'elle me témoignait si bien, me servirent d'excuse à mes propres yeux. Plus d'une fois je me citai au tribunal de ma conscience pour y répondre de mes actes ; mais ma conscience était aveuglée, et elle me renvoya absous.

« Ce moment d'ivresse dura peu. Bientôt se dissipèrent les illusions qui me semblaient des réalités. Je m'aperçus que j'avais donné le nom d'amour à un sentiment qui n'y ressemblait qu'à peine ; je compris que j'étais devenu l'esclave, non point d'une véritable tendresse, mais de la voix de ma jeunesse et du commandement de mes désirs. Une courte possession traîna à sa suite l'indifférence la plus absolue.

« Sans doute, il n'en eût point été de même si mon cœur eût été parfaitement libre ; sans doute, les charmes

éclatants de Marie, son innocence et son amour, eussent
exercé sur moi un empire long et absolu ; mais, à mesure
que s'éteignaient dans mon âme les feux d'une affection
purement sensuelle et voluptueuse, l'image de Marguerite,
un moment effacée, reparaissait plus éclatante ; — la jeune
déesse remontait sur son char, et chassait d'un sanctuaire qui était à elle les fragiles autels où j'avais sacrifié
à une autre.

« Et, cette fois, je ne me trompais pas. — Le sentiment
que j'éprouvais était bien de l'amour, — un amour réel,
infini, indissoluble... Je n'ai aimé qu'une seule femme
dans ma vie, et cette femme, c'est Marguerite ! Oh ! pourquoi n'ai-je pas eu le courage de ce noble amour !... Pourquoi Marguerite n'est-elle pas assise aujourd'hui, là, auprès de moi, — portant mon nom devant Dieu et devant
les hommes, et m'ayant donné un fils qui vous ressemble-
rait, Réné !... »

Il y eut un nouveau silence, mais Maxime domina
presque aussitôt l'émotion qui s'emparait de lui, et il continua :

— En ce temps-là, l'idée d'un semblable mariage ne se
présentait jamais à mon esprit, imbu de préjugés aristocratiques qui m'eussent fait considérer une union avec
Marguerite comme une mésalliance. Habitué, ainsi que
je l'étais depuis mon enfance, à parcourir chaque jour
l'interminable galerie de mes vieux portraits de famille,

et à y voir que chacun des comtes de Bracy avait uni son blason à celui de quelque héritière des plus vieilles familles de la province, il me paraissait matériellement impossible de donner mon nom à une jeune fille de la plus humble et de la plus obscure bourgeoisie, et il me semblait qu'en un cas pareil tous mes aïeux se lèveraient dans leurs cadres antiques pour me crier que je compromettais l'honneur jusqu'alors sans tache du nom qu'ils m'avaient donné en garde. Cependant je reculais devant la lâche infamie d'une deuxième séduction. Je m'épouvantais peut-être aussi de l'impossibilité presque complète de tromper la jalouse surveillance de Marie. Je pris le parti de la fuite.

« Quand j'annonçai que j'allais retourner à Bracy, il me sembla que madame Simon me voyait partir sans regret, car elle ne fit aucun effort pour me retenir. En même temps elle jeta un regard rempli de tristesse et de compassion sur le doux visage de Marguerite, qui se décomposait visiblement. Cette bonne mère devinait sans doute qu'un sentiment fatal était né dans le cœur de sa fille et y grandissait d'heure en heure. Elle fut avec moi polie et affectueuse, mais une faible nuance me disait qu'il y avait en elle quelque chose de changé à mon égard, et elle ne fit aucun effort pour me retenir.

« Les adieux de Marie furent déchirants. Elle passa toute la nuit qui précéda mon départ à sangloter et à se tordre à mes pieds. Elle voulait me suivre et je fus obligé, pour la détourner de ce projet, de tromper son désespoir par des promesses mensongères. Je partis.

« Je vous ai raconté, trop longuement peut-être, mon cher Réné, les sensations qui m'avaient dominé et les impressions qui s'étaient emparées de moi lors de mon premier retour à Bracy. Je n'entrerai donc avec vous dans aucun détail relatif à l'état de mon cœur. — Vous me saurez gré de ce silence et vous y suppléerez facilement.

« J'étais installé depuis deux mois environ dans mes terres, et j'y menais une vie triste et désolée, quand, un beau matin, mon valet de chambre me remit une lettre. Vous savez déjà que je n'avais pour ainsi dire pas de relations dans le pays; — personne ne m'écrivait d'habitude, et je décahetai curieusement cette lettre dont l'écriture m'était inconnue.

« Cette missive inattendue me venait d'un vieux gentilhomme qui avait été l'ami de mon père et son compagnon dans les fatigues et les dangers de l'émigration. Il me témoignait le désir de faire connaissance avec le fils de son plus ancien et de son meilleur camarade et il m'annonçait sa visite pour le lendemain. Le gentilhomme en question, — que vous connaissez aussi bien que moi, mon cher Réné, — se nommait le chevalier Philippe-Emmanuel de Villiers...

« Cette visite, qui allait apporter avec elle une distraction au milieu de l'océan d'ennui dans lequel je m'en-

gloutissais, aurait dû m'être agréable. Et cependant je
m'en effrayais instinctivement... Mais il n'y avait pas
moyen de reculer. Je résolus de ne point déroger à la
proverbiale hospitalité de ma famille, et je fis préparer
l'appartement d'honneur pour mon hôte du lendemain.

« Tout était en bon ordre, et mes gens se prélassaient
d'un air majestueux dans les vieilles livrées à boutons
noircis et à galons fanés qu'ils n'endossaient que rarement, quand une antique chaise de poste vint s'arrêter en
face du perron du château. Philippe-Emmanuel descendit
en sautillant de cette chaise de poste. Le fringant gentilhomme était encore vert et dameret. Il m'embrassa à deux
ou trois reprises avec cette gaieté brouillonne et cette jo-
vialité turbulente qui ne l'avaient pas encore quitté et qu'l
conservait avec soin comme un débris de ce vieux caractère français qui s'éteint chaque jour.

« Après ces accolades répétées, il me prit le bras familièrement, comme s'il eût eu affaire à un homme de son
âge, et il m'emmena dans le parc, où, après m'avoir parlé
pendant quelques instants de mon père et de deux ou
trois de mes oncles, il se mit à m'étourdir du récit de
toutes sortes de gaillardes historiettes et d'anecdotes libertines. Il me questionnait sur mes aventures amoureuses
avec les bachelettes du pays... Il me demandait si j'avais
fait revivre dans mes domaines l'antique usage du *Droit
du seigneur*, celui de tous les priviléges féodaux qu'il

regrettait le plus... Mais il avait grand soin de ne pas attendre mes réponses à ses questions. Il s'écoutait parler avec un plaisir manifeste, et il changea l'entretien en un long monologue qui semblait l'enchanter.

« L'heure du dîner arriva. Nous nous mîmes à table.

« Philippe-Emmanuel fêta tous les plats, — fit honneur à tous les vins — et me complimenta sur les talents de mon cuisinier. A mesure que le repas s'avançait, l'esprit du vieillard pétillait comme du vin de Champagne, et lui-même redoublait de verve et d'entrain. Mais c'est à grand'peine si son bavardage leste et gracieux parvenait à amener de loin en loin sur mes lèvres un sourire pâle et contraint...

« Enfin le chevalier daigna s'apercevoir de mon humeur sombre et de ma tristesse si peu cachée. Vous connaissez Philippe-Emmanuel, mon cher Réné. Son esprit est un Protée véritable, qui change de forme et d'aspect comme il le veut. Les allures de sa conversation se modifièrent aussitôt. Il devint affectueux, insinuant, en quelque sorte paternel, — il s'efforça de s'emparer de ma confiance et de sonder mes sentiments secrets. Il revêtit les appa-rences du plus bienveillant intérêt ; il me questionna avec une habileté si grande, que je répondis sans le savoir et sans le vouloir à ses interrogations captieuses. Bref, il m'amena peu à peu et par des chemins détournés à lui faire une confidence entière des motifs de ma préoccupation.

Je lui racontai les angoisses de mon double amour et tout ce qui s'était passé dans la demeure de madame Simon.

« Quand j'eus achevé, l'œil de M. de Villiers étincelait d'un feu bizarre et tous ses traits exprimaient la joie. Le vieux démon se trouvait dans son élément. Il y avait en face de lui une créature humaine trébuchant sur le bord de l'abîme, et il ne s'agissait que de la pousser pour l'y faire tomber tout à fait.

« Le chevalier prit mon âme, il l'amollit au feu des passions qu'il excita de son souffle infernal, ensuite il la pétrit comme une cire molle, et quand il me la rendit, elle était faite à l'image de la sienne. Son langage eut la souplesse empoisonnée et les brillantes couleurs du serpent qui vous enlace et semble vous caresser pour vous étouffer mieux. Il trouva des mots sublimes de cynisme et de sarcasme. Ses sophismes étincelants s'élevèrent à une hauteur que Voltaire n'eût pas désavoue. Sans me blesser moi-même, il sut bafouer toutes mes croyances, démolir toutes mes illusions. Il rendit ridicule à mes propres yeux la chasteté naïve qui, malgré les baisers de Marie, restait encore au fond de mon âme.

« Il me fit rire de mes scrupules. Il me prouva que madame Simon était une femme adroite et rusée, spéculant sur mon inexpérience, et ayant résolu de faire de moi un mari pour sa fille. Il me fit considérer Marguerite

comme complice des calculs et des intrigues de sa mère.
Enfin il me démontra que M. Duprat, le fiancé prétendu
de la jeune fille, devait être tout bonnement un comparse
improvisé pour la circonstance, et destiné à figurer dans
cette comédie matrimoniale. Le rôle de ce futur époux
avait pour but de me forcer à déclarer mon amour et à
me poser en prétendant.

« Je ne saurais vous dire ce que je ressentis de honte
et de colère en croyant découvrir que j'avais donné tête
baissée dans tous ces piéges, comme un étourneau novice.
Je résolus de me venger, en combattant par les mêmes
armes dont on s'était servi contre moi, et le chevalier
m'exhorta vivement à ne pas retarder l'exécution de ces
projets de vengeance. Je n'y étais, hélas! que trop disposé!...

« Philippe-Emmanuel passa trois jours à Bracy. — Une
heure après son départ, je me mettais en route de mon
côté. — J'allais chez madame Simon.

XVII

Une lettre inattendue.

M. de Bracy continua.

— La soirée était déjà bien avancée, — dit-il, — quand j'atteignis la cabane de Jean Nicod.

« Je ne voulais point, à cette heure, me présenter chez madame Simon. Je passai la nuit dans l'humble maisonnette du bûcheron. Le lendemain, d'assez grand matin, je me remis en marche et j'arrivai au but de mon voyage.

« Madame Simon était seule dans son jardin au moment où je franchis la grille. Elle leva les yeux sur moi avec une telle expression d'étonnement, qu'on eût dit qu'elle ne me reconnaissait pas. Puis elle vint à ma rencontre et sa réception fut polie. Mais qu'il y avait loin de cette politesse froide, contrainte, et en quelque sorte cérémonieuse, à l'accueil affectueux et tendre auquel j'avais été accoutumé par elle !

« Non-seulement ma présence n'était point désirée, mais même elle semblait importune... Ceci ressortait évidemment de la contenance embarrassée de madame Simon. Cette attitude, qui s'accordait si mal avec les odieux soupçons dont les paroles envenimées du chevalier de Villers avaient jeté le germe dans mon cœur, aurait dû m'éclairer. Il n'en fut rien. L'amour que je ressentais pour Marguerite et le dépit d'avoir été joué par la mère et par la fille attachaient sur mes yeux le plus épais de tous les bandeaux.

« Mon parti était pris d'avance. Je m'étais promis de rester. Je restai donc, malgré cette réception peu engageante. Je désirais me débarrasser de ma carnassière et de mon fusil. — Pour cela faire, je montai à la chambre que j'occupais habituellement.

« Dans l'escalier je rencontrai Marie.

« — Ah ! mon Dieu !... — s'écria-t-elle en me voyant, — ah ! mon Dieu !

« Je voulus lui prendre la main. Elle dégagea la sienne avec une sorte d'effroi, et elle s'éloigna en murmurant :

« — Vous êtes parti d'ici en y laissant la honte et la douleur !.. vous revenez pour y apporter le malheur et le désespoir !..

« Je cherchai à la retenir ; mais elle refusa de me répondre et elle disparut dans un corridor intérieur.

« Ces paroles m'attristèrent le cœur et résonnèrent à mon oreille comme un présage de mauvais augure, — mais je m'efforçai de chasser cette impression néfaste et je redescendis au jardin pour y rejoindre madame Simon.

« La mère de Marguerite semblait soucieuse et elle était absorbée dans une muette et sombre rêverie. Elle avait cueilli quelques fleurs qu'elle tenait dans sa main gauche et que sa main droite effeuillait distraitement, sans que ses yeux suivissent dans leur vol tournoyant les pétales dispersés qui jonchaient le sol autour d'elle.

« Le bruit de mes pas la rappela à elle-même. Un douloureux sourire effleura ses lèvres, et elle prononça quelques phrases insignifiantes qui n'avaient de sens bien distinct ni pour moi ni pour elle-même. Je lui demandai des nouvelles de Marguerite, et je m'efforçai de commander à mon émotion pour empêcher ma voix de trembler en prononçant ce nom. Sans doute je n'y parvins pas entièrement, car madame Simon attacha sur moi un regard fixe et investigateur qui ne dura que le quart d'une seconde, mais qui me pénétra jusqu'au cœur.

« — Marguerite est très-souffrante, — me répondit-elle ensuite d'un ton bref, — elle ne quitte point sa chambre depuis quelques jours.

« — Ah! mon Dieu!... — m'écriai-je avec effroi; — mais au moins j'espère qu'il n'y a pas de danger?

« — Je l'espère aussi, — répliqua madame Simon avec une sécheresse encore plus grande, qui me fit voir combien ce sujet de conversation lui était pénible.

« Je n'en poursuivis pas moins :

« — Cette indisposition, — murmurai-je, — serait-elle assez grave pour retarder le mariage de mademoiselle votre fille?

« Cette question parut surprendre celle à qui elle était adressée.

« — Qui sait, — murmura-t-elle enfin, — qui sait si ce mariage se fera jamais!...

« — Vous m'avez dit vous-même qu'il était convenu et que l'époque en était arrêtée.

« — C'est vrai, — je vous ai dit cela.

« — Eh bien ?

« — Eh bien! tout est changé depuis lors.

« — Tout est changé!... — répétai-je le cœur tremblant d'émotion. — Comment cela, madame?

« Pour la seconde fois depuis le commencement de notre entretien, madame Simon attacha sur moi ce regard clair et scrutateur dont je vous ai déjà parlé.

« La fixité m'en parut insoutenable; je baissai les yeux.

« — Marguerite refuse d'épouser M. Paul... — dit alors madame Simon d'un voix lente.

« — Elle refuse?

« — Oui.

« — Pourquoi?

« — Marguerite ne le dit point et je ne puis que le soupçonner.

« Ces derniers mots furent prononcés d'un air si glacial qu'il m'ôta l'envie de pousser plus loin mes interrogations. Presque en même temps, d'ailleurs, Marie vint prévenir sa maîtresse que le déjeuner était prêt. Nous gagnâmes la salle à manger où je me trouvai en tête-à-tête avec madame Simon. Soit que Marguerite fût réellement souffrante, — soit que sa mère lui eût donné l'ordre de se renfermer dans sa chambre, — elle ne parut point.

« Le déjeuner s'acheva et je restai seul ; madame Simon était allée rejoindre sa fille. Marie évitait, non-seulement de se trouver avec moi, mais encore de se rencontrer sur mon passage.

« Le manteau glacé de la tristesse et du découragement pesait de tout son poids sur mes épaules. — Les heures me semblaient éternelles. Déjà je songeais à quitter cette maison devenue si soudainement désolée et inhospitalière. Mon projet était de me retirer dans la cabane de Jean Nicod, et là, caché à tous les regards, d'attendre qu'une meilleure occasion se présentât de mettre en pratique les conseils de Philippe-Emmanuel et de consommer la séduction de Marguerite.

« Je me promenais seul et pensif dans le jardin, quand il me sembla entendre du côté de la grille une sorte d'appel monotone ou plutôt un bruit résultant du clapottement des lèvres et qui paraissait destiné à attirer l'attention. Je regardai machinalement. De l'autre côté de la grille, je vis un petit garçon qui portait le costume primitif et délabré des jeunes pâtres des montagnes.

« Il me regardait fixement. Aussitôt qu'il s'aperçut que je l'avais remarqué, il me fit signe de venir à lui. Je supposai que c'était quelque mendiant du pays qui voulait faire appel à ma générosité, et, tout en m'étonnant de sa hardiesse familière et presque impudente, je tirai de ma poche deux ou trois pièces de monnaie afin de les lui donner en passant.

« Tiens, mon enfant, — lui dis-je quand je ne fus plus qu'à deux pas de lui, — prends ceci.

« Et je lui présentai l'argent que je tenais ; mais le jeune garçon secoua la tête et ne tendit pas sa main.

« — Ce n'est pas pour cela que je suis venu, — murmura-t-il d'une voix gutturale et embellie par cet accent franc-comtois qui est, sans contredit, le plus désagréable de tous les accents.

« — Et pourquoi donc alors es-tu venu, mon garçon? — lui demandai-je avec un peu d'étonnement.

« — Pour parler au monsieur, — répondit l'enfant.

« — Quel monsieur?

« — Celui qui est arrivé à ce matin chez madame
Simon... — C'est-il vous?

« — Oui, c'est moi.

« — Comment que vous vous appelez, alors?

« Je lui dis mon nom ; il le répéta deux ou trois fois
à demi-voix, comme s'il cherchait à en étudier les con-
sonnances, puis il reprit :

« — Dame ! oui, c'est bien ce nom-là tout de même.

« — Ainsi, — demandai-je, — c'est moi que tu cherchais?...

« — Oui.

« — Maintenant que tu m'as trouvé, dis-moi ce que
tu me veux ?

« — Vous donner quelque chose.

« — Quoi?

« — Un papier.

« — Un papier ? — répétai-je.

« — Avec de l'écriture dessus, — poursuivit l'enfant.

« Et, tout en parlant, il me présenta à travers les barreaux une large lettre pliée assez correctement et dont
la suscription portait mon nom tracé d'une écriture ferme
et hardie.

« Avant de rompre le cachet, je demandai au jeune
garçon :

« — Qui t'a chargé de cette lettre pour moi?

« — Pour sûr vous le verrez en ouvrant le papier, —

me répondit-il; — regardez tout de suite, parce que,
quand vous aurez vu, il faudra me dire quelque chose.

« J'ouvris et je lus.

« Voici ce que contenait le billet que le petit pâtre
avait remis entre mes mains.

« Vous portez, monsieur, un nom de gentilhomme et,
depuis mon enfance, on m'a accoutumé à cette conviction
que la noblesse du cœur accompagnait toujours la noblesse
de race. Je pense que vous agirez avec moi de façon à ne
point détruire cette croyance.

« J'éprouve pour vous, monsieur, une haine profonde,
car je sens que vous m'avez fait bien du mal et que j'ai
un terrible compte à vous demander. Si j'étais Corse, je
guetterais votre passage caché derrière quelque buisson
et ma carabine me ferait justice. Mais ce n'est point de
cette façon que je comprends la justice et que je la rêve.
Je veux une explication franche et loyale, telle qu'il doit
y en avoir une entre deux hommes d'honneur qui se
haïssent mais qui s'estiment.

« Cette explication, monsieur, je ne suppose pas que
vous me la refusiez. Je vous attendrai jusqu'à six heures
au pied du gros chêne qui fait le coin du *Bois des Nonnes*,
à un quart de lieue de la maison dans laquelle vous vous
trouvez en ce moment. Dites à mon messager si vous
viendrez, *oui* ou *non*. Je croirais vous faire injure en

doutant un seul instant que votre réponse soit affirmative. »

« Cette lettre était signée : DUPRAT.

« L'enfant s'aperçut que j'avais achevé ma lecture.

« — Qu'est-ce que je dirai ? — me demanda-t-il.

« — Vous direz à M. Duprat qu'il ne m'attendra pas
longtemps, car je me mets en route à l'instant.

« — C'est bon !... — Je m'en y vas.

« Et il prit sa course.

« Cinq minutes après, je me dirigeais à mon tour vers
legros chêne du *Bois des Nonnes.*

« Au moment où je sortais du jardin, j'entendis une
des fenêtres de la maison qui se refermait vivement.

« Aurait-on écouté ce qui vient de se dire entre cet
enfant et moi ? — me demandai-je aussitôt.

« Je me retournai, — mais je ne vis personne. Toutes
les fenêtres étaient closes et nul visage ne se montrait derrière les vitres de la façade silencieuse.

« Je me remis à marcher en regardant de temps en
temps derrière moi. Je n'étais pas suivi.

XVIII

L'entrevue.

— Après un quart d'heure de marche, j'atteignis l'angle du *Bois des Nonnes* et le gros chêne dont me parlait la lettre de mon rival.

« M. Paul, absorbé dans une profonde rêverie, ne m'avait pas entendu venir. Il était assis sur une grosse pierre recouverte de mousse. Ses coudes s'appuyaient sur ses genoux et son visage se cachait entre ses deux mains. Sa pose et sa méditation exprimaient tant de douleur et d'accablement, que je me sentis pris à son endroit d'un sentiment de compassion involontaire.

« Je m'arrêtai à trois ou quatre pas de lui. Il devina ma présence et releva la tête. Sa figure était d'une pâleur effrayante. Un large cercle de bistre entourait ses pau-

pières, et des rides prématurées rayaient son front larg
et bronzé.

« Son regard, en s'arrêtant sur moi, prit une expression farouche qui mieux que des menaces me révéla une
haine implacable. Mais presque aussitôt, avec une force
de volonté singulière, il imposa silence à cette manifes-
tation de sa pensée secrète, il quitta le fragment de rocher qui lui servait de siége et il me salua avec une froide
politesse.

« — Monsieur, — lui dis-je en lui montrant la lettre
que le petit pâtre m'avait remise, — c'est bien vous qui
m'avez écrit, n'est-ce pas?

« Il fit de la tête un signe affirmatif.

« — Vous provoquez dans cette lettre une explication
entre nous... — Vous me parlez de la haine que je vous
inspire et vous ajoutez que vous avez un compte terrible
à me demander. — Qu'est-ce que tout cela signifie?... —
vous me ferez grand plaisir en me l'expliquant, car, en
vérité, je ne le comprends pas...

« — Je vous l'expliquerai, — répondit-il froidement.

« — Faites en sorte que ce soit bientôt.

« — Ce sera tout de suite.

« Il franchit le petit fossé qui côtoyait la lisière d
bois et il me fit signe de le suivre.

« — Où donc voulez-vous aller? — demandai-je.

« — A cent pas d'ici... dans l'intérieur de la forêt.

« — Ne nous trouvez-vous pas bien où nous sommes?

« — Non.

« — Pourquoi?

« — Nous sommes trop en vue et je ne veux pas qu'on nous remarque.

« J'eus un instant l'idée que M. Duprat voulait m'entraîner dans le fourré afin de m'y assassiner à son aise, et j'hésitai avant de m'y engager derrière lui. Mais je réfléchis aussitôt qu'exprimer une pareille crainte, si elle était mal fondée, serait une insulte pour mon rival et pourrait faire planer sur moi-même le soupçon de lâcheté. Je suivis donc M. Paul.

« Ainsi qu'il m'en avait prévenu, il me conduisit à une centaine de pas de la lisière du bois, dans une sorte de petite clairière. Là il s'arrêta.

« — Maintenant, — me dit-il, — causons.

« — Volontiers.

« — Et d'abord, monsieur, armez-vous de patience, car ce que j'ai à vous dire est long et il faudra cependant que vous l'entendiez jusqu'au bout.

« — Faites en sorte d'abréger!... — m'écriai-je impertinemment.

« M. Duprat me lança un second regard, aussi acéré et aussi menaçant que le premier.

« Puis l'expression de son visage changea de nouveau et il répondit seulement :

18.

« — Je tâcherai.

« — Eh bien ? — demandai-je.

« — J'aime mademoiselle Simon, — dit-il.

« — Après ?

« — Je devais l'épouser dans un mois.

« — Ne l'épousez-vous plus ?

« — Non.

« — Pourquoi ?

« — Pourquoi !... — s'écria-t-il avec un accent de colère sauvage. — Vous me demandez pourquoi ?...

« — Sans doute.

« — Vous ne le savez pas ?..

« — Non.

« — Alors je vais vous le dire.

« — Vous me ferez plaisir.

« — Je n'épouse plus Marguerite, parce que vous, monsieur, vous avez su vous faire aimer d'elle, et parce que
en revenant ici, vous m'avez volé ma fiancée, mon avenir
et mon bonheur !...

« — Mon cher monsieur, — répondis-je avec ce même
ton d'impertinence hautaine que j'affectais depuis le commencement de l'entretien. — vous commettez une erreur
assez grave, et je la relève...

« — Une erreur ?

« — Oui, — celle-ci : — je vous *vole*, dites-vous ! —

Souvenez-vous, mon cher monsieur, que je *prends* quelquefois, mais que je ne *vole* jamais !...

« Évidemment M. Paul avait cuirassé son âme avant de venir au rendez-vous qui nous réunissait. — Évidemment il s'était fait la loi de tout supporter et de ne s'irriter de rien, afin d'arriver plus sûrement à son but.

« — Soit ! — me répondit-il avec un étrange sang-froid. — Si l'expression dont je me suis servi vous a déplu, je la retire. — Seulement je maintiens le fond de ma pensée, vous vous êtes fait aimer de celle que j'aime et qui devait être ma femme !...

« — Où diable avez-vous pris cela ? — m'écriai-je. Vous avez rêvé sans doute que j'étais aimé de mademoiselle Marguerite !...

« — Je n'ai rien rêvé !...

« — Alors, c'est une simple supposition de votre part !...

« — Ce n'est point une supposition, c'est une certitude.

« — Sur quels faits la basez-vous, je vous prie ?...

« — Quoi !... murmura M. Paul. — Vous niez donc ?

« — Si je nie ?... Mais, certainement !

« — C'est aller contre l'évidence !...

« — Évidence un peu obscure, selon moi !...

« — Vous voulez les preuves de ce que j'avance ? — Soit, monsieur, je vais vous les donner. — Depuis le jour où j'ai vu mademoiselle Marguerite pour la première fois, il y a déjà plusieurs mois de cela, je l'ai aimée d'un amour profond et infini, d'un amour qui remplit mon âme, qui domine ma vie et qui ne finira qu'avec elle. — Mon père a demandé sa main pour moi à madame Simon, et notre recherche a été agréée et par la mère et par la fille... — Je n'oserais pas dire que mademoiselle Marguerite ressentit alors pour moi une affection égale à celle que je lui avais avouée, et même je ne le crois pas, mais enfin elle consentait à devenir ma femme, et l'amour serait arrivé après le mariage, car j'aimais trop Marguerite pour ne pas la rendre heureuse, et la reconnaissance du bonheur dispose le cœur à l'amour.... — D'ailleurs, Marguerite était joyeuse et insouciante comme on l'est à son âge, et il était bien facile de voir que si son âme ne m'appartenait pas tout entière, au moins elle n'appartenait à personne... — Vous êtes venu, monsieur, — vous avez passé ici quelques jours et tout a été changé. — Je me suis rencontré avec vous chez madame Simon, et depuis ce moment-là, il m'aurait été impossible de reconnaître Marguerite. — Vous avez bien vu sa froideur, vous avez dû la remarquer. — Elle ne me traitait plus comme un fiancé, pas même comme un ami, — elle avait l'air de me regarder comme un étranger dont la présence est gênante... — Et, quand vous avez été parti, on aurait dit que vous aviez emporté avec vous sa gaieté de jeune fille... Elle devint si triste et si pâle, qu'elle semblait mourante... Enfin, quand je reparlai de notre mariage dont l'époque approchait, elle me déclara nettement qu'elle ne m'aimait pas, qu'elle ne m'aimerait jamais et qu'elle retirait la parole qu'elle m'avait donnée jadis... — Or, je vous le demande, monsieur, par quel motif autre que son amour pour vous est-il possible d'expliquer le changement absolu et le refus étrange de mademoiselle Marguerite?.. — Depuis que Marguerite existe, elle n'a connu que deux jeunes gens, — ces deux jeunes gens sont vous et moi, — elle aime l'un des deux... — Ce n'est pas moi, donc c'est vous !...

« Paul se tut.

« Sa logique était écrasante, et dans le premier moment, je ne trouvai rien à lui répondre.

« Il prit mon silence pour une sorte d'acquiescement tacite à ce qu'il venait de me dire, et il continua :

« — J'aime tant Marguerite, que mon amour pour elle peut me donner la force d'étouffer ma haine pour vous. — Je l'aime si parfaitement, que je me sens capable de sacrifier mon bonheur pour assurer le sien... — C'est pour cela que je viens à vous, monsieur, c'est pour cela que je vous dis d'une façon franche et loyale : — Marguerite vous aime et vous l'aimez... — l'épouserez-vous? — la rendrez-vous heureuse?... — Répondez-moi : Oui! — et demain j'aurai quitté ce pays pour n'y revenir jamais, et vous n'entendrez plus parler de moi!...

« La voix de M. Duprat était émue en m'adressant ces dernières paroles, et l'on eût dit que sa main se tendait

vers la mienne. J'eus alors une bonne pensée : — La voix
de Dieu et la voix de ma conscience me parlèrent distinctement pendant une seconde. Je fus au moment d'ouvrir
mes bras à ce noble jeune homme qui accomplissait pour
moi, avec une modestie et une résignation sublimes, le
plus héroïque de tous les sacrifices !... Je fus au moment
de lui crier : — Marguerite sera ma femme, et vous, soyez
mon frère !...

« Mais un démon railleur me montra l'image sardoni-
que du chevalier Philippe-Emmanuel, riant de ma naïveté
crédule. Aussitôt le cours de mes idées changea. Je me dis
que tout ce qui se passait depuis le matin était le résultat
d'un plan combiné entre madame Simon, Marguerite et
M. Paul. Seulement ce dernier quittait son humble position
de *comparse*, et s'élevait à la hauteur d'un *premier rôle*.
Mes lèvres se plissèrent dédaigneusement et je modulai un
long éclat de rire rempli d'outrages et de provocations.

« M. Paul croisa ses bras sur sa poitrine et me regarda
bien en face.

« — Qu'avez-vous donc à rire ? ... — me demanda-t-il
lentement.

« — J'ai, mon cher monsieur, — lui répondis-je en
riant toujours, — j'ai que je trouve fort plaisant que des
inconnus comme vous veuillent se mêler de mes affaires et
me proposent des sacrifices amoureux du genre de celui
que vous m'offriez si généreusement tout à l'heure...

« M. Paul était très-pâle ; sa pâleur devint livide.

« — Ah ! — balbutia-t-il d'une voix étranglée, — vous le prenez ainsi !

« — Mon Dieu, oui.

« — Vous soutenez que vous n'aimez pas Marguerite ?

« — Je soutiens cela.

« — Vous soutenez qu'elle ne vous aime point ?

« — A plus forte raison.

« — Alors vous ne l'épouserez pas?...

« — Ai-je donc la mission d'épouser les jeunes filles qui ne veulent plus de vous ?

« — C'est votre dernierr mot?

« — C'est mon dernier mot.

« —Alors, monsieur, je rentre dans tous les droits que madame Simon m'avait donnés sur mademoiselle Marguerite en me la promettant pour femme...

« — Qui songe à vous les contester ?

« — C'est à moi qu'il appartient de veiller sur ma fiancée, c'est à moi qu'il appartient d'écarter d'elle tout ce qui pourrait porter atteinte, non point à son honneur, il est inattaquable, mais à sa réputation de jeune fille...

« — Où voulez-vous en venir ? — demandai-je avec un peu d'émotion, car je devinais instinctivement que le prologue était fini et que le drame allait commencer.

« — J'en veux venir à ceci, — me répondit M. Paul,

— J'en veux venir à ceci, que je vous défends de passer une heure de plus sous le toit de madame Simon...

« — Vous me défendez!... — m'écriai-je en faisant un pas vers mon adversaire et en le menaçant du geste.

« Il resta calme, seulement son regard demeura cloué sur le mien avec une fixité terrible, et il répéta :

« — Oui! je vous le défends !...

« La colère me monta tout à la fois au cœur et au cerveau. Je levai la main et je la laissai retomber sur le visage du jeune montagnard. Mais, avant que cette main eût touché sa joue, il avait saisi mon poignet entre ses doigts crispés et il le serrait comme dans un étau de fer.

« Je me figurai d'abord qu'il allait tirer un couteau de sa poche et me l'enfoncer dans la poitrine, et certes il eût été dans son droit en agissant ainsi. Il n'en fut rien cependant. Au bout d'une minute, il lâcha mon bras meurtri et il me dit d'une voix presque aussi calme qu'elle était agitée un instant auparavant :

« — Ce soufflet que vous avez voulu me donner, c'est la mort de l'un de nous, monsieur, et, franchement, j'aime autant cela...

« — Je suis à vos ordres, — murmurai-je.

« — Oh! je l'entends bien ainsi... — me répondit il avec un sourire dont l'expression me fit froid au cœur.

XIX

Les conditions d'un duel.

— Je venais de perdre toute mon assurance, — continua Maxime.

« J'éprouvais de la honte et du remords de l'action que la colère m'avait fait commettre et que je considérais maintenant sous son véritable point de vue, c'est-à-dire comme une voie de fait odieuse et d'une inqualifiable brutalité.

« Mais l'orgueil qui était au fond de ma nature, joint aux excitations des pernicieux conseils de Philippe-Emmanuel, ne me permettait pas de reculer.

« Une fois que les passions mauvaises vous ont placé sur quelque pente fatale, on n'est plus le maître de ralentir sa course et il faut descendre jusqu'au fond de l'abîme.

« — Vous voulez un duel, — dis-je à M. Paul, — j'en accepte d'avance toutes les conditions...

« — Est-ce une grâce que vous prétendez me faire?...
— me demanda-t-il d'un ton fier.

« — Non, c'est un droit qui vous appartient, car je reconnais que vous êtes l'offensé...

« — Soit! — répondit mon adversaire, — ces conditions seront bien simples, d'ailleurs, et vous conviendront comme à moi...

« — Avez-vous des témoins?...

« — Non, et je ne veux point en avoir.

« — Quoi! pas de témoins!... — m'écriai-je.

« — Ne pouvons-nous donc nous en rapporter à la loyauté l'un de l'autre?...

« — Nous le pouvons sans doute, mais l'usage...

« — Eh! que nous importe l'usage?. — interrompit vivement M. Paul; — croyez-vous donc que j'irai par un scandale pareil à celui de notre duel dans ce pays primitif, compromettre à tout jamais Marguerite?...

« — Quel est votre projet?

« — Il faut que les ténèbres de la nuit environnent notre combat, — il faut que celui de nous que le sort aura désigné, passe pour avoir été la victime, non point d'un duel ou d'un crime, mais d'un accident...

« — Sera-ce possible?

« — Non-seulement ce sera possible, mais encore ce sera facile...

« — Expliquez-vous.

« — Vous savez sans doute que, par suite d'une loi physique, loi assez étrange et que je ne me charge pas d'expliquer, l'homme qui est frappé d'une balle, soit à la tête soit en pleine poitrine, tombe le visage en avant...

« — Oui, je sais cela... — après?

« — Quand un duel a lieu entre Corses, chacun des adversaires se place à l'une des extrémités d'une fosse nouvellement ouverte et celui qui succombe roule dans cette sépulture qu'il a creusée lui-même...

« — Nous ne sommes pas en Corse ici...

« — C'est vrai, mais nous pouvons en imiter les mœurs.

« — Ainsi, vous creuserez une fosse?...

« — La nature s'est chargée de ce soin et elle a fait les choses grandement. — Nous serons en face l'un de l'autre, sur les bords de la *Fosse-aux-Loups*, et séparés par l'abîme dans l'endroit où il est le moins large; — un de nos corps, — tous deux peut-être, rouleront dans le gouffre, et quand on retrouvera un seul ou deux cadavres, personne ne songera à chercher la balle meurtrière parmi ces débris sanglants.

« — Soit.

« — Vous acceptez ce que je vous propose?

« — Ne vous ai-je pas prévenu d'avance que vos conditions seraient les miennes?...

« Cette réponse parut étonner mon rival.

« Sans doute, dans le premier moment, il avait douté de moi.

« Je lus dans son regard que si j'avais sa haine, il m'accordait aussi son estime.

« — C'est bien, — dit-il seulement; — quelle arme apporterez-vous?...

« — Une carabine double.

« — J'en aurai une pareille, — vous avez des balles de calibre?

« — Oui.

« — Nous chargerons les deux coups, — si le premier manque son effet nous redoublerons, et, cela, jusqu'à la mort de l'un de nous.

« — Pour quand notre rencontre?

« — Pour cette nuit.

« — A quelle heure?

« — La lune se lève à minuit, — trouvez-vous à minuit sur les bords de la Fosse-aux-Loups...

« — J'y serai.

« Nous nous séparâmes.

« Je passe rapidement sur les incidents qui remplirent le reste de cette journée et qui furent sans intérêt.

« Marguerite ne parut pas plus au dîner qu'elle n'avait paru au déjeuner...

« A ce repas, comme le matin, je me trouvai donc seul avec madame Simon.

« Cette dernière était profondément triste, et c'est à peine si, de loin en loin, elle m'adressait la parole.

« Marie, qui nous servait, avait les yeux rougis et gonflés, comme si les larmes eussent coulé pendant plusieurs heures.

« — Madame, — dis-je tout d'un coup en rompant le morne silence qui régnait entre nous, — je vous demanderai la permission de prendre congé de vous ce soir même, car je n'abuserai pas plus longtemps de votre gracieuse hospitalité; — je partirai demain matin de très-bonne heure, et sans doute avant votre réveil...

« Ces mots produisirent un effet magique.

« La tristesse de madame Simon se dissipa comme par enchantement.

« En même temps disparut l'expression de terreur qui assombrissait le charmant visage de Marie.

« On eût dit qu'en annonçant mon départ je venais de soulager d'un poids énorme ces deux femmes.

« Madame Simon redevint presque pour moi ce qu'elle avait été lors de mes précédentes visites, et, à maintes reprises, elle me parla de Marguerite, ce qu'elle avait évité de faire depuis le moment de mon arrivée.

« Vers les dix heures, je me retirai dans ma chambre.

« Madame Simon me dit adieu, comme on dit adieu à un voyageur qui part et ne doit plus revenir.

« Elle voulut m'embrasser sur le front, et elle me souhaita une heureuse chance dans la vie.

« Je me demandai si ce vœu formé pour moi, dans un pareil moment, n'était pas une dérision du hasard.

« Marie avait disparu depuis longtemps.

§

« Arrivé dans ma chambre, je regardai ma montre.

« Elle marquait neuf heures et quart.

« Il ne me fallait pas plus de trois quarts d'heure pour aller à la *Fosse-aux-Loups* depuis la maison de madame Simon.

« J'avais donc deux heures à attendre avant de me mettre en route.

« Je chargeai ma carabine avec soin ; — puis j'allai à la fenêtre, je l'ouvris, et en regardant le ciel, je me rappelai cette autre nuit où, accoudé sur le rebord de cette même fenêtre, j'attendais Marie qui allait venir pour la première fois.

« Combien la situation me parut différente !

« Au lieu d'être étoilé et lumineux, le ciel était sombre comme la voûte d'un caveau funèbre. — La nature s'ensevelissait dans un manteau de profondes ténèbres.

« Et, surtout, au lieu d'une jeune et belle fille apportant à mon amour voluptueux, tous les trésors de sa jeunesse et de son innocence, c'était la mort qui m'attendait sans doute, la mort sanglante et impitoyable.

« Je me mis à réfléchir malgré moi, et mes réflexions, je vous le jure, furent sombres comme la nuit et tristes comme la mort.

« Je compris à quelle extrémité fatale m'avaient entraîné les sophismes du chevalier.

« Il me fut impossible de fermer plus longtemps le yeux à la lumière qui se faisait dans mon esprit, et je ne pus me dissimuler à quel point j'avais été la dupe de mes défiances insensées en croyant que madame Simon cherchait à m'enlacer dans les filets de quelque intrigue matrimoniale.

« Mais, encore une fois, je ne pouvais plus reculer.

« Je répétai ces mots avec lesquels se sont faites tant de révolutions, ces mots fatals : *Il est trop tard !* — et je résolus de porter à mes lèvres sans pâlir la coupe amère que j'avais remplie moi-même.

« Quant à mon projet de m'éloigner du pays le lendemain matin, si je vivais encore, il était sincère et je comptais même ne pas remettre les pieds dans la demeure de madame Simon.

« Je consultai de nouveau ma montre.

« L'heure de partir était arrivée.

« Je mis ma carabine sur mon épaule, j'éteignis ma lumière et je me glissai doucement hors de la chambre.

« La lune ne se levait qu'à minuit et les ténèbres étaient si compactes, que c'est à peine si je trouvais moyen de m'orienter dans l'obscurité.

« Je franchis la grille et je m'avançai rapidement dans la campagne.

« Je n'avais pas fait cinquante pas, quand je crus entendre derrière moi le bruit d'un pas léger.

« Je m'arrêtai pour écouter.

« Le bruit cessa.

« Je me suis trompé, — pensai-je, — et je me remis en marche.

« Le pas léger retentit de nouveau, plus rapproché et plus distinct.

« Je m'arrêtai une seconde fois.

« Alors une main se posa sur mon épaule, et une voix frémissante me demanda :

« — Où allez-vous ?...

XX

Deux coups de carabine.

Je me retournai brusquement, — continua M. de Bracy.

« Marie était à côté de moi.

« — Où allez-vous? — répéta-t-elle pour la seconde fois.

« — Ne le savez-vous pas? — demandai-je.

« — Comment le saurais-je?...

« — J'ai annoncé mon départ à madame Simon ce soir au dîner, devant vous, et cette nouvelle a même paru vous causer une joie très-vive.

« — Ainsi vous partez?

« — Oui.

« — Pour retourner au château de Bracy.

« — Oui.

19.

« — Menteur !... — murmura la jeune fille.

« — Marie, que dites-vous ? — m'écriai-je.

« — Je dis, — reprit-elle avec exaltation, — je dis que vous venez de mentir doublement, car vous ne partez pas, et ce n'est point au château de Bracy que vous allez !... c'est à un rendez-vous que M. Paul vous a donné, où il vous attend et où vous devez vous battre avec lui !... — Si vous l'osez, dites que c'est faux !...

« Je restai muet d'abord et plongé dans une sorte de stupeur, car rien ne peut égaler l'étonnement qui s'était emparé de moi en voyant la jeune fille si complètement instruite de choses que je croyais cachées.

« — Eh bien ! — répondis-je enfin, — je ne nierai rien ! — c'est vrai, je vais me battre avec M. Duprat, — mais, tout ce que vous venez de me dire, comment l'avez-vous su, Marie ?...

« — J'ai vu tantôt un enfant vous remettre un billet... — ce billet ne pouvait venir que de M. Paul... — vous avez quitté la maison à l'instant même et j'ai commencé à soup-çonner un malheur... tout le reste du jour j'ai pleuré... — Puis, quand au dîner vous avez annoncé votre départ, l'espérance est rentrée en moi et j'ai pensé que peut-être mes tristes prévisions ne se réaliseraient point... — ce-pendant j'ai veillé, car je me défiais encore, et vous voyez que j'ai bien fait... — Maintenant, où M. Paul vous at-tend-il ?

« — Ceci est son secret et le mien et vous me permet-
trez de le garder...

« — Vous n'irez pas à ce rendez-vous !...

« — Je n'irai pas !...

« — Non.

« — Et qui m'en empêchera ?...

« — Moi.

« — Vous !... vous, Marie, — m'écriai-je, — et, de
quel droit ?...

« — Du droit d'une femme qui peut bien consentir à
n'être plus aimée, mais qui ne veut pas que le père de son
enfant meure !...

« Ces quelques mots me foudroyèrent.

« — Mon enfant !... — répétai-je avec accablement.

« — Oui, — répondit Marie, — ma honte sera complète comme mon malheur ! dans quelques mois je serai
mère !...

« Je ne répondis rien.

« — Vous voyez bien, — poursuivit Marie, — que vous
ne pouvez pas aller jouer ainsi votre vie... votre vie qui
ne vous appartient plus...

« Ces paroles, au lieu de produire l'effet qu'en attendait
Marie, me rappelèrent que Paul m'attendait et que je ne
voulais pas le faire attendre. La jeune fille comprit que
j'étais sourd à sa prière, et elle m'enlaça de ses bras
comme pour me retenir malgré moi.

« — Il faut que je parte!... Marie!... il le faut!... — murmurai-je ; — mais sois tranquille, je reviendrai...

« Et tout en parlant ainsi, je m'efforçais de dénouer le nœud vivant de son étreinte.

« — Tu n'iras pas!... — répéta-t-elle avec une exaltation qui paraissait toucher à la folie et en se cramponnant à mes bras et à mes vêtements, — tu n'iras pas!... tu n'iras pas!

« J'employai toutes mes forces à me dégager, et, redevenu libre de mes mouvements, je m'élançai dans les ténèbres en ayant soin de prendre une autre direction que celle de la *Fosse-aux-Loups* afin de dérouter la jeune fille si elle s'obstinait à me poursuivre.

« Au bout d'un instant elle abandonna mes traces, en effet, car lorsque je m'arrêtai pour reprendre haleine j'entendis son pas rapide qui se perdait dans l'éloignement. La pauvre enfant faisait fausse route.

« Je me remis alors en chemin et je suivis la ligne la plus droite, afin d'atteindre sans retard le but de mon rendez-vous... Au moment où j'arrivais sur les bords de l'abîme que dominaient les pics décharnés de la *Dent-du-Chien*, la lune, pareille à un bouclier rougi au feu, surgissait, ronde et rouge, de derrière un des pitons de la montagne et illuminait de sa lueur fantastique la campague et les horizons. On eût dit l'un de ces décors étranges dans lesquels les théâtres du boulevart encadrent les plus lugubres scènes de leurs drames les plus sinistres.

« La silhouette de M. Paul se détachait nettement sur un pan de rocher éclairé par la lune. Le jeune homme était debout. Sa tête se penchait et il appuyait ses deux mains sur le canon de sa carabine.

« En m'entendant venir il releva la tête et il fit quelques pas vers moi.

« — Vous êtes exact, monsieur... — me dit-il avec un triste sourire...

« — Je ne vous ai pas fait attendre ?

« — Non, j'arrive à l'instant.

« — Si vous voulez, nous ne perdrons pas une minutes... — on aime à en finir vite avec les situations pareilles à la nôtre.

« — Soit, monsieur, — finissons-en... — Votre carabine est chargée ?

« — Oui, — et la vôtre?

« — La mienne l'est aussi.

« — Alors, il ne nous reste plus qu'à nous placer et à faire feu...

« — Voilà tout ; — mais, d'abord, convenons bien d'une chose...

« — Laquelle ?

« — C'est que, si les premiers coups échangés sont nuls, nous recommencerons jusqu'à ce que l'un de nous soit tombé...

« Je fis un signe affirmatif, mais, je l'avoue, cette persistance haineuse et implacable m'étonna et me bouleversa. Mon projet était de subir le feu de M. Paul et de tirer en l'air si je n'étais pas atteint. La volonté inflexible de mon rival rendait impraticable l'exécution de ce projet. Désormais il fallait, de toute nécessité, donner ou recevoir la mort.

« — Venez, — me dit Paul.

« Je le suivis. Il me conduisit dans un endroit où la *Fosse-aux-Loups* n'avait pas, d'un bord à l'autre, une largeur de plus de trente-cinq ou quarante pieds.

« — Restez-ici, —me dit mon adversaire, — je vais me placer en face de vous, de l'autre côté du gouffre, — nous recommanderons notre âme à Dieu, — vous compterez tout haut jusqu'à trois, et, sur le mot *trois*, nous ferons feu en même temps...

« — C'est bien, — répondis-je.

« Paul s'éloigna d'un pas ferme et régulier, et fit le tour de l'abîme pour prendre la position qu'il venait de m'indiquer.

« Arrivé là, il arma sa carabine. J'en fis autant de mon côté.

« — Êtes-vous prêt ?... — me cria Paul.

« — Oui.

« — Alors, parlez...

« Je soulevai mon arme et je dis :

« UN !

« Paul épaula sa carabine. J'imitai son exemple et je repris d'une voix un peu tremblante :

« — DEUX !

« Paul me mit en joue lentement. La lune étincelait sur le double canon de son arme et l'on eût dit qu'il m'ajustait avec un rayon de flamme. Je visai de mon mieux et je criai :

« — TROIS !

« C'était le signal. Un éclair raya la nuit. Les rochers d'alentour répétèrent la détonation foudroyante et je sentis passer en sifflant un projectile à quelques lignes de ma tête, si près de la tempe droite que le vent de la balle agita mes cheveux. A mon tour je pressai la détente. Le coup partit. Un cri terrible, — un cri d'agonie — retentit presque aussitôt, puis j'entendis le bruit sourd d'un corps qui bondissait sur le roc et se brisait au fond du gouffre.

« Quand se dissipa la fumée de mon coup de feu, il n'y avait plus que moi sur les bords de la *Fosse-aux-Loups* !

.   .   .   .

.   .   .   .

« Presque en même temps et comme un écho de la plainte suprême de Paul expirant, une clameur déchirante retentit dans le silence, à quelques centaines de pas de l'endroit où je me trouvais, et je crus que dans cette clameur je reconnaissais la voix de Marie. Le drame lugubre qui venait de se jouer avait donc eu un témoin !...

« Mes cheveux se hérissèrent sur ma tête et je me mis
à la recherche de la malheureuse enfant qui, sans doute,
m'avait poursuivi au hasard et qui venait d'arriver près du
théâtre du duel, au moment où Paul tombait sous la balle
de ma carabine. Mais vainement j'explorai les alentours
de la *Fosse-aux-Loups* dans toutes les directions, et surtout du côté d'où le cri m'avait semblé partir, — vainement j'appelai Marie à vingt reprises différentes, il me fu
impossible de découvrir la jeune fille. Je tremblai qu'un
second malheur ne fût arrivé, et cette crainte poignante se
joignit aux remords qui m'obsédaient déjà, car je sentais
bien que je venais de verser un sang noble et généreux
dont Dieu me demanderait compte.

« Alors ma tête s'égara, mes idées se troublèrent, —
il me sembla que de toutes parts des fantômes surgissaient
autour de moi... Il me sembla que la lune devenait sanglante et teignait les objets d'une lueur rouge et lugubre... Il me sembla que mes pas trébuchaient sur des cadavres, que mes pieds glissaient dans le sang!...

« Une terreur insensée s'empara de moi. Je pris ma
course et je me mis à fuir, sans savoir où j'allais.

XXI

Un premier dénoûment.

« Je ne m'arrêtai dans cette course folle qu'au moment où une prostration complète succéda au délire de mes sens épouvantés. Auprès de moi se trouvait un gros arbre. Je m'appuyai à son tronc noueux et je m'efforçai de ramener un peu d'ordre dans mes idées, un peu de calme dans mon esprit.

« Au bout d'un instant, la brise de la nuit, en rafraîchissant mon front brûlant, apaisa les battements désordonnés de mon cœur et me rendit à moi-même. Je regardai autour de moi pour tâcher de reconnaître le lieu dans lequel je me trouvais. Je le reconnus, en effet, et je frémis... J'étais à l'angle du *Bois-des-Nonnes* et sous ce même arbre où, quelques heures auparavant, Paul m'avait presque tendu la main ! Il me sembla que la terre allait s'entr'ouvrir sous mes pieds et me dévorer!...

« Je m'éloignai en toute hâte.

« Mon premier projet avait été, vous le savez, de quitter le pays immédiatement après l'issue du duel qui venait d'avoir lieu, et de retourner à Bracy.

« Je m'élançai donc dans la direction qui devait me conduire à ce but. Mais presque aussitôt, je revins sur mes pas.

« Je venais de me souvenir que mes deux chiens étaient restés chez madame Simon, et, comme je ne voulais pas m'éloigner sans les emmener, je me dirigeai vers la demeure de la mère de Marguerite. Marie, en me poursuivant, avait laissé la grille entr'ouverte. *Fidèle*, accroupi sur le seuil comme une sentinelle vigilante, semblait comprendre que cette négligence lui imposait la loi de veiller mieux encore que de coutume. Il me reconnut et il se mit à bondir autour de moi avec de petits gémissements joyeux.

« Ce bruit pouvait trahir ma présence et donner l'alarme à madame Simon, — j'imposai silence à *Fidèle* et j'entrai dans la maison afin d'ouvrir à mes chiens la porte d'un petit cabinet noir qui servait de resserre pour les outils du jardinage et dans lequel ils étaient enfermés.

« A peine avais-je fait quelques pas dans le couloir du rez-de-chaussée, que je heurtai du pied un corps étendu sur le carreau. Je me baissai vivement et mes mains rencontrèrent des vêtements de femme. L'idée me vint à l'instant même que Marie avait dû revenir jusque-là et qu'elle y était tombée évanouie.

« Je pris le corps dans mes bras, je le portai dans ma chambre et je le déposai sur mon lit. Ensuite je cherchai de l'eau afin d'en jeter quelques gouttes au visage de la pauvre enfant et de lui faire ainsi reprendre ses sens. Mais la confusion était de nouveau revenue dans mon esprit, et je ne savais plus où trouver les objets dont j'avais besoin. Je tirai de ma carnassière un briquet et une pierre à fusil, je rallumai la bougie que j'avais éteinte en partant et je revins auprès du lit.

« Jugez de ce qui se passa dans mon esprit et dans mon cœur, lorsque, au lieu de Marie que je m'attendais à voir, ce fut Marguerite que je reconnus. J'oubliai soudain tous les événemnts de cette nuit fatale, — j'oubliai le drame sanglant dans lequel je venais de jouer un rôle, — je ne vis plus, dans l'univers entier, que Marguerite évanouie. Je m'agenouillai à côté de la jeune fille et je la regardai longuement, plongé dans une extase passionnée et dans une adoration ardente. En tombant, Marguerite s'était blessée au front. Une légère entaille rayait la blancheur d'ivoire de ce front doux et pur, et deux ou trois gouttes de sang y traçaient leurs filets pourpres.

« Je couvris de baisers cette blessure et j'étanchai avec mes lèvres les traces de ce sang précieux. Sous ces caresses inconnues, — les premières qui eussent jamais effleuré son front de vierge, — Marguerite reprit ses sens. Je la sentis d'abord palpiter et tressaillir.

« Elle se souleva à demi... Elle ouvrit ses grands yeux et elle attacha sur moi son regard étonné... Je crus qu'elle allait me repousser avec effroi. Il n'en fut rien. Un cri de joie s'échappa de sa poitrine haletante. Elle murmura ces mots entrecoupés que j'entendis avec mon cœur plus qu'avec mes oreilles :

« — Maxime !... vivant !... mon Dieu, soyez béni !

« Elle noua ses deux bras autour de mon cou avec un abandon qui prouvait l'ignorance du péril et la complète chasteté de son jeune et candide amour... Ses lèvres touchèrent les miennes qui leur rendirent avec passion leur innocent baiser. Sans doute cet excès d'ardeur effraya Marguerite. Elle voulut se dégager de mon étreinte qui se resserrait de plus en plus... Mais il était trop tard. Mon sang s'était enflammé, — ma raison s'égarait, — je n'entendis point les plaintes et les prières de la malheureuse jeune fille, ou je les étouffai...

. . . .

« Quand Marguerite sortit de ma chambre, elle cachait dans ses mains tremblantes son visage qu'empourprait la honte et que baignaient des larmes amères...

« Comme Marie, elle était perdue !

« Mais ce n'était point la séduction qui m'avait livré

Marguerite — elle m'appartenait par une infâme violence,
— par un crime!...»

. . . .

. . . .

Après ces paroles il y eut un long silence. Maxime était
devenu très-pâle. Evidemment le remords l'accablait, —
évidemment il ne se pardonnait point la double faute de sa
jeunesse.

— Triste viveur!... — pensait Réné, — triste viveur,
qui porte, après vingt ans, le deuil de ses amourettes d'autrefois!...

Maxime reprit :

— Avant le jour, — dit-il, — je m'enfuis, — je m'enfuis comme un lâche!... Je ne voulais point passer une
minute de plus dans cette demeure hospitalière que j'avais
doublement profanée.

« Cette fuite était un nouveau crime qui prouvait le
monstrueux égoïsme de mon cœur!... J'abandonnais mes
deux victimes. Je partais, sans seulement m'informer de
ce qu'était devenue Marie!... — Marie, la mère de mon
enfant!... Je laissais Marguerite en proie à son désespoir
solitaire et versant sur sa honte sans remède des larmes
qu'il faudrait cacher!...

« Quand l'aube parut, j'étais déjà bien loin!... J'arrivai
à Bracy de bonne heure, tellement accablé de fatigue, si
pâle et si changé, que c'est à peine si mes gens me recon-

naissaient. Mais ce qu'il me fallait, désormais, ce n'était plus la vie calme et uniforme de mon château... Cette existence isolée et monotone laissait trop de place au remords. J'avais besoin de bruit, — de mouvement, — pour m'étourdir, — pour tâcher d'oublier... J'avais besoin surtout de sophismes pour donner le change à mon cœur, pour imposer silence aux voix de ma conscience importune.

« Je pris tout l'or que mon père avait amassé pièce à pièce, que moi-même j'avais mis de côté depuis que j'étais en possession de ma fortune et qui s'entassait en vieux louis, dans le tiroir d'un meuble antique. Cela formait une soixantaine de mille livres. Je fis atteler des chevaux de poste à un carrosse vénérable qui moisissait sous mes remises, au milieu d'autres voitures plus modernes, mais trop légères pour l'usage auquel je le destinais.

« J'allai trouver le chevalier de Villiers et je lui proposai de faire en ma compagnie un voyage de quelques mois, dont, bien entendu, tous les frais seraient à ma charge. Philippe-Emmanuel accepta. Nous partîmes.

« Pendant la moitié d'une année nous courûmes les grands chemins, plantant notre tente çà et là, tantôt en Italie, tantôt en Allemagne. — Partout enfin où nous poussait le hasard que j'avais choisi pour guide. Je semais l'or sur notre passage. — On me prenait pour quelque prince voyageant incognito. En six mois je dépensai les soixante mille francs que j'avais emportés.

« Où étions-nous allés ? — Je l'ignore.

« Qu'avions-nous vu ? — Je n'en sais rien.

« Mon corps seul errait par le monde...

« Ma pensée était ailleurs... — au fond des montagnes du Jura... — auprès de Marguerite...

« Enfin je revins à Bracy. J'y ramenais avec moi ma tristesse et mes regrets.

« Il n'y avait rien de nouveau. — Rien si ce n'est une lettre qu'on me remit à mon arrivée et qui m'attendait depuis trois mois. Je l'ouvris distraitement...

« Oh ! comment, en la lisant, ai-je pu ne pas devenir fou?... Cette lettre était de Marguerite !... Elle était courte et touchante, — elle était suppliante et fière. Le malheur de Marguerite avait été complet comme celui de Marie. Elle aussi portait dans son sein un enfant qui était à moi, et, avec la simplicité noble d'une victime innocente, elle venait me demander mon nom pour cet enfant.

« Oh ! mon Dieu !... — Et depuis trois mois Marguerite devait se croire abandonnée !... oubliée ! méprisée !... Ce que je souffris en ce moment, en pensant aux souffrances de cette noble fille, Réné, je ne saurais le dire !... Ma tête se brisait, et certes je serais mort à l'instant, foudroyé par la douleur, si mes sanglots, en éclatant, n'eussent un peu soulagé mon âme.

« — Un cheval !... — m'écriai-je, — ma vie pour un cheval !...

« Cinq minutes après je lançais ma monture au plus rapide galop sur le chemin des montagnes, et je ne cessai d'enfoncer l'éperon dans ses flancs ensanglantés qu'an moment où j'entrevis à travers la forêt la demeure de madame Simon. En trois heures j'avais fait douze lieues. Mon cheval, haletant, s'abattit pour ne plus se relever. Je continuai ma route à pied. — Je ne courais pas, — je volais...

« J'atteignis la grille du jardin.

« Cette grille était close, — tout les volets étaient fermés, — la maison était silencieuse... Je sonnai. Mon coup de cloche retentit sans écho. — Personne ne vint. — *Fidèle* ne me salua pas de son hurlement amical. La maison était donc déserte?... — Que s'était-il donc passé?...

« A quelques centaines de pas, un paysan poussait lentement ses grands bœufs et sillonnait du soc de sa charrue un sol rempli de pierres. J'allai à lui et je l'interrogeai avec hésitation et terreur. Ses réponses furent désespérantes. La maison était abandonnée. Depuis six mois Marie avait disparu, en même temps que M. Paul Duprat.

« On avait cru d'abord que les deux jeunes gens avaient quitté le pays ensemble, mais bientôt on avait trouvé, sur le bord d'un torrent, une petite croix d'or attachée à un ruban de velours, — la croix et le ruban avaient appartenu à Marie et le bruit du suicide de la jeune fille s'était répandu et accrédité.

« Personne ne savait ce qu'était devenu M. Paul.

« Quant à madame Simon et à Marguerite, depuis deux mois elles avaient quitté le pays sans dire où elles allaient et en répondant à ceux qui les questionnaient qu'elles ne reviendraient jamais.

« Mon expiation commençait et commençait terrible!...

. . . .

. . . .

« — Mon désespoir fut immense, — poursuivit Maxime, — et il fut durable, car aujourd'hui, — moi, le *Roi des viveurs*, moi, le *Roi de la mode*, puisque c'est ainsi qu'on m'appelle, — je souffre comme autrefois et mes remords sont implacables aussi bien que mes regrets qui seront éternels...

« Partout j'ai cherché Marguerite et je l'ai cherchée vainement. — Pendant bien des années ma vie n'a pas eu d'autre but que de retrouver la jeune fille, et j'ai toujours été déçu dans mon espoir, trompé dans mon attente!...

« C'est alors que je suis venu à Paris, — c'est alors que, pour étourdir mes chagrins renaissants, je me suis jeté à corps perdu dans la folle existence de ce monde brillant et bruyant qui n'a guère tardé à me reconnaître pour un de ses chefs.

« J'ai caché à tous les yeux la plaie qui rongeait mon cœur.

« J'ai mis un masque sur mon visage pour en déguiser la lugubre pâleur.

« J'ai commandé à mes lèvres de sourire, et personne n'a compris que ce sourire était une grimace amère.

« Mon cœur ne pouvait plus battre, — mes sens n'avaient plus de désirs, — et cependant j'ai promené mes succès galants du salon de la grande dame au boudoir de la courtisane, en murmurant des paroles d'amour que mon cœur glacé démentait.

« J'ai rempli Paris du bruit de mes aventures, — et pourtant aucune de ces femmes à qui j'ai juré que je les aimais ne peut se vanter d'avoir, ne fût-ce que pendant une heure, galvanisé mon indifférence.

« Bien souvent j'ai pensé à dévorer toute ma fortune en une année de royale opulence, puis à finir par le suicide une existence qui me pèse.

« J'ai toujours reculé, — et savez-vous pourquoi, Réné?...

« C'est que je me suis dit que je n'avais point le droit de disposer ainsi de ma fortune et de ma vie...

« Ni l'une ni l'autre ne sont à moi.

« Elles appartiennent à Marguerite et à mon enfant et je les garde pour eux, si Dieu me fait la grâce de me les rendre un jour.

« Voilà ce que j'ai été, Réné, — voilà ce que je suis. »

« Comprenez-vous maintenant, mon ami, pourquoi je

cherchais hier et pourquoi je chercherai toujours à vous
éloigner de la voie fatale dans laquelle vous voulez entrer ?... »

Maxime se tut.

Réné ne répondit pas d'abord.

Le jeune homme avait écouté avec curiosité et avec
intérêt, mais sans émotion, le triste récit que son hôte
venait de lui faire.

— Vous vous taisez? — demanda Maxime.

— Que puis-je vous dire?

— Allons, mon enfant, un bon mouvement et une
bonne parole... — Envisagez la vie sous son côté noble
et sérieux, — promettez-moi d'être un homme et de
n'être pas un viveur.

Réné secoua la tête.

— Quoi! — s'écria Maxime, — vous persévérez !...

— Hélas! oui.

— Ainsi, tout ce que je viens de vous dire?

— Ne m'a nullement prouvé que la jeunesse n'est
point la saison du plaisir!... — Vous êtes un juge sévère
pour vous-même, monsieur le comte. — Vous avez commis jadis des fautes pour lesquelles, moi, je serais indulgent, mais dont le remords vous poursuit, dites-vous...—
Je n'ai rien de pareil à me reprocher, et nulle arrière-pensée fâcheuse ne troublera les joies que je me promets...

— Au nom du ciel, Réné, réfléchissez!...

— Je ne veux pas réfléchir !... J'aurais trop peur de changer d'avis...

— Mais c'est de la folie !...

— Au moins c'est une folie joyeuse !...

— Songez à l'avenir !...

— Il sera plus que temps quand l'avenir viendra.

— Ces amours qui vous attirent sont des amours trompeurs !...

— Je le serai autant qu'eux.

— Ces femmes qui vous séduisent sont des créatures perdues !...

— Qu'importe, pourvu qu'elles m'amusent ? — Est-ce donc l'usage à Paris de demander à une jolie fille, avant d'en faire sa maîtresse, son certificat de bonne mœurs...

— Réné, votre inexpérience me fait peur !...

— Cette expérience qui me manque, je l'acquerrai, mon cher comte...

— A vos dépens !...

— Peut-être, mais ce sera votre faute.

— Comment ?

— Laissez-moi profiter de la vôtre, ainsi que vous me l'aviez promis d'abord, et mon apprentissage sera facile et court.

— Réné, encore une fois je vous le demande, soyez homme, — laissez à d'autres la triste royauté du boulevart, du club et des avant-scènes ! — Vous êtes gentilhomme, souvenez-vous de la fière et glorieuse devise de notre caste : *Noblesse oblige!*...

— Craignez-vous donc pour mon bonheur, monsieur le comte ?... — demanda Réné avec un peu de sécheresse et de hauteur.

— Dieu m'en garde!... — s'écria Maxime ; — mais nos ancêtres rougiraient en nous voyant traîner leurs noms dans les sentiers battus d'une existence oisive et débauchée, — inutile aux autres et à charge à nous-mêmes...

Réné interrompit Maxime.

— Monsieur le comte, — lui dit-il, — je vous en prie, n'insistez pas... — Vous m'avez donné d'excellents conseils, je me plais à le reconnaître, et, quoi qu'il advienne de moi maintenant, votre conscience est à l'abri de tout reproche... — Si j'avais dû me rendre à vos raisonnements et à vos prières je l'aurais déjà fait, mais mon parti est bien pris, ma résolution est irrévocablement arrêtée, — *viveur* je veux être, et *viveur* je serai !...

Ceci fut dit d'un ton tellement péremptoire que Maxime comprit à merveille que toute tentative nouvelle serait inutile et que sa logique échouerait, comme une vague impuissante, contre un roc inébranlable.

— Agissez donc selon vos désirs, mon pauvre enfant,— dit-il en courbant la tête, — que votre destinée s'accomplisse !...

— *Amen* ! — répondit Réné.

M. de Bracy soupira.

— M'abandonnerez-vous donc tout à fait?... demanda le jeune homme.

— Je n'en aurais pas le courage! — murmura tristement Maxime, — et puisque, malgré tout, vous voulez lancer votre barque au milieu des dangers d'une mer orageuse, j'en tiendrai du moins le gouvernail pour l'empêcher, si faire se peut, de sombrer parmi les récifs!

L'entretien se termina là.

FIN DU ROI DE LA MODE.

TABLE DES MATIÈRES.

PREMIÈRE PARTIE.

LE FILS DE MARGUERITE.

		Page
Chapitre	I. Le boulevard des Italiens après minuit.	
	— Maxime de Bracy.	5
—	II. René. — Marguerite.	14
—	III. Un fils.	20
—	IV. Heureuse enfance !...	32
—	V. Cet âge est sans pitié.	41
—	VI. Les mauvais livres.	50
—	VII. Un Don Juan champêtre..	58
—	VIII. Préparatifs de départ.	67
—	IX. La lettre du chevalier.	73

DEUXIÈME PARTIE.

LES DÉBUTS D'UN VIVEUR.

—	I. Rue Taitbout	87
—	II. Petit traité pratique de la vie élégante, à l'usage des jeunes gens qui n'ont que soixante mille livres de rente. .	97
—	III. Albine.	109
—	IV. Profils de pécheresses.	118
—	V. Le souper	132

			pages.
CHAPITRE	VI.	Le lendemain.	141
—	VII.	La morale de Maxime.	151

TROISIÈME PARTIE.

UN COEUR POUR DEUX AMOURS.

	I. Dominique.	161
—	II. Les ours.	170
—	III. Les fusils de chasse.	179
—	IV. Fidèle.	188
—	V. Catastrophe.	197
—	VI. L'hospitalité.	206
—	VII. Marguerite et Marie.	216
—	VIII. Le départ.	224
—	IX. Blondine à la rescousse!...	232
—	X. Le retour.	241
—	XI. Marie.	250
—	XII. Madame Simon.	358
—	XIII. Paul.	368
—	XIV. Fiancée!.	377
—	XV. La nuit.	287
—	XVI. Les conseils du chevalier.	293
—	XVII. Une lettre inattendue.	297
—	XVIII. L'entrevue.	306
—	XIX. Les conditions d'un duel.	325
—	XX. Deux coups de carabine.	333
—	XXI. Un premier dénoûment.	341

Sceaux. — Typographie de E. Dépée.

Sceaux. — Typographie de E. Dépée.